LA MARQUISE DE SADE

RACHILDE

ALICIA EDITIONS

TABLE DES MATIÈRES

Chapitre 1	1
Chapitre 2	30
Chapitre 3	60
Chapitre 4	95
Chapitre 5	131
Chapitre 6	161
Chapitre 7	201
Chapitre 8	224
Chapitre 9	253
Chapitre 10	290
Chapitre 11	315
Chapitre 12	334

1

La petite fille se faisait tirer par le bras, car la chaleur de ce mois de juillet était vraiment suffocante. Elle voyait, de loin en loin, des places très désirables dans les fossés de la route, des places où une petite fille comme elle eût trouvé autant d'ombre et autant d'herbe qu'elle en pouvait souhaiter. Mais la cousine Tulotte marchait à grands pas, sans ombrelle, tirant toujours, ne soufflant jamais, insensible aux rayons brûlants du soleil.

—Tulotte! déclara tout d'un coup la petite, j'ai trop chaud, je ne veux plus.....

—Allons donc! cria mademoiselle Tulotte, est-ce qu'une fille de militaire doit reculer? Nous avons fait la moitié du chemin. Ta mère n'est pas contente quand tu restes à la maison. Il te faut de l'exercice, tu deviendrais bossue si on t'écoutait. Ah! tu es une fameuse momie!

L'idée fixe de la cousine Tulotte était que les enfants deviennent bossus lorsqu'ils annoncent des goûts sédentaires. Elle avait la plus triste opinion de cette petite Mary qui demeurait des journées entières à rêver dans les coins noirs, la chatte de la cuisinière sur les bras, berçant la bête avec un refrain monotone et pensant on ne savait quoi de mauvais.

Mary s'arrêta prise de colère.

—Non, je ne veux plus! répéta-t-elle en enfonçant ses ongles dans le poignet de la cousine.

Celle-ci fit un haut-le-corps d'indignation.

—La voilà qui me griffe, à présent!... fit-elle, et, si elle n'avait pas tenu de l'autre main une boîte au lait, elle eût vigoureusement corrigé l'irascible créature.

—Je le dirai à ton père! s'écria la cousine Tulotte.

Puis, sentant que l'enfant allait se révolter, selon sa méthode ordinaire, c'est-à-dire qu'elle n'ajouterait pas un mot, pas une larme, et qu'elle n'avancerait pourtant pas davantage, elle l'emporta. Mary eut un rire silencieux. Ce rire plissa d'une façon très singulière sa petite figure; il signifiait peut-être que l'enfant connaissait déjà la valeur d'une égratignure faite à propos.

Le chemin que prenaient presque tous les jours vers la même heure, Mademoiselle Tulotte et son élève, descendait de Clermont-Ferrand pour aller jusqu'aux abattoirs de la ville. On passait d'abord entre les murs de deux grands jardins. L'un, à gauche, était planté d'arbres énormes: des saules, des sapins, des ifs. L'autre, à droite, était très ratissé, avec peu d'ombrage et beaucoup de légumes en rangs interminables: des choux, des salades, des oignons, des melons, aussi quelques rosiers, du syringa, des pensées, des corbeilles de thym. Dans le premier il y avait une maisonnette fort jolie, toute sculptée, surmontée d'une croix brillante. Dans le second se dressait une simple cahute de planches couverte de chaume moisi.

Plusieurs fois, Mary avait demandé pourquoi le propriétaire du jardin aux beaux grands arbres ne se montrait pas, tandis que l'on apercevait sans cesse un homme, dans les vilains choux, un homme coiffé d'un épouvantable chapeau de paille, avec une bêche ou un arrosoir.

Tulotte, en dehors de la grammaire, n'aimait point les questions, elle répondait:

—C'est que l'autre jardinier est mort!

En réalité, les saules et les ifs dissimulaient des tombes, mais le mot cimetière lui paraissait difficile à prononcer devant une enfant de sept ans.

Derrière ce cimetière, s'étendait une plaine coupée par des sentiers poudreux: c'était la campagne, et des blés mûrs, ondulants, vous aveuglaient de leurs reflets dorés.

En se retournant sur le chemin des abattoirs, on voyait la ville de Clermont s'épandre jusqu'à Royat. Au delà de Royat, dans un horizon brouillé, parce qu'il faisait chaud, s'élevait le Puy de Dôme qui, le soir, devenait bleu, d'un bleu sombre à donner des terreurs vagues aux petits enfants pensifs.

Mary, le bras passé autour du cou de la cousine Tulotte, se demandait comment on peut se promener sur une montagne sans toucher le ciel du front. Elle savait très bien que cela s'appelait le Puy de Dôme, que la ville était Clermont-Ferrand et que, parmi toutes ces maisons, il y en avait une appartenant à son père le colonel, mais la promenade, sur une montagne, ne pouvait encore s'expliquer clairement. Elle revenait à ce sujet mystérieux avec insistance.

—Tulotte ... nous irons bientôt, dis?

—Au Puy de Dôme!... Tu es folle, ma pauvre petite... Il y a des loups, et puis ton père ne veut pas.

—Et maman?

—Ta maman est trop malade pour vouloir quelque chose qui te rendrait malade aussi!

—On ne va jamais où je veux! murmura Mary, après un silence.

—Parce que tu veux des bêtises.

Et Tulotte, fatiguée de la porter, la laissa glisser vivement par terre.

Tout le merveilleux panorama de la ville disparut pour Mary comme une image qu'on lui aurait retirée des doigts, elle ne vit plus que les fossés de la route; une campagne en miniature qu'elle connaissait trop avec ses chardons secs, ses flaques d'eau vaseuses et ses rares fleurettes de liserons pâlies sous la poussière.

Tulotte tourna la promenade des Buges, une rangée de gros mûriers, à l'ombre desquels il y avait des bancs, puis se dirigea, de ses mêmes enjambées de garçon, du côté de l'abattoir.

Pour Mary, on allait chercher du lait chaque après-midi dans ce bâtiment d'aspect bien tranquille. Elle s'asseyait sur des chaînes tendues entre des bornes de pierre et se balançait toute seule, en attendant que Tulotte revînt avec sa boîte de fer-blanc.

Mais ce jour-là, la petite fille, dont le cerveau

bouillait à cause de la chaleur orageuse, avait d'inexplicables besoins de savoir.

—Amène-moi voir la vache, dis? demanda-t-elle de son ton tranquille et volontaire.

Tulotte haussa les épaules.

—Encore ça!... fit-elle avec désespoir; tu es une sotte, il n'y a pas de lait ici et tu n'en boiras pas.

—Eh bien! je n'en boirai pas ... je veux te suivre ... à l'ombre ... j'ai si chaud!

Tulotte frappa aux volets d'une des fenêtres de l'établissement. Un gros homme, en manches de chemise, vint ouvrir la porte-cochère. Elles entrèrent dans une cour assez sale, jonchée de paille et plantée de pieux. Mary s'arrêta un instant, étonnée de ne pas voir de vaches comme il en passait le matin devant leur maison, faisant sonner leurs clochettes. L'homme avait un tablier de toile bise éclaboussé de taches rouges. Mary s'aperçut tout de suite de ces taches.

—Le Monsieur s'est coupé! pensa-t-elle, un peu effrayée par ce boucher aux bras velus, et, dans son horreur instinctive des blessures, elle saisit la jupe de la cousine Tulotte.

—Il m'en faut pour cinquante centimes, dit celle-ci de mauvaise humeur, selon son habitude, car la corvée ne lui souriait guère.

—On va vous servir, Madame, répliqua le boucher en examinant la petite du colonel, toute délicate dans sa robe de piqué blanc bouffante, sa capote de satin à bavolet ornée d'un bouquet de pâquerettes et de ruches de tulle. Laissez-la donc venir, la demoiselle, ajouta-t-il, elle verra nos bêtes!

Frémissante de plaisir, Mary s'avança, relevant

ses jupes, comme elle le voyait faire à sa gouvernante.

Sous un hangar les animaux destinés à la tuerie étaient rangés devant une barre et attachés, les bœufs par les cornes, les moutons par les pattes. Il y avait des veaux au poil clair jetés pêle-mêle, s'étouffant les uns sur les autres, des brebis plus ou moins grasses entassées dans un très petit espace et qui se mettaient tête contre tête comme fait un troupeau affolé par une panique; les bœufs, les cornes forcément en avant, frappaient la terre de leur pied, levant des mufles terribles; mais c'étaient les veaux surtout, dont les yeux s'emplissaient de grosses larmes, qu'on devait plaindre dans le tas de ce bétail condamné.

En face du hangar s'ouvrait une grande porte voûtée, un trou sombre d'où sortaient de vagues gémissements et une odeur nauséabonde. On percevait des coups sourds, des coups de massues. On tuait là-dedans de minute en minute. Un garçon tout en loques venait prendre un animal à la barre et l'amenait, tirant de toutes ses forces, jusqu'à ce trou énorme d'où rien ne ressortait ensuite que le bruit de ces coups sourds. Ce garçon avait l'esprit particulièrement méchant, il donnait du fouet à ces bêtes passives, sans aucune pitié. Il leur lançait ses gros sabots dans le ventre, frappant les veaux inertes, faisant des marques sur les nez pâles des brebis. Il allait comme une brute, avec une chanson très gaie à la bouche, torturer de malheureux porcs vautrés dans le ruisseau de boue sanguinolente qui coulait autour de la cour; les porcs, beaucoup plus graves que le reste du troupeau, ne se dérangeaient pas, mais grognaient en ne perdant aucune occasion de happer des choses puantes.

Au-dessus du hangar, il faisait toujours très bleu, et là-bas, là-bas, aux déclins presque violets de l'horizon, le mont du Puy de Dôme portait toujours jusqu'aux seuils des secrets paradis ses chemins inconnus.

Mary, sa jupe bien serrée contre ses mollets nerveux, dévorait le spectacle de ses prunelles dilatées.

Parfois elle avançait un peu, prête à toucher un animal, et une inquiétude la saisissait à la vue de leurs airs de désespoirs navrants. Les plus petits veaux gémissaient d'une voix si chevrotante qu'elle les croyait être des enfants, semblables à elle.

La cousine Tulotte, roide et calme, les regardait d'un œil impassible, ne s'occupant que de relever sa robe de soie brune dont les cercles de crinoline s'embarrassaient aux pieux disséminés.

—Ne t'approche pas de la porte, fit-elle, désignant à la petite fille l'entrée sombre de la boucherie.

Cependant elle se dirigea elle-même de ce côté avec sa boîte de fer-blanc.

On allait saigner un énorme bœuf. L'animal, pris par les flancs entre de larges courroies de cuir, avait le mufle comprimé dans une muselière, ses genoux se repliaient, son front se baissait, ses yeux saillaient, gros comme des œufs, et on apercevait le blanc, tout livide au sein de la pénombre obscure de ce charnier.

Le boucher velu tenait le maillet, un de ses aides avait le long couteau rond et le seau de cuivre. Un silence régnait, profond, dans cette salle carrelée qui ne recevait de jour que par la porte. Seul le bourdonnement monotone des mouches courait le long des murs. La cousine Tulotte, debout devant la scène, suivait avec intérêt les préparatifs de l'opération.

Il lui en fallait pour cinquante centimes et elle trouvait drôle de voir abattre tout un bœuf pour la goutte de ce *lait* qui lui était utile. Durant, la première semaine du traitement on avait envoyé la cuisinière, une fille mal dressée; elle s'était amusée à causer une heure chaque fois avec le boucher. Il y avait eu même, prétendaient les ordonnances, un début d'intrigue entre elle et le principal garçon de l'abattoir.

Ces garçons d'abattoir sont, en général, fort délurés.

Puis on avait envoyé un soldat qui avait rapporté un liquide tellement vieux que la malade n'en aurait jamais pu soutenir la vue.

Alors, Mademoiselle Tulotte, malgré sa dignité de parente pauvre, se décidait à venir en personne lorsqu'elle promenait son élève.

Mary voulait savoir une bonne fois ce que c'était que ce lait dont elle ne buvait pas et que sa mère aimait. Elle laissa là les petits veaux en pleurs, les brebis butées contre leur propre laine, les porcs si gras qu'ils ne remuaient plus.

Elle sauta le ruisseau et se glissa jusqu'à ce trou sinistre de l'abattoir. Tulotte, sa figure maigre tendue vers le bœuf, ne se doutait de rien. La petite mit les mains derrière son dos. Qu'allait-il donc arriver à ce gros animal docile?... Est-ce qu'il voulait leur donner des coups de cornes, par hasard? Mary ne respirait plus. Elle pensait qu'elle faisait mal, et aussi que c'était tout de même bien curieux cette manière de chercher du lait dans les vaches qui n'ont pas de sonnette?.

Brusquement le boucher leva son maillet, il tendit ses deux bras en l'air. Un nouveau coup sourd résonna sous le toit du bâtiment. Le bœuf tressauta sur ses jambes repliées, ses yeux s'injectèrent et sortirent de leurs orbites. Une écume pourprée filtra à travers ses dents mises à nu, sa langue pendit hors de sa bouche, le long de son corps la peau se plissa, se hérissant de poils humides, la queue se dressa comme un serpent fouettant dans un dernier spasme l'horrible mouche qui attendait pour sucer la viande.

Mary fit un geste de suprême angoisse.

Ses mains, qu'elle avait jointes à la façon des bébés indifférents, derrière son dos, elle les porta à sa nuque par un mouvement instinctif. Elle venait de ressentir là, juste au nœud de tous ses nerfs, le coup formidable qui assommait le colosse. Elle eut un frisson convulsif, une sueur soudaine l'inonda, elle fut comme soulevée de terre et transportée bien loin, par delà le sommet de ce Puy de Dôme bleuâtre.

Le garçon approcha le seau de cuivre et plongea son couteau rond dans le cou épais de l'animal. Un jet de sang fusa sur ses bras, sur son tablier, sur sa poitrine, et ce jet tomba, à mesure que le couteau s'enfonçait, dans le seau avec un bruit de fontaine ruisselante.

De temps en temps, la bête, pas tout à fait finie, se remuait, balançant sa puissante encolure, tandis que la tête cornue, broyée au crâne, allait et venait avec des balancements lamentables.

On dit que les taureaux ne voient pas les hommes parce que leurs yeux voient plus gros que nos yeux. Mais le regard d'un enfant de sept ans vit plus gros encore que le regard d'un bœuf. Il sembla à la petite fille que cette scène prenait des proportions phénoménales; elle s'imagina que tout le bâtiment de l'abattoir était une seule tête cornue, fracassée, grinçant des dents et lui lançant des fusées de sang sur sa robe blanche; elle se crut emportée par un torrent dans lequel se débattait avec elle une arche de Noé complète, les moutons, les veaux, les porcs, les vaches, et les garçons bouchers couraient après elle pour lui passer leur couteau sur la nuque. Le gigantesque Puy de Dôme arrivait, d'une course échevelée, vers sa microscopique personne, il répandait autour d'elle une ombre solennelle, sombre comme la nuit, elle roulait de trous en trous, s'accrochant aux chardons de la route, aux pâquerettes, aux liserons, le jardinier la repoussait d'un coup de bêche dans le cimetière et enfin elle dormait sans le souvenir du bruit, sans l'effroi de cet égorgement.

—Vous voyez! disait le boucher s'essuyant les doigts pour verser un peu de sang bouillant dans la boîte au lait qu'il eut le soin de bien recouvrir, ce n'est pas plus malin que cela et il ne souffre qu'une minute. Il faut bien manger, n'est-ce pas? Moi, je crois que c'est un fameux remède pour la poitrine. D'ailleurs, j'en boirais par plaisir ... oui, un verre plein, mais il faudrait parier une bouteille ... car on a besoin de s'ôter le goût!...

—Pauvre bête! murmura la cousine Tulotte, peu sensible de sa nature et cependant impressionnée, malgré sa sécheresse de vieille fille.

—Mon Dieu! cria le garçon qui venait du hangar amenant un mouton, la petite demoiselle est tombée!

Tulotte se retourna. Son élève était, en effet, par terre, les jambes dans le ruisseau fétide, le cou roidi, les poignets crispés et la face blême, au milieu des ruches de tulle de sa jolie capote. Elle n'avait pas dit un mot, pas poussé un cri, pas fait une tentative pour s'enfuir. Du même coup de massue, elle paraissait tuée, offrant sa gorge d'agneau délicat aux couteaux meurtriers de ces hommes.

—Sacré nom d'un âne! grommela le boucher, elle a voulu voir, cette petite, et ça lui aura troublé sa digestion. Allez donc chercher du vinaigre à la cuisine, Jean!

—Son père va me gronder ferme!... dit Tulotte, en emportant très vite ce petit corps tordu.

On frotta les tempes de Mary et on lui frappa dans les mains; ces bouchers, abandonnant leur tuerie, étaient tout anxieux, regrettant de ne pas avoir prévu sa désobéissance. Elle regardait les veaux, elle jouait avec eux! Pourquoi diable était-elle entrée pendant l'opération.

—Elle croyait que je venais chercher du lait! répétait Tulotte, de moins en moins à son aise à cause du temps orageux.

—Oh! c'est très sensible, racontait le boucher; moi qui vous parle, quand j'avais l'âge de votre demoiselle, je n'aurais pas saigné un poulet.

—Et moi, ajoutait l'aide dont les bras étaient encore fumants, si on m'avait dit que j'avais une écorchure sur la peau, avant de la sentir, j'aurais hurlé.

Ce boucher velu lui soufflait tout doucement sur les lèvres ainsi qu'il l'avait vu faire dans le bec des petits poulets mourants, et il s'y prenait comme une nourrice.

—Elle est bougrement jolie, la petite colonelle! déclara-t-il, attendri par la capote et le bouquet de fleurettes qu'il souillait de sang.

Elle était jolie, mais un peu bizarre. Ses yeux clos étaient si rapprochés l'un de l'autre que la ligne des sourcils semblait se rejoindre comme un trait d'encre. Le front étroit avait une harmonieuse courbe, la bouche mince avançait légèrement la lèvre inférieure dans un rictus de dédain déjà trop accentué; le nez, d'une arête droite, était fin du bout, aux ailes battantes. Les cheveux, d'un noir intense, avaient des reflets luisants et ils se collaient plats autour des joues. Tout le corps était merveilleux de forme, souple, maigre, sans les fossettes ridicules et bien portantes des bébés, les mains ouvertes se dessinaient dans un ovale exquis, le pouce était long, rejoignant la première phalange de l'index.

Puis quand, saturée de vinaigre, elle releva les paupières, on vit briller des yeux bleus, des yeux de blonde qui surprenaient. Ils étaient doux, très vagues, très chercheurs pourtant; ils la faisaient femme, malgré sa petitesse de gamine et ils rendaient nerveux ceux qui frôlaient sa peau d'une pâleur à peine rosée.

—Hein!... tu es sauvée, grimacière? demanda la cousine Tulotte d'un ton grondeur.

—Le bœuf va ressusciter, Mademoiselle, annonça le garçon qui conduisait les bêtes au maillet. S'agit pas de pleurer, maintenant!... On ne tue personne ici, au contraire, nous guérissons nos bêtes!...

Il avait préparé son entrée, comme un comédien, et il hochait la tête en faisant de grands signes.

—Mais oui! s'écria le boucher, on voulait plaisanter pour vous faire peur!... Jean, va me chercher le bœuf qui est plus fier que jamais... L'autre, celui qui donne le sang pour la maman, c'est un bœuf en carton!... Amène!...

Et ils firent semblant d'aller chercher l'animal, mais Mary, dont le regard plongeait là-bas, dans le trou béant, ne les vit pas revenir.

—Allons-nous-en! décida-t-elle, tandis que Tulotte lui ôtait sa capote tachée de rouge.

Elles sortirent de l'abattoir sans se parler. Chose singulière, Mary n'avait pas versé une larme.

—Mary, dit la cousine arrivée près du cimetière, ne raconte pas cela chez nous ... ta mère se tourmenterait et ton père *te* gronderait.

La petite fille marchait avec une extrême difficulté.

—Non, Tulotte, je ne dirai pas.

—Et je le porterai quand tu voudras! fit la vieille fille un peu radoucie.

Avec effusion, Mary se précipita dans ses bras, et l'une portant l'autre, elles débouchèrent sur la place où se trouvait la demeure du colonel Barbe.

Le colonel Barbe était un officier de fortune sorti des rangs, selon l'expression consacrée. Il n'avait pas un grand train de maison; sa jeune femme, toujours malade,—poitrinaire, prétendait-on—ne surveillait rien chez elle; la cuisinière, une grosse rousse, faisait ce qu'elle voulait; les deux ordonnances, beaucoup plus à la cuisine qu'à l'écurie, rédigeaient les menus, de concert avec cette fille qu'on appelait Estelle, et ces Némorins, tantôt gris, tantôt amoureux, mettaient parfois la maison dans un désordre inouï...

On recevait peu. Les officiers du 8e hussards craignaient beaucoup leur colonel qui était de caractère cassant dans le service. Cependant, quand il arrivait de les réunir, il faisait servir des punchs très copieux, du champagne, des liqueurs fortes et, se souvenant de sa vie d'Afrique, le colonel Barbe permettait aux petits lieutenants d'en user plus qu'il ne convenait. Sa femme apparaissait durant quelques minutes parmi tous ces pantalons rouges, le temps de leur sourire de son air doux et résigné, ensuite elle regagnait sa chaise longue pour sommeiller au bruit des verres se heurtant. A cause de la malade, le colonel Barbe louait une maison avec jardin, mais cette fois il avait eu la chance de trouver, à deux pas de son quartier, une place magnifique, la rase campagne et surtout la vue d'un cimetière dont les arbres lui semblaient une perspective charmante. Aussi sa femme ne voulait-elle plus sortir depuis qu'ils étaient en garnison à Clermont, prétextant que la vue de ces enterrements se déroulant devant leur porte lui causait des cauchemars affreux. De là de fréquentes querelles dans le ménage. La maison était vaste, bien aérée, son jardin se terminait par un bosquet de noisetiers ayant pour fond perdu la clôture même du cimetière toute recouverte de branches de saules et de lierre aux feuillages gras. Le désespoir quotidien de Madame Barbe était de ne pouvoir aller dans ce bosquet de crainte d'y rencontrer quelques os de mort. Et le colonel, qu'un os de mort trouvé dans son potage n'aurait pas fait sourciller, se répandait en récriminations sur la mièvrerie des femmes nerveuses.

La cousine Tulotte haussait les épaules: «A la guerre comme à la guerre!» D'ailleurs, on ne savait jamais de quelle manière on serait campé le lendemain. Les régiments sautaient d'un bout de la France à l'autre sur un simple caprice du ministre. On restait dix-huit mois ici, un an là-bas et on ne connaissait ni son préfet, ni son épicier.

La cousine Tulotte, sœur du colonel, s'appelait Juliette dont son frère avait fait Juliotte, et Mary Tulotte. C'était une vieille fille possédant ses diplômes et que Barbe vénérait à l'égal d'un docteur en droit. Il lui confiait sa femme les yeux fermés; quant à Mary, elle ne devait pas avoir d'autre institutrice.

Daniel Barbe avait un frère, docteur en médecine à Paris, un savant plein d'idées nouvelles qui enrichissait la science de trouvailles fabuleuses. On parlait de lui respectueusement, son nom planait sur le reste de la famille comme une étoile; c'était lui qui révisait les traitements des médecins passagers de Caroline, madame Barbe, la pauvre colonelle agonisante, et il avait eu l'heureuse idée des tasses de sang tout chaud à prendre chaque jour. Caroline buvait ce qu'on voulait; elle aurait épuisé l'officine d'un pharmacien pour se guérir. Persuadée, ainsi que le sont toutes les poitrinaires, irrévocablement perdues, qu'un remède existe pour rendre un sang riche à des veines appauvries, elle avalait l'horrible breuvage avec la plus entière conviction. Et, de fait, elle reprenait un peu de force. Elle avait même exigé que son mari revînt partager sa couche malgré la défense formelle de son beau-frère.

Lorsque Mary entra dans la chambre de sa mère, au retour de l'abattoir où elle avait assisté à la fabrication de ce lait rouge qui guérissait, elle entendit la voix du colonel dire sur un ton de colère:

—Mais enfin, c'est absurde, cette idée de ne pas vouloir sortir quand tu étouffes. Il est six heures; nous dînerons bientôt et tu n'auras encore pas d'appétit... On court, on saute, on franchit des fossés, on cueille des cerises!... Ne dirait-on pas que le jardin est rempli de croix noires semées de larmes blanches!

Et d'un accent obstinément plaintif, la voix de Caroline répondait:

—Non ... tu peux me tuer ... je n'y descendrai pas ... il y a du lierre sur le mur du fond, je vois ce lierre dans tous mes rêves ... il y a des morts jusque sous les racines du cerisier ... je t'assure que je sens leur odeur de ma chambre. Je préfère demeurer chez moi, tranquille. D'abord, est-ce que j'ai faim!... La cuisine de cette fille est devenue détestable. Tu ne vois rien, toi; d'ailleurs, tu verrais que tu laisserais faire. Estelle est bien portante; oh! les femmes bien portantes ont toujours raison.

—Allons!... voilà les folies qui recommencent. Caroline, tu abuses de ta position de malade... Juliotte a parbleu le nez fin, elle prétend *que tu t'écoutes*. Je ne choisis pas mes garnisons, je vais où l'on m'envoie ... et si la cuisinière te déplaît, mets-la dehors ... ce sera la huitième depuis que nous sommes mariés... Tiens! tu ferais mieux de prendre mon bras et de descendre au jardin, les morts ont peur de mes pantalons, faut croire, car je n'en ai jamais rencontré dans les allées!

Caroline, sans répondre à l'invitation de son mari, murmura:

—Ils lui font la cour tous les deux, je l'ai vu, oui, tous les deux, Sylvain et Pierre ... tes chevaux sont mal pansés, on ne brosse pas tes habits le matin, et, dès que je mets le pied à la cuisine, je trouve Estelle en train de lever le premier bouillon pour ces garçons-là, je n'ai que de l'eau, moi... C'est un assassinat dont tu ne te douteras que lorsque je serai morte!

Le colonel, anxieux et rageur, parcourait la chambre de sa femme comme un ours qui tourne dans une cage.

Après tout, il était possible vraiment que le voisinage de ce cimetière lui fût désagréable, peut-être *cela* sentait-il par les jours d'orage le ... moisi, mais ces garçons qui prenaient tout son bouillon de poulet pendant qu'ils faisaient leur cour à Estelle lui semblait une exagération ridicule. S'il devait punir, il punirait, seulement dans le service... Et ses boutons luisaient, ses chevaux luisaient; il n'était pas aveugle, sans doute!

Mary fit une irruption plus bruyante que de coutume. Elle bondit jusqu'aux bottes de son père en s'écriant:

—Papa ... j'ai vu la vache, elle avait de grosses cornes ... elle était méchante, on lui a fait mal, elle a saigné... Papa, je ne veux plus aller chercher le sang.

—Tais-toi, ne crie pas si fort... Qu'as-tu donc aujourd'hui? fit Caroline se soulevant de sa chaise longue et faisant des gestes de terreur. Cousine, elle est folle?

Mademoiselle Juliette Barbe, dont les quarante printemps ne s'accommodaient guère d'une appellation de *tante*, était traitée de *cousine* par toute la maison. Elle fit un imperceptible signe de reproche à l'adresse de Mary, signifiant: «Tu me le payeras.»

Et elle répliqua, très indifférente:

—Je ne sais ... la petite est curieuse ... elle a ouvert ma boîte; du reste, je ne comprends pas pourquoi on lui cache ces choses-là. Une fille de militaire ... tiens!...

Ce disant, elle versa dans une tasse de porcelaine le liquide rouge, un peu épais, encore chaud, ressemblant à du jus de groseille. Le colonel repoussa sa fille qui mettait ses mains sur son pantalon de coutil blanc, irréprochable; il avait l'horreur des taches.

—Tu es mal élevée, tu es mal débarbouillée... Ah! si tu étais un garçon, au moins! comme je te ferais rentrer dans le rang ... toi! dit-il, n'osant pris éclater contre sa femme.

Mary aurait voulu raconter son histoire, car elle avait déjà oublié la recommandation de Tulotte, elle se sentait pleine de son sujet, elle avait la cervelle encore congestionnée et il lui fallait un exutoire.

—Maman ... je t'en prie ... c'est une vache qui est un bœuf, l'homme a son tablier très sale ... il...

—Tais-toi! dit une seconde fois Caroline en trempant ses lèvres pâlies dans le sinistre breuvage.

Alors, Tulotte se retira triomphante tandis que Mary prenait un petit tabouret de paille et s'asseyait aux pieds de la chaise. Maintenant, la mère avait la bouche d'un rouge ardent, elle s'efforçait de sourire.

—Tu cries trop ... Mary ... je finirai par te gronder... Tu as mis les vêtements dans un bel état au lieu d'obéir à Tulotte, tu ouvres les boîtes... Enfin, c'est le médecin, ton oncle, qui me l'a ordonné. Laisse la vache et ton homme en repos. As-tu fait tes devoirs?... Non! Tu t'es amusée avec le chat?... Si ton père n'y met pas ordre ... tu me tueras!

La jeune femme était fort pâle, avec de grands yeux noirs brillants, des cheveux bruns, en bandeaux lissés. Elle se vêtait d'un peignoir flottant de mousseline à petites fleurettes pompadour orné d'une foule de rubans. Caroline avait l'amour du chiffon et se faisait des toilettes d'intérieur soignées pour les montrer à la sœur de son mari, qu'elle détestait et qui s'habillait toujours *comme un gendarme*. Un désespoir lui venait surtout de ne pas pouvoir porter de crinoline. La cousine Tulotte en portait de très larges, elle, son unique désir de plaire se réfugiait dans cette cage monstre se balançant à ses hanches absentes, et Caroline, réduite au peignoir, se vengeait par les nœuds de rubans multicolores.

Le colonel avait écarté les persiennes de la croisée, il humait l'air du cimetière pour prouver à sa femme *que ça ne sentait rien*. Il se retourna.

—Tu seras fouettée! déclara-t-il brusquement, sans savoir de quoi il s'agissait.

L'enfant se taisait, le front penché sur une poupée dont les paupières se fermaient quand on la berçait mais elle ne songeait qu'à cette horrible aventure et, au lieu de crier tout de suite: *j'ai eu du mal*, elle voulait commencer par le commencement, c'est-à-dire les veaux, les porcs, les moutons.

La chambre à coucher de madame Barbe était tendue de soie bleue claire, luxe que tout le régiment connaissait. On emportait les tentures à chaque changement de garnison. Les meubles de palissandre avaient des filets de cuivre. Caroline se plaisait dans ce bleu, et malheureusement son excessive sentimentalité en avait fait un nouveau genre de tourment pour elle. Elle se demandait, devant le colonel, devant ses officiers, devant sa bonne, devant sa cousine, devant sa fille, ce qu'il adviendrait de cette soie bleue lorsqu'elle serait morte. Ses vingt-huit ans, qui ne pouvaient pas croire à une fin prochaine, ne cessaient de répéter ce mot de mort, habituant peu à peu les autres à une agonie très raisonnable qui ne navrait plus personne. Le colonel, lui, dont le teint s'était détérioré en Algérie et dont l'impériale dure ne cadrait pas avec les nuances tendres, ouvrait les fenêtres espérant une réaction brutale du soleil.

—Daniel ... veux-tu fermer ces persiennes... Le jour abîme la soie, mon ami.

—Tu aimes donc les caves? gronda celui-ci, en jetant son cigare à travers le jardin.

—Il faut bien que je te conserve ta chambre nuptiale! murmura Caroline de son même ton doux et résigné.

—Sacrebleu! tu vas me faire la même plaisanterie pendant un siècle ... car tu vivras un siècle ... j'en suis sûr!

—Oh! je sais que cela te désole, reprit-elle en s'enfonçant dans son oreiller, tu espérais que je finirais tout de suite et je guéris!... Les hommes sont si égoïstes ... c'est justice ... ils ne se marient pas pour contempler des cercueils!

Lorsqu'il avait épousé la jeune femme, malgré ses quarante ans, le colonel Barbe ne se doutait pas, en effet, de la maladie qu'elle portait en elle et, malgré les pronostics décourageants des médecins, il se demandait souvent si ce n'était pas *un genre* adopté par une nature trop sentimentale.

Mary déshabillait sa poupée.

—Si tu ne disais pas ces choses-là en présence de ta fille! ajouta le colonel arpentant de nouveau la chambre bleue.

—Il faut qu'elle s'habitue... Quand je lui manquerai ce ne sera pas sa tante qui la rendra raisonnable, elle n'a aucune autorité sur elle ... et tu ne comptes pas sur la stupide Estelle pour me remplacer, j'espère!...

Daniel Barbe fit un mouvement violent ... et voyant que, décidément, le temps orageux indisposait sa femme plus qu'à l'ordinaire, il sortit en fermant brusquement la porte.

—Mary, fit la jeune mère fronçant les sourcils, va donc voir à la cuisine ce que peut devenir Estelle. Si ton père y passe, tu me le diras ce soir.

Mary s'éloigna sur la pointe des pieds, le cœur gros ne saisissant pas le motif de la discussion et souffrant encore de la tête. Elle rencontra Tulotte qui, ne pouvant plus se dominer, indignée de ses désobéissances multiples, lui donna une tape.

—Méchante gamine!... laissa-t-elle couler de ses dents serrées.

Mary alla à la cuisine. Tout y était gai, sans remèdes, ni fioles. Estelle, les yeux allumés, flanquée de ses deux hussards dont les culottes rutilaient comme les flammes du fourneau, préparait son dîner d'une main experte, des légumes s'entassaient sur une assiette, carottes et choux, le plat favori du colonel. Un bouilli phénoménal s'étalait sur une couronne de persil. Tous les ustensiles de la batterie étaient en l'air. La fenêtre s'ouvrait grande, des tourbillons de fumée odorante s'en échappaient.

—Voyons, Monsieur Sylvain!... criait la rebondie créature, blonde comme un épi et d'une laideur fort agréable, ne touchez pas aux légumes ... il en reste dans le pot-au-feu... Si c'est raisonnable!... ajouta-t-elle pendant que Pierre, sournois et entêté, s'emparait d'un poireau qu'il avalait, le nez levé, les paupières closes.

Et ils riaient tous les trois, faisant un excellent ménage, goûtant aux sauces, remuant les salades ensemble, mélangeant les odeurs de la cuisine avec les odeurs de l'écurie.

Mary ne s'inquiéta pas de leur gourmandise, elle alla droit à la chatte jaune qui sommeillait derrière le fourneau et elle l'emporta.

—Mademoiselle! rugit la cuisinière, posez ce chat ... vous vous ferez griffer ... quelle petite enragée!... Elle va se tuer ... regardez-la descendre!

Mary filait dans l'escalier, serrant la chatte qu'elle adorait d'une mystique passion, passion d'autant plus inexcusable que la mauvaise bête la criblait de coups de griffes dès qu'elles se trouvaient toutes les deux seules.

Mary courut au bosquet de noisetiers, contre le mur du cimetière, un bout de décor délicieux fait de lierre et de lavandes sauvages. Les plantes poussaient là sans culture, le jardinier d'à côté n'y venait point et se contentait d'émonder les arbustes que le colonel voulait *à l'alignement*, le long des pelouses. Mais, dans ce coin, Mary était chez elle, le banc boiteux lui appartenait, le feuillage la dissimulait, les insectes la connaissaient. Elle y avait installé sa charrette aux herbes, son râteau, sa pelle et un vieux berceau de sa poupée, hors d'usage, contenant des jouets impossibles. Elle s'assit tenant toujours sa chatte qu'elle comblait des noms les plus tendres. De temps en temps, la bête lui envoyait un coup de patte sec, rapide comme un coup d'épée. Quand elle lui attrapait les doigts une rayure rouge barrait sa peau, mais Mary ne se plaignait pas, au contraire, elle tenait de longs raisonnements sur la méchanceté des chats pour les enfants sages ... qui ne voulaient que leur bien! Elle finissait par lui mettre un bonnet à elle, garni de broderies, un corsage de sa poupée et, ainsi affublée, la chatte la regardait furieuse, les oreilles couchées en arrière sous le bonnet de travers, les pattes prêtes à sortir des manches du corsage, montrant ses crocs aiguisés, jurant d'un ton sourd. Un peu inquiète, car la fête se terminait généralement très mal, Mary la suppliait d'un accent à attendrir des cailloux: «Do! do!... l'enfant do!...» Ah! oui!... la chatte se dressait tout d'un coup, lui sautait à la figure et lui labourait les yeux ou le nez. Pourtant, cette bête maligne, peut être au fond s'amusant de la chose, ne s'en allait pas ... elle restait blottie sous les lavandes tandis que Mary tamponnait ses joues, elle guettait sa victime, la prenant pour une grosse souris blanche, revenant avec des ronrons perfides, un air bonasse signifiant: «Si je te griffe ... je te pardonne, tu sais!...» Et Mary la resserrait dans ses bras meurtris, répétant des serments d'éternelle amitié. Du reste, elle ne faisait aucun mal aux animaux, n'aimant que les chats, mais respectant tout ce qui était grouillant sur terre.

Ce soir-là, avant le dîner, Mary eut le nez balafré d'importance, la chatte lui fit une arête rouge sur la ligne de son profil et elle ajouta une vigoureuse morsure en pleine joue.

La petite fille, déjà si troublée, abandonna la bête au milieu du lierre, sans un mot de reproche, et alla se laver à la fontaine du potager. Une immense douleur emplissait le cerveau de l'enfant. Puisqu'on tuait les vaches pour boire leur sang, que sa maman devait mourir, que son père remplacerait la soie bleue par leur cuisinière Estelle, que la Tulotte la battait, que la chatte la griffait, elle était décidément bien une malheureuse petite fille! Et l'existence lui apparut la plus misérable des plaisanteries. Une angoisse, qui n'avait pas d'explication possible pour elle, envahissait son être débile. Elle se croyait marchant dans les îles désertes de Robinson Crusoé dont on lui lisait les histoires, un chagrin de vieille lui venait; comme si elle eût vécu déjà de longues années, rien ne devait plus l'amuser ni l'intéresser. Connaissait-on les moyens d'adoucir les bouchers velus et de charmer les chattes jaunes?... Autant valait dormir le jour comme on la forçait à dormir la nuit.

Elle s'approcha de la grille du jardin qui lui fermait l'entrée de la place; des escadrons passaient revenant du terrain de manœuvre avec leurs longues files de pantalons garances. Ce rouge lui blessait, à présent, ses pauvres yeux pleins de larmes brûlantes. Le rouge dominait trop dans cette vie de militaire dont elle avait sa première sensation de petit être réfléchissant. Tout cela lui procurait un vertige atroce et elle cherchait vainement à s'expliquer, parce qu'elle était encore une enfant malgré ses rêveries de femme nerveuse!... Qu'allait-elle devenir?

Au dîner elle ne mangea rien, pas même de la tarte aux cerises, ces cerises lui rappelaient la blessure du bœuf agonisant. Il fallut la coucher de bonne heure. Son père se retira dans son cabinet pour lire ses rapports, sa mère se mit dans son lit de soie bleue claire.

Vers minuit, la cousine Tulotte qui avait sa chambre près du cabinet où dormait l'enfant ouït un cri perçant, un cri de créature qu'on égorge; elle se leva en sursaut et prêta l'oreille.

Mary avait un accès de fièvre chaude terrible, la fièvre lui faisait voir des monstres chimériques et des diables. Elle se débattait, les jambes hors de ses couvertures, appelant sa chatte Minoute à son secours, la seule affection définie qu'elle eût, l'étrange petite fille détraquée! Tulotte prépara un verre de fleur d'oranger, de son allure calme et indifférente; les demoiselles comme il faut de quarante ans n'admettent que la fleur d'oranger pour ces sortes de maladies subites qu'elles ne peuvent pas comprendre. Mary lança le verre n'importe où et se roula de plus belle, désirant sa chatte Minoute, l'ingrate qui ne l'aimerait jamais!

«L'homme!... j'ai peur de l'homme, répétait l'enfant d'une voix rauque, étendant ses bras maigres pour se protéger contre d'invisibles ennemis; tu vois, Minoute, que nous sommes de pauvres chats, toutes les deux!... Notre maman va mourir, notre papa nous fouettera, et le gros bœuf est bien malheureux! C'est rouge partout ... c'est du feu ... c'est le fourneau... Nous cuisons, Estelle nous fait cuire et on va nous manger!... Va-t'en, Tulotte, je n'aime pas l'eau, ni la fleur d'orange. Je suis une petite fille très sage, je monterai sur un grand cheval pour aller consoler le veau qui pleure, les pattes attachées, là-bas dans les abattoirs. J'irai «sur le *Puy de Dôme*». «Madame à sa tour monte ... Madame à sa tour monte! si haut qu'elle peut monter!» ... Oui! Minoute, nous irons sur la grande montagne, nous aussi, tu auras un bonnet de dentelles et moi j'aurai ta queue de soie jaune!... De là-haut nous verrons passer le régiment, les pantalons rouges qui feront la guerre. Oh! si l'homme revient, nous le tuerons ... parce qu'il a tué le bœuf ... le bœuf du petit Jésus ... tu le grifferas ... nous le grifferons!... l'homme!... l'homme!...»

La cousine Tulotte ne savait plus que faire en présence de ce mal. Saisie d'un vague remords, elle prévint le colonel qui s'était endormi sur ses rapports, cette nuit-là. Le père, inquiet, examina le cas, tourmentant son impériale un peu hérissée.

—De jolis enfants que nous font les femmes sentimentales! grogna-t-il.

—Une fille de militaire! ajouta Tulotte dont cette phrase était la locution favorite.

—Et elle n'est pas malade, hein? Elle n'a rien de dérangé?...

—Non!... rien ... elle rêve!... Quel malheur que ce ne soit pas un garçon.

Le colonel fit un geste de dépit. Oh! c'était un vrai désespoir, cela... Un garçon, il l'aurait élevé à lui tout seul, d'une manière solide, la cravache à la main. Certes, il aimait tendrement sa petite fille ... cependant...

—Tu comprends, ma pauvre sœur, Caroline est molle, sans volonté, sans force ... elle a une horreur continuelle de ce cimetière qui est là, derrière nous ... puis elle parle de la bonne, d'Estelle! J'ai peur d'avoir fait une bêtise, elle redevient capricieuse comme une femme enceinte! Vois-tu, Juliotte, si je n'étais pas à la tête de tout, je crois que je ficherais mon camp. Je suis maussade ... je bouscule mes officiers ... je n'ose plus les inviter à boire ici... Tonnerre de Dieu!... je n'aurais jamais dû me marier ... et pour avoir un avorton de fille!...

—Je te l'ai bien dit! répliqua Tulotte aigrement, elle n'avait pas de dot, pas de santé ... et des parents si pleurards!... Tu n'as pas écouté l'aîné, notre Antoine, est ce qu'il se marie, lui?... et il a cinquante ans!... Avec ta solde, nous aurions vécu très heureux, comme jadis... Est-ce que j'ai besoin d'une direction pour emballer la vaisselle quand on a l'ordre de départ? Est-ce que je ne dirigeais pas mieux nos bonnes?... Tout va mal!... et c'est de ta faute!

Ils causaient à voix basse devant le petit lit.

Mary continuait ses mouvements désordonnés, crispant les poings et appelant la chatte.

—Allons! fais-moi des reproches, à présent, s'exclama le colonel, c'est de ma faute!... Si tu devenais plus douce, toi aussi!... mais non!... tu irrites toutes les situations!... Tu as une figure revêche qui ne peut guère nous mettre en joie! Quelle peste, les femmes!

Mademoiselle Tulotte pinça les lèvres et tourna le dos, laissant là le père vis-à-vis de sa fille en révolution.

«Crénom d'un sort!» bougonna-t-il. Puis, jugeant qu'une correction amènerait la détente nécessaire à ce système nerveux trop excitable, il empoigna Mary et, pour la première fois, lui administra le fouet de bon cœur.

La petite, après un déluge de larmes, se blottit sous ses draps, retenant de nouveaux cris, anéantie par une terreur qu'elle ne pouvait exprimer.

La mère, ensevelie dans ses tentures de soie bleue, n'avait rien entendu, on lui matelassait toutes ses portes afin que son repos ne pût être troublé, le matin, par le va-et-vient des ordonnances. Tulotte se recoucha en maugréant. Le colonel, ne se souciant pas de recevoir une semonce de sa femme, gagna le lit de camp qu'il avait fait dresser auprès de son bureau et un grand silence se fit dans la maison. Mary, seule, perçut un léger bruit ... c'était Minoute qui bondit sur le lit de l'enfant, vint s'asseoir tout à côté de sa figure encore cuisante de pleurs et de coups de griffes. Mary ne dormait pas, elle regardait *en dedans* des choses bizarres. Oh! la chatte! la chatte, qui peut-être voulait la manger, elle la voyait grandie, rampant lentement sur le tapis à grosses fleurs de la chambre, ondulant comme un serpent couvert de fourrure. Sa queue flexible avait des remous pailletés. Cela lui faisait l'effet d'une lame de métal, la couteau du boucher, se ployant avec des cassures de satin. Ses pattes déliées se garnissaient de griffes d'or, très pointues; dans sa tête de bête devenue presque humaine, quoique veloutée, resplendissaient deux yeux énormes, taillés à mille facettes, lueurs tantôt émeraude, tantôt rubis, passant de l'azur clair au pourpre sanglant.

Oh! cette queue ondoyante repliée autour d'elle comme une torsade de joyaux!...

—Minoute! bégaya la petite fille suppliante, ne me fais plus de mal, toi!

Minoute ronronna, désormais bonne personne ... sentant une affinité poindre entre elle et sa petite maîtresse ... faisant patte de velours, ayant l'air de lui dire à l'oreille:

«Si tu voulais ... je t'apprendrais à griffer l'homme, l'homme qui tue les bœufs ... l'homme, le roi du monde!»

2

La vie de garnison était, en ce temps-là, une vie de famille. On avait peu de relations avec le bourgeois, parce qu'on ne faisait que passer, et que l'habitant des villes se défie toujours du pantalon garance.

Le 8ᵉ hussards restait donc chez lui, trouvant en lui-même les plus riches éléments de distraction.

D'abord il y avait la femme d'un capitaine, madame Corcette, qui amusait tous les frondeurs, une femme ahurissante aux toilettes venant de Paris et aux allures sentant le café-concert. Les sous-lieutenants l'aimaient beaucoup; le capitaine Corcette le leur rendait ... ils n'avaient pas d'enfant! madame Corcette portait des chignons Schneider plus gros que ceux de la Schneider, et des *suivez-moi jeune homme* qui s'allongeaient derrière ces costumes *chic* (ce mot devenait à la mode) pareils aux rênes d'une jument dressée pour le manège. Elle avait le teint vert, le nez retroussé, les yeux chinois, le front bombé, une femme très laide, mais drôle.

Son mari était un blond, de type exquisement distingué, n'eût été son œil un peu clignotant, son sourire sceptique avouant trop de choses.

Le capitaine Corcette, sortant de Saint-Cyr, avait, chuchotait-on, traîné ses débuts de beau cavalier dans le cabinet de toilette d'un général célèbre... Madame Corcette le savait, en riait tout en fumant des cigares, les deux jambes, qu'elle avait superbes, étendues sur les genoux de son mari. L'ordonnance du capitaine Corcette racontait que, dans l'intimité, monsieur grisait madame qui disait alors des folies extrêmement divertissantes.

Il y avait ensuite la femme du lieutenant Marescut, la légende du 8e hussards, à cause de son économie fabuleuse. Cette petite madame Marescut n'avait jamais eu de bonne, et, malgré les timides remontrances de son mari, elle allait faire son marché *en cheveux*, avec un tablier de colon, se faisait prendre pour une domestique de la ville, traversant la rue populeuse de Clermont, un énorme panier de provisions au bras, et taillant des bavettes avec les officiers qui descendaient au café. Elle ne ressentait point la honte de sa situation ridicule, elle répondait à sa propre porte, quand par hasard il lui arrivait une visite: «Madame Marescut n'y est pas!» s'exhibant les mains poisseuses, la figure barbouillée de graisse. Elle fabriquait ses robes, elle recouvrait ses chaises, et taillait des pantalons de drap noir dans les pantalons de drap rouge de son mari qu'elle faisait teindre; elle prétendait que c'était moins salissant, des culottes noires. A la vérité, son petit logement reluisait de propreté; seulement on la trouvait toujours par terre, le chignon défait, lavant le plancher.

Puis la femme du trésorier, une mégère haute en couleur, perpétuellement sur le point d'accoucher, ayant déjà, six filles et comptant sur un garçon. Celle-là était la terreur de son mari, un peu buveur d'absinthe, elle avait fait une scène un soir, dans le café des officiers, au malheureux trésorier en train d'oublier les six filles d'Adolphine dans un carambolage des plus savants.

Dominant ces ménages d'inférieurs, la femme du lieutenant-colonel comte de Mérod apparaissait quelquefois *aux visites de corps*; une élégante mondaine s'occupant de faire arriver son mari du côté des généraux, une comtesse ayant été reçue aux Tuileries, sachant son grand monde et ne laissant aucune prise à la médisance.

Dans l'escadron volant des officiers à marier, il y avait le jeune Zaruski qui faisait grimper les escaliers de la cathédrale à son cheval *Trompette*; le bon Jacquiat, lequel se trouvait toujours entortillé par des farces extraordinaires d'où il ne sortait qu'en offrant un punch aux camarades; le maigre Steinel au masque de don Quichotte, étique à force de fumer de mauvais tabac; monsieur de Courtoisier, complètement fou, achetant tous les bibelots des antiquaires et toutes les filles à vendre; une santé ruinée, mais une charmante figure et un musicien accompli. Enfin, le grognard Pagosson, l'utilité publique du 8e, peignant à l'huile, découpant sur bois, culottant des pipes, tournant des pieds de meubles, préparant des cannes, et tressant des tapis avec de vieux galons pour les femmes qu'il respectait.

Le colonel Daniel Barbe n'était pas très aimé de son régiment, mais on ne se permettait pas de réflexion à son sujet, car dans l'état militaire on ne dit rien de son colonel, ni devant ni derrière. Il réunissait ses officiers une fois par mois: *pour maintenir la bonne harmonie entre les chefs*. Le jour, les dames venaient saluer la colonelle qui les recevait entre deux accès de toux, entourée de fioles, vêtue d'un peignoir idéal de fraîcheur; le soir, les hommes arrivaient par groupe de cinq ou sept, les uniformes flambants, les têtes droites hors du faux col d'ordonnance. Le salon s'éclairait de bougies roses, au chiffre du colonel, une bagatelle fort en vogue vers la fin de l'empire, et les plateaux circulaient, garnis de liqueurs coûteuses. A neuf heures, au milieu du brouhaha des toasts, Madame Barbe passait avec un triste sourire pour recevoir les saluts empressés, elle gagnait sa chambre et leur laissait Mary, qui devenait la maîtresse de la maison.

La petite fille, très raide dans une robe de mousseline blanche ornée d'un velours courant sous des entre-deux de valenciennes, faisait les honneurs, aidée de mademoiselle Tulotte. Jacquiat, le lieutenant, l'arrêtait pour lui glisser des fadeurs comme à une grande personne. Jacquiat songeait que cette conquête, plus facile à tenter que les autres, lui faciliterait un avancement rapide.

—Mademoiselle, disait-il de sa grosse voix de perroquet muant, vous avez pensé à notre voyage au Puy de Dôme dans le break de papa?... Je vous laisserais nous conduire... Nous verserions dans un fossé et nous écraserions des Auvergnats... C'est ça qui serait drôle!... Voulez-vous?... hein?

Mary, sentant toute la dignité de son rôle, répondait par une inclination de la tête, imitant sa mère, dédaigneuse et polie, son œil bleu gardant son indifférence pour l'inférieur qu'elle ne voulait pas favoriser au détriment du voisin.

En réalité, elle préférait Courtoisier; il lui envoyait des dattes, et sa moustache élégante avait un tour très particulier.

Quand Mary allait se coucher, elle saluait du seuil, les mains réunies sur sa bouche gracieuse, mais pas réchauffée encore, ne trouvant pas son camarade parmi ces uniformes qui blessaient sa vue couleur de ciel. Peut-être son camarade aurait-il été celui qui, sans s'occuper du chef, serait tout d'un coup monté sur une table pour exécuter des tours de force.

Mademoiselle Tulotte, à son aise dès que Mary était sortie, faisait circuler de nouveaux plateaux; alors, le colonel se levait comme poussé par un ressort; le silence s'établissait et il débitait un speech, toujours le même d'ailleurs.

Cela roulait sur la prospérité du règne de Napoléon III, la grandeur de la France, les probabilités de guerres lointaines, l'excellente tenue du 8e hussards, le poil brillant de ses chevaux, la camaraderie de ces messieurs, les nouvelles promotions de l'armée, les croix qu'on pourrait recevoir et surtout la douleur profonde qu'il ressentait de la maladie de sa femme qui le privait de ses réunions intimes où chacun se retrempait pour le devoir du lendemain. Peu de politique, une horreur absolue d'une manifestation quelconque autre que des manifestations de sentiments militaires, un mépris arrogant de ce qu'on pensait, soit dans le peuple, soit dans la bourgeoisie.

A minuit moins le quart, tous les officiers se trouvaient du même avis sans savoir de quoi il s'agissait, des «*Oh! certes, mon colonel!*» des «*Parbleu, vous avez raison,*» se croisaient en tous sens. Jacquiat commentait avec chaleur la phrase sur le poil brillant des chevaux. Marescut avançait un adjectif timide, tandis que le trésorier, bien d'aplomb sur ses deux jambes écartées, expliquait à Zaruski de quelle façon on attrape des écrevisses dans la vallée de l'Allier.

Corcette, tutoyant tous les camarades comme il avait la dangereuse habitude de le faire chez sa femme, pérorait en semant ses discours d'imitations que n'aurait pas reniées un acteur. Pagosson et Steinel fouillaient sans relâche la boîte aux cigares. Le comte de Mérod, seul près d'une croisée ouverte, s'absorbait dans la contemplation de sa chevalière, une merveille de gravure.

Minuit sonnait; Mademoiselle Tulotte, réveillée d'un somme ébauché à l'ombre d'un écran, regardait la pendule. Le colonel s'arrêtait court au milieu d'un geste oratoire, et subitement ces messieurs prenaient congé comme un seul homme, descendaient l'escalier en évitant de faire sonner leurs éperons, puis s'éloignaient à travers la place du cimetière.

—Ce sont de braves cœurs!... disait le colonel Barbe qui avait une pointe.

—Ah! il faudrait les réunir plus souvent, ils ne voient pas assez leur chef, il vaut mieux se faire aimer que se faire craindre! répondait Tulotte, fronçant les sourcils.

Et le lendemain, le colonel Barbe, ayant perdu sa pointe, les punissait de nouveau, bougonnant au sujet du *poil* du régiment, lequel poil le ferait remarquer un beau jour par le ministre de la guerre.

Le colonel Barbe avait, après ces soirées de parades, l'ennui lourd de son ménage gâté, de la maladie irrémédiable et des sentiments de sa femme. Il ne savait plus pourquoi il commandait ce régiment inutile et pourquoi il devait courir de département en département, toute la France, sur l'ordre d'un monsieur inconnu, n'ayant ni le temps de soigner Caroline, ni le temps d'élever Mary.

Du reste, ceci à sa louange, personne ne se doutait de ses préoccupations lorsqu'il montait, aux revues, le *Triton*, son cheval bai, dans son uniforme chamarré, à la tête de son régiment, sa musique jouant un air de bravoure, lui, saluant de l'épée scintillante quelques notables enthousiasmés de son profil martial, de ses yeux verts presque cruels. Et ainsi s'écoulait sa vie d'officier supérieur, monotone malgré ses changements de décor, jusqu'à ce que, les promesses de guerre se réalisant, il fût nommé général de brigade ou tué par un éclat d'obus.

Au-dessus de lui et de tous, il y avait à Clermont, dans un hôtel du Cours, le général d'Apreville, un petit homme bas sur ses jambes, la tête bouffie d'importance, qui recevait aussi, mais de préférence les enfants de ses officiers, car il adorait les femmes, et les mères ne manquaient point de lui amener leurs progénitures sans leurs époux. Il avait inventé soudainement des collations monstres avec des flûtes à champagne, et sa fille, une fille de quinze ans, dirigeait la bande. Mademoiselle d'Apreville, ayant perdu sa mère de bonne heure, savait monter à cheval avant de savoir lire, tirait au mur, mettait des balles dans les casquettes dorées de son père, sortait accompagnée d'un nègre qu'elle appelait *Jolicœur*, et avait déjà des aventures d'amour. Elle réalisait le type féminin qu'on aimait chez l'impératrice. Elle créait des modes en province, initiait les officiers d'ordonnance aux secrets de ses poudres de riz et ne jurait que par madame de Metternich, sa marraine, dont elle portait la couleur, au bal, un vert intense résistant aux lumières. Jane d'Apreville, à Clermont, dans ce grand cirque entouré de montagnes, imaginait des folies que les régiments de son père admiraient.

Nul doute que si la petite madame Marescut se fût permis des fantaisies de ce genre, on aurait fait permuter son mari; mais Jane d'Apreville était la loi et les prophètes. A part le comte de Mérod, le lieutenant-colonel, très en dehors des opinions reçues, les hussards, l'infanterie, le génie ne tarissaient plus d'éloges. On citait, par exemple, l'escapade du théâtre: elle était allée seule, un soir que l'on jouait de l'Offenbach, dans une loge de face, ayant pour tout chaperon son nègre *Jolicœur*. Une autre fois, elle avait suivi une revue de son père, à cheval, une toque ornée de trois étoiles sur la tête, et elle avait chassé le renard, l'hiver dernier, en compagnie d'un prince russe, dans une propriété qui n'appartenait pas au général.

De là un procès dont le père lui-même s'amusait comme d'un bon tour joué aux bourgeois d'Auvergne. Elle faisait, du reste, profiter le haut commerce de ses extravagances et devait, disait-on, des sommes à sa couturière.

Ce fut dans les salons de l'hôtel du Cours, que Mary fit ses débuts mondains. Jane d'Apreville, à la fin de juillet, offrit une collation féerique à mesdemoiselles de tous les régiments de la garnison. Par déférence pour le chef, le colonel Barbe n'osa pas refuser l'invitation. On décida que Mary serait conduite par Tulotte à la collation.

Elle avait encore un peu de fièvre. Le médecin de sa mère prétextait la croissance, un mal très anodin. Lorsqu'elle entra dans les salons du général, Mary eut un sourire de ravissement. Les croisées en portiques étaient ouvertes et festonnées de guirlandes, des suspensions de fleurs retombaient au centre de chaque portique, et le bleu éblouissant du ciel formait un fond infini comme un rêve à ces tableaux merveilleux. Une trentaine d'enfants polkaient dans des jonchées de roses; des consoles recouvertes de velours supportaient des joujoux bariolés. A droite et à gauche d'un gros orgue de Barbarie, que tournait le nègre *Jolicœur*, s'élevaient des buffets en étagères ornés de pièces montées qui représentaient le numéro et les armes des régiments *invités*.

Un grand drapeau de soie enveloppait de ses plis les pyramides de brioche, de savarins et de pains fourrés. Des valets déguisés en cantiniers, le bonnet de police sur l'oreille, versaient les sirops et découpaient les gâteaux. Pour les mamans, on avait installé une tente sur la terrasse, derrière l'hôtel, d'où elles pouvaient surveiller les jeux du jardin.

Ces dames avaient des tapisseries et brodaient, en devisant de la joie universelle.

Au jardin, après les danses, une surprise attendait les petites filles: on avait fait venir des champs un troupeau de vrais agneaux qu'on était en train de garnir de rubans. Pour les petits garçons, il y avait des chevaux de bois équipés en guerre, avec des roulettes sous les pieds. Le général d'Apreville, plus apoplectique qu'à l'ordinaire, allait du salon à la terrasse, se frottant les mains, embrassant les fillettes de douze ans dans le cou, pinçant au hasard les jeunes mères, répétant:

—Un génie, ma fille, un vrai génie... Elle ne me laisse rien à faire ... et elle sait dépenser comme une femme!

En effet, mademoiselle d'Apreville n'y regardait pas.

Mary, tout étourdie, se tenait au seuil du salon, penchant de côté sa figure de brune pâle d'où les yeux semblaient jaillir comme deux étoiles.

—Oh! l'amour!... s'écria Jane, lâchant le collégien avec qui elle valsait pour s'emparer de Mary.

Jane était une grande jeune fille, svelte, blonde, très jolie, mais fanée par ses hardiesses de soldat en maraude.

Elle appela son cousin Yves de Sainte-Luce, le collégien, qui vint en ajustant son monocle.

—Tiens! fit-il d'un ton connaisseur, pas mal la petite du colonel ... ça promet!

—Un peu maigre! riposta Jane d'une jalousie féroce, et pas encore assez femme pour dédaigner une enfant de sept ans.

—Je trouve qu'elle a des yeux, voilà ... déclara

nettement le collégien assez homme, lui, de par le récent duvet de ses lèvres, pour avoir le droit d'imposer sa volonté.

Jane d'Apreville laissa glisser à terre Mary qu'elle avait soulevée.

—Hein? des yeux bleus ... mais. Georges, tu disais que tu n'aimais pas les yeux bleus!

Et ses prunelles brunes jetaient des flammes.

Georges saisit le bras de Mary et la conduisit au buffet sans répondre.

Désormais, la petite du colonel avait une ennemie.

Après les rondes, les colins-maillards, Mary, fatiguée, descendit au jardin pour voir les moutons. Elle en choisit un taché de noir qui était tout drôle et bien enrubanné. Les petites filles se précipitèrent sur les autres, pendant que les petits garçons tâtaient leurs chevaux inanimés.

Il y eut une scène indescriptible. Chacun voulait un animal vivant. On en vint aux claques. Le jardin fut transformé en champ de bataille, le général tonnait du haut de la terrasse avec l'état-major des mères. Jane se multipliait, se tordant de rire et excitant les combattants. Yves de Sainte-Luce, le seul grand de la bande, les mains derrière son dos, s'écriait: *scha! pille! pille!* comme pour une meute.

Les moutons, affolés, trottaient dans les plates-bandes en bêlant d'une façon lamentable, et les petits garçons se servaient à présent de leurs chevaux démolis pour taper sur les fillettes désolées. Durant le combat, Mary s'était retirée avec son mouton, le taché de noir, derrière un bassin où il y avait des poissons; elle souriait, heureuse de passer inaperçue et de pouvoir embrasser un animal qui ne grillait pas.

Soudain, le petit Paul Marescut, invité dans le tas, s'élança furieux sur Mary.

—En voilà un ... il est à moi ... rends le mouton ... tu prendras le cheval!...

Maryse se plaça devant son bien.

—Non, dit-elle, je ne veux pas.

Mary n'avait pas beaucoup de phrases: elle voulait ou ne voulait pas.

—Attends, dit Paul, fort de ses dix ans, je vais te faire faire ta madame, toi! D'abord, le mouton vivant, c'est pour les hommes.

Mary eut peut-être la vague souvenance des brebis de l'abattoir.

—Tu veux le tuer! s'écria-t-elle.

—Si ça me plaît! riposta le gamin mis en goût par la fureur de la dispute..... On nous a dit d'en faire ce que nous voulions, rends-le.

Mary étendit sa jupe de taffetas blanc devant l'agneau.

—Non!

Alors Paul déchira la jupe, envoya rouler Mary sur le gazon et, saisissant l'agneau par une patte, il l'entraîna victorieusement.

Mary se releva, elle courut au grand collégien qui criait au massacre sans se déranger.

—Monsieur, il veut tuer mon mouton; et elle contenait ses larmes.

Mademoiselle d'Apreville vint s'informer de la chose.

—Bah! fit-elle, tant pis pour toi... Est-ce qu'une fille de militaire pleure pour ça! Fallait le défendre au lieu de lui laisser casser la patte... Tiens! voilà qu'il faut l'emporter.

En effet, on emportait le mouton dont le membre démis pendait lamentablement.

—Pauvre Mimi! soupira le collégien en caressant les nattes flottantes de Mary interdite.

Mais tout d'un coup une révolution s'opéra dans la passivité de la petite colonelle; un cri rauque, un cri de chatte en colère sortit de sa gorge crispée; elle rejoignit Paul Marescut d'un seul bond et, tombant sur lui à l'improviste, elle le cribla d'égratignures.

Elle venait de déclarer sa première guerre au mâle.

On fut obligé de lui arracher ce garçon complètement défiguré.

—L'horrible petite créature! bégayait Jane d'Apreville, expliquant à son père que ce devait être un *sale* colonel que le colonel Barbe, puisqu'il élevait si mal ses enfants.

La journée s'acheva par un quadrille dans lequel le général, un peu ivre de cette jeunesse qui lui grimpait aux bottes, esquissa un pas fantastique que tous les bambins, excepté Mary, mise en pénitence, répétèrent à l'unisson.

—T'es-tu amusée? demanda madame Barbe à la petite fille de retour, la robe déchirée, les yeux brillants.

—Non, maman! Elle aurait dit pourquoi sans la crainte de Tulotte.

—Allons!... allons!... murmura la jeune malade avec un sourire d'espoir, il lui faut des petits frères, je vois cela, ils lui formeront le caractère.

Le colonel, tout ragaillardi par la certitude acquise le jour même, ajouta:

—Sans doute, un petit polisson de frère comme Paul Marescut!

Madame Barbe, en dépit de ses douleurs perpétuelles, était enceinte. Le docteur attribuait ce retour à la santé aux brises vivifiantes du pays. Il jurait que tout se passerait très bien si on restait à Clermont-Ferrand, et le colonel fit des vœux pour que son régiment demeurât des mois encore dans cette bonne ville.

Madame Corcette se chargea d'annoncer la chose. Bientôt on sut que ce brigand de colonel... Eh! eh! ce n'était pas Corcette qui pourrait ces choses-là, aurait-il eu pour aide un régiment tout entier. Le trésorier lui souhaitait un garçon, sa femme Adolphine se récriait en pensant que ce serait comme une chance de moins pour elle. Ah! ces femmes poitrinaires, ont-elles du bonheur! Le garçon existait déjà, on le voyait naître... Parbleu!... puisque le colonel en voulait un!

Caroline continuait les cures de sang. Elle buvait ce remède, qu'on était obligé de cacher aux petites filles, sans trop de répugnance. Elle finissait peut-être par y prendre goût, sentant que son état exigeait à présent une plus forte dose. Elle parlait moins du cimetière, et, profitant de la douceur de l'automne, elle avait accepté le bras de son mari pour descendre au jardin. Mais ce moment de joie intime ne dura guère: le 8ᵉ hussards reçut brusquement l'ordre de partir pour Dôle. Du Centre il fallait sauter à l'Est, changer de climat, de coutumes, de mœurs, de maison. Cela renversait en une seconde toutes leurs espérances, et qui savait même si on aurait le temps de mettre au monde un garçon, voire une fille dans la nouvelle garnison?... Impossible de répondre de la tranquillité d'une malade avec ce sacré métier. Plusieurs officiers s'inquiétèrent de savoir d'où partait cette vexation, car ils se trouvaient tous très bien à Clermont: les logements étaient vastes et à bon marché, la nourriture exquise; on avait des eaux minérales, des excursions, des sites. On alla aux renseignements, car on disait qu'il suffisait d'un mécontent influent pour déplacer tout un corps d'armée. Il n'y avait pas un an qu'on était installé; on respirait seulement... Bref, on délégua de Courtoisier chez la fille du général, et quelle ne fut pas la stupeur de ces bons ahuris d'officiers inférieurs lorsqu'ils apprirent que mademoiselle Jane d'Apreville ayant désiré voir les hussards au diable ... le papa, pour avoir la paix, avait glissé une note au ministre ... et le 8e hussards allait au diable[1]!

Le colonel ne broncha pas, mais il redevint de mauvaise humeur, parla de renvoyer sa femme chez ses parents, en Bretagne. Celle-ci fit une scène de désespoir, elle ne voulait pas se séparer de son mari tant qu'Estelle serait à son service; d'ailleurs elle ne pouvait se dispenser des soins de médecins coûteux, ses parents étaient pauvres, les femmes de militaires ne doivent-elles pas mourir à leur poste?

—Jure-moi que tu garderas mon cercueil avec toi quand je ne serai plus! dit-elle au colonel, dans un accès de sentimentalité qui la mit sur sa chaise longue pour une semaine.

Tulotte déclarait que si son frère était un homme, il écrirait au ministre.

Daniel Barbe haussait les épaules. Cependant, quand il aperçut Estelle pleurant entre ses deux ordonnances parce que Sylvain et Pierre feraient l'étape loin d'elle, il fut ému; Estelle la cuisinière était la gaîté de la famille; à tort ou à raison son humeur influait. Au quartier, le colonel passa une inspection des chambres désastreuses, il doubla toutes les punitions, et le 8e hussards, qui allait du Centre à l'Est parce qu'une jeune fille de quinze ans le voulait, fut mis, pour une bonne moitié, aux arrêts parce que la cuisinière de son colonel avait pleuré. Un régiment est une famille, n'est-ce pas?... Ce qui touche ses chefs le touche. Ce sont là des choses bien naturelles.

Le 20 septembre on emballa. On prenait des hussards au quartier pour déménager les meubles: alors c'était un coup de feu abasourdissant pour les *pékins* rangés sur la place. Les soldats attrapaient des fauteuils au vol, un temps, deux mouvements!

La paille remplissait les rues avoisinantes, le camion roulait, attelé de ses chevaux peu commodes on clouait les caisses en chantant: *Marlborough s'en va t'en guerre!* et la pauvre Estelle cassait des piles d'assiettes pour aller plus vite.

Le colonel expédiait ses dépêches sur le dos d'un planton, grondait les ordonnances, bousculant les hussards qui cessaient leur chanson dès qu'ils apercevaient son profil sévère.

A l'intérieur de la ville ces dames étaient sens dessus dessous.

Madame Marescut empruntait les *soldats* de tout le monde; Adolphine, la trésorière, mettait ses six filles à pousser le piano dans sa caisse, tandis que

Madame Corcette, le chignon au vent, vêtue d'une excentrique toilette de voyage, n'ayant jamais rien à emballer parce qu'elle prenait des garnis, se faisait la mouche du coche, visitant les malheureuses en gants clairs, les tenant assises sur leurs malles pour leur raconter combien elle regrettait le Puy de Dôme dont elle avait fait plusieurs fois l'ascension, tantôt avec de Courtoisier, tantôt avec Pagosson. Ces messieurs de l'escadron des célibataires se prêtaient volontiers aux commissions du départ quand ils n'étaient pas de semaine, ils allaient chez l'une et chez l'autre, fournissant leurs ordonnances, mais ne portant jamais un paquet, car, l'honneur de l'uniforme avant tout !

Il fallait être le comte de Mérod pour oser risquer le parapluie en pleine tournée d'inspection, alors qu'un général pouvait se trouver à tous les coins des rues !

La veille de l'embarquement, l'usage était d'offrir un punch aux habitants de la ville avec lesquels on était en relation de camaraderie, et le colonel prononça vers la fin de ce punch un speech vraiment très remarquable.

Il parla de la prospérité de la France, de la grandeur du règne de Napoléon III, des guerres prochaines, de l'esprit de corps qui est si nécessaire entre les chefs... Comme il fallait varier à cause *des bourgeois*, il lança une allusion aux mœurs hospitalières du pays. On se serrait les mains, on s'accolait.

Pagosson offrit, de son côté, une canne d'honneur au patron du café des officiers. Ce brave Pagosson regrettait de toute son âme une ville où on n'avait qu'à déposer un oiseau mort dans une fontaine pour en retirer huit jours après un objet d'art, presque aussi pétrifié que son propriétaire[2].

A Dôle, le colonel Barbe et sa famille s'installèrent d'abord dans un hôtel, en attendant de trouver leur logement définitif. La ville leur parut de sombre aspect, sans promenades gaies, sans figures avenantes, sans jardins et sans soleil. Leur première journée de débarquement se passa dans une pluie torrentielle. Il y avait des pavés pointus qui écorchaient les pieds, les rues étaient étroites comme des corridors.

Quand ils avaient fait leur entrée à l'hôtel du *Chevalier*, le meilleur, un garçon leur avait dit qu'on n'aimait pas le hussard à Dôle et qu'on y était très dévot.

Il ne fallait point songer aux maisons des environs; des environs, il *n'y en avait pas* autour de cette ville dont les murs se collaient les uns contre les autres. Après huit jours de recherches minutieuses le colonel découvrit enfin, dans la rue de *la Gendarmerie*, une espèce de vieille demeure à l'espagnole avec des grilles renflées par le bas, pour permettre à quelques fuchsias en pots de se tenir.

Comme colonel il ne pouvait pas non plus se loger partout, certain quartier lui était interdit, presque toujours les quartiers où on aurait pu trouver des jardins. Il envoya son planton, sur la mine honnête de cette maison, demander le nom du maître.

Le soldat rapporta une réponse catégorique.

—La propriétaire est une vieille machine aussi, et elle ne veut pas d'officier chez elle.

—Cordieu! s'écria Daniel Barbe, exaspéré depuis

son départ de Clermont, je veux ce logement et je l'aurai. Est-ce qu'un colonel est un simple pioupiou qu'on peut envoyer se promener ailleurs? Attends! je vais vous la forcer la vieille machine, moi.

Et endossant son plus beau dolman, bouclant un ceinturon neuf, le colonel du 8e, malgré les supplications de Caroline, les haussements d'épaules de Tulotte, sans savoir même si cela lui conviendrait, partit à la conquête de la maison espagnole. Rue de *la Gendarmerie* on le fit pénétrer sous une porte cochère où s'ébattaient les vents les moins favorables; il aperçut une Notre-Dame dans une niche, puis une cour étroite avec des écuries au fond et une corbeille de fuchsias de toutes nuances au milieu. C'était propre, sévère, un peu monacal, mais on serait tranquille. Il dut monter un escalier tournant tout de pierre grise, son uniforme détonnait là-dedans comme un coup de clairon en plein sommeil de religieuses. On le fit entrer dans un salon désert, on referma une porte, et il resta seul pendant une demi-heure.

Ce salon était octogone, orné de portraits rébarbatifs: des conseillers au Parlement, des échevins, des abbesses, et un pastel de jeune fille vêtue d'une sorte de linceul. Toujours des grilles aux fenêtres et toujours des fuchsias derrière ces grilles.

Les carreaux de vitre étaient larges d'une main, avec des teintes vertes qui faisaient des transparents aux petits rideaux de guipure. On ne savait quelle odeur de moisi régnait le long des murailles reliées d'un papier directoire à scènes mythologiques du plus pileux effet. Ces scènes avaient çà et là des taches bleues, rouges, oranges, inexplicables, rondes comme des pains à cacheter. Un grand Christ d'ivoire sur un ovale de velours pendait à droite de la cheminée. Pas de fauteuils, des chaises de paille et un canapé à becs de cane, ignoblement droit.

Le colonel tirait sa moustache et ses yeux cruels de bonhomme qui s'ennuie ferme jetaient des éclairs terribles. Soudain la «vieille machine» du planton fit son apparition par une fausse porte. Daniel Barbe sentit comme une douche d'eau de puits lui couler le long du dos. Elle était grande, grande, bien plus que Tulotte, d'une blancheur de cire, le nez mince, les prunelles voilées d'une taie singulière, la bouche toujours mordue par une dent qui avançait. Peut-être très belle pour un cinquième acte de drame, mais épouvantable pour une femme vivante, et elle était vêtue d'orléans noir à plis pressés contre sa taille de déesse irritée.

Le colonel avait fait des campagnes certes moins pénibles que celle-là!

—Madame!... balbutia-t-il.

—Monsieur, répondit doucement l'apparition, je suis demoiselle ... la dernière des Parnier de Cernogand!... tous gens de robe, de la meilleure noblesse du pays. J'ai un appartement à louer, mais pour un notaire ou un médecin ... vous comprenez?

—Je ne comprends pas! fit le colonel qui avait l'atroce envie de sauter par une fenêtre, tant il regrettait d'être venu.

—Je ne peux pas louer à des soldats, Monsieur!... ajouta la dernière des Parnier de Cernogand.

—Le colonel du 8e hussards, un soldat!... riposta Barbe avec un haut-le-corps plein de dignité... Je pensais, Mademoiselle, que notre épée valait vos jupes d'avocat, mon planton aurait-il été malhonnête vis-à-vis de votre femme de chambre, que vous ne vous croyez pas obligée d'être polie vis-à-vis de moi?... Je tiens à votre bicoque et je l'aurai; ah!... nous verrons ... Mademoiselle.

Il se leva, renversant sa chaise de paille, la sabretache s'embarrassa dans le dossier, et pendant qu'il faisait un pas de retraite, la chaise suivit.

Mademoiselle Parnier de Cernogand, qui ne croyait pas avoir affaire à un vrai colonel, ouvrit des yeux épouvantés.

—Seigneur Dieu!... je ne savais pas que vous fussiez leur colonel. Clémentine disait des soldats, de ces gens turbulents, le déshonneur des maisons pieuses, Monsieur.

Elle se mit à tirer la chaise de son côté. Est-ce qu'on allait lui emporter ses meubles, aussi?...

—Mademoiselle, je me plaindrai aux autorités, je suis le colonel Barbe ... j'en ai vu de très raides... pas de pareilles... Comment, il n'y a qu'un logement de chef de corps dans cette satanée ville et vous ne voulez pas le louer? Ai-je donc la mine d'un blanc-bec? Est-ce que je ne vous payerai pas d'avance? Faites votre prix, je jure de ne pas même vous marchander. Un officier français ne marchande pas.

Ils finirent par reposer la chaise sur ses pieds.

—Voyons, Monsieur le colonel, murmura la dévote sans l'ombre d'un sourire, si vous étiez garçon ... de mœurs rangées et que vos domestiques aillent à la messe...

Suffoqué, Daniel Barbe, pas dévot de son naturel, s'arrêta au seuil...

—Garçon?... Je suis marié, Madame, j'ai une fille,

je vais avoir un autre enfant, j'ai une sœur, une cuisinière, deux ordonnances, un planton, etc.

—Alors, Monsieur, c'est impossible, je ne veux pas d'enfants, ce serait un véritable enfer chez moi. Monsieur, j'ai l'honneur de vous donner le bonjour.

Elle lui tira une révérence toute abbatiale et lui referma la porte au nez. Le colonel descendit les escaliers quatre à quatre sacrant comme un païen: «Des mœurs rangées!... ses domestiques allant à la messe!... pas d'enfant! que le diable extermine cette vieille carcasse bonne à faire peur aux moineaux! On t'en fichera des colonels de hussards!»

Clémentine, devant la porte cochère, le vit se diriger du côté de la place de la mairie.

Il y eut toute une semaine de pourparlers à cause de cette scène. Daniel Barbe, qui n'avait seulement pas vu le logement de la dévote, le voulait d'autorité, et le maire, inquiet des suites que pourrait avoir une dispute entre les hussards et les habitants de Dôle, dut employer son influence pour convaincre la dernière des Parnier de Cernogand.

Puis, un dimanche, le colonel, à cheval, reçut les clefs des mains tremblantes de Clémentine; il paya séance tenante sans vouloir de reçu et donna l'ordre aux plantons de s'escrimer en pleine cour pour déclouer ses caisses. On était vainqueur. Caroline, bien couverte de ses fourrures, visita l'appartement, accompagnée de l'intendant de mademoiselle Parnier. Dès l'antichambre de ce rez-de-chaussée, la jeune femme ressentit une impression d'angoisse; il lui semblait qu'il ne faisait pas clair, que cela dégageait des relents de salpêtre. L'intendant avait allumé une bougie.

—Le vestibule est un peu sombre, dit-il, mais la chambre du fond reçoit la lumière de la rue, on voit circuler des gens derrière les grilles, c'est juste en face de la poste.

Caroline hochait la tête, elle s'attendait à tout autre chose; son mari tenait tellement au succès de ses démarches qu'elle avait cru que l'on serait ébloui. Estelle, le sac de sa maîtresse à la main, Tulotte portant Mary, ouvraient la bouche sans oser témoigner leur stupeur.

La salle à manger était immense, lambrissée de chêne ajouré sur du vieux lampas jaune-soufre. Une profusion de meubles l'encombrait, des crédences, des bahuts, des tables tournées, des consoles de marbre, des statues, des tableaux, des cadres, des horloges, des escabeaux. Une poussière folle se dégageait de tout cela et les lambeaux de soierie vous dégringolaient sur les épaules. Dans le salon, dans les chambres à coucher, dans les placards, régnait le même désordre. C'était un véritable muséum et l'on pouvait se demander si la ville de Dôle avait la précieuse coutume de remiser ses objets d'art dans cette cave. Le pire, c'est que vraiment c'était une cave, humide, très grillée à ses soupiraux, ayant jour sur un bureau de poste où jamais personne ne venait prendre ni porter une lettre. Caroline avait envie de pleurer. Estelle, assise dans une ancienne chaire d'évêque, les poings au front, se demandait de quelle manière un gigot rôtirait devant la cheminée de la cuisine, une cheminée Louis XIV. Quant à Tulotte, elle formula cette opinion brutale:

«Une ratière! quoi!...»

Il ne fallait pas songer à déballer le moins du

monde, car il y avait même de la vaisselle sur les dressoirs. On mit deux jours à ranger et à épousseter.

Le colonel, atterré, n'osait pas dire ce qu'il pensait; seulement, pour un rien, il aurait tout saccagé autour de lui.

Mary ne voulait pas lâcher sa chatte, craignant de ne jamais la retrouver parmi ces belles choses.

Un mois s'écoula dans une mortelle tristesse. Le colonel allait au café pour ne pas entendre les reproches désolés de Caroline; Estelle, claquemurée par des jours pluvieux au fond d'une cour entourée de maisons à persiennes closes, agonisait. Les ordonnances, une fois leur pansage terminé, se sauvaient. Tulotte surveillait Mary qui, elle, surveillait sa chatte.

Quant à la propriétaire, on ne la voyait pas plus que Dieu, elle s'enfermait dans un impénétrable mystère. Clémentine ne parlait pas à la cuisinière du colonel, et l'intendant, un grand monsieur noir, sournois, un sacristain, ne s'aventurait que rarement vers le rez-de-chaussée. On avait cessé le traitement du beau-frère docteur, Antoine-Célestin Barbe, le savant, parce que les abattoirs étaient trop loin et que la peur effroyable de montrer ce sang à une propriétaire dévote empêchait Caroline de continuer. Caroline maintenant regrettait le cimetière de Clermont, elle en causait chaque soir à table, répétant qu'ici c'était une tombe sans arbre, la pire des tombes.

Tout le régiment connaissait l'histoire, on avait applaudi le colonel. «De la poigne, le colonel! Hein! faisait Jacquiat, vous a-t-il attrapé la vieille sainte n'y-touche?...»

Madame Corcette, installée dans une ancienne guinguette, hors des murs, enviait madame Barbe, et Caroline, gardant la dignité de leur situation, lui assurait que son logement était des plus confortables.

Un soir, Daniel, las de leur lampe lugubre qui éclairait à peine les quatre coins du salon, fit venir ses officiers et alluma carrément des paquets de bougie à son chiffre.

Ce fut un éblouissement fantastique. De Courtoisier jeta son képi en l'air, Jacquiat s'effondra dans un fauteuil, Pagosson eut peur, Zaruski grimpa sur un escabeau, Corcette, Marescut poussèrent des «Oh! mon colonel!» étouffés.

Ils étaient bien dans le plus splendide décor que l'on pût rêver! Les panneaux du salon étaient couverts de panoplies arabes, le lustre en cristal de Venise, qu'on s'était donné la peine de nettoyer, lançait des fusées éblouissantes. Une sainte de marbre blanc se dressait dans un coin, sous une draperie à fleurs de lys représentant une chasse de François Ier. Un bahut Henri II, à portiques en arêtes vives contrariées et rehaussées de filets d'ébène, occupait l'entre-fenêtre, les rideaux de brocatelle de soie retombaient le long des chambranles de toutes les portes, des flots de vieilles étoffes pompadour ou directoire cascadaient du haut des corniches, le plafond était peint de sujets libres d'une finesse exquise, Adonis et Vénus, des amours voltigeaient dans un essor fou. Un orgue aux tuyaux argentés faisait face à une crédence Louis XVI laquée de vernis blanc, tout enguirlandée de roses d'or, et à chaque bout d'une cheminée, portée par des cariatides de bronze vert, se dressaient des chaises datant de la reine Berthe avec des dossiers en rosaces de cathédrales. Toutes ces vieilles superbes choses remises aux lumières d'un gala rutilaient de paillettes multicolores; les étoffes avaient des plis cassés à faire damner un Velasquez; les armes semblaient couvertes de pierres précieuses.

Le colonel ne s'attendait pas du tout à cela, d'ordinaire Caroline n'allumait qu'une lampe, ses yeux fatigués ne pouvant tolérer l'éclat des bougies, et puis, il était si honteux d'avoir obtenu par la force «une ratière» qu'il n'insistait pas.

—Alors!... qu'en dites-vous? demanda-t-il pris d'une secrète vanité.

—Mais, mon colonel, c'est un palais! cria de Courtoisier; il y a des millions dans cette seule pièce, et vous avez loué cela, tout meublé, huit cents francs?

—Ma foi, oui ... je crois que notre dévote est une simple sorcière.

—Une sorcière?... une vieille folle! exclama Corcette ébouriffé, pourquoi laisse-t-elle ces objets de prix se manger aux vers? C'est moi qui bazarderais la moitié de l'appartement!

Jacquiat était du même avis. On parla de faire venir madame Barbe déjà couchée, mais Tulotte affirma qu'elle en deviendrait plus malade. Mary, assise sur une des chaises de la reine Berthe, le bras enfoncé dans un coussin d'Orient, regardait de toutes ses prunelles, chercheuses d'inconnu, serrant sa chatte contre elle avec une ivresse poussée jusqu'à la souffrance.

Lorsque les ordonnances apportèrent le punch dans la jatte d'argent qu'on avait trouvée derrière le dressoir de la salle à manger et qu'ils flanquèrent la jatte de douze petits verres de cristal noirâtre, taillé en biseau comme des diamants, le délire fut à son comble. De Courtoisier bondissait, saisi d'une rage que la présence de son colonel ne maîtrisait pas; ce n'était plus un hussard, mais un possédé; il tiraillait les soieries, dérangeait les meubles, ouvrait les bahuts, faisait des «oh! sacrebleu! quelle aiguière!» «Ah!... Messieurs, regardez-moi ce coffre de mariage!» Pagosson, lui, examinait certaines colonnes torses pour essayer d'en fabriquer de pareilles; les très jeunes lieutenants ajustaient les étriers arabes ou mettaient au vent des flamberges monstres.

Le colonel se frottait les mains.

—Allez, allez, mes enfants, répétait-il ahuri de son propre succès, je vous ménageais une surprise. Pardieu!... On a du flair! je m'y connais ... tiens!... Un Normand comme je suis, c'est la finesse en personne!... Quand j'ai voulu mon logement ... je le voulais ... je l'ai ... nous l'avons!... quelle noce, mes enfants!

Tulotte, en jupe de soie brune, avec sa crinoline, ses bandeaux plats et son teint olivâtre, errait de fauteuil en fauteuil, navrée de ces joies malsaines... Ce n'était pas elle que la friperie dériderait jamais, elle avait elle-même déménagé toute la chambre de sa belle-sœur pour tendre l'éternelle tenture bleue. Tout ça c'était des puces, du moisi, de la poussière, des ordures, une ratière, quoi!... Elle emporta Mary brusquement tandis que la chatte fuyait derrière les brocarts. On passa la nuit, chez le colonel, à visiter les armoires selon la hiérarchie: le colonel, armé d'un flambeau, désignait d'abord les coins les plus riches, puis venaient le lieutenant-colonel sincèrement ému, le chef d'escadron, les capitaines, les lieutenants. On brandissait des trouvailles étonnantes telles qu'une Léda d'ivoire renversée sous un cygne polisson, un ostensoir de vermeil dans le milieu duquel étincelait, comme un joyau, un médaillon de femme. De Courtoisier fourrait sa tête sous les tables, à quatre pattes dans les tapis.

On eût dit, à les voir de sang-froid, le sac d'un château princier durant une guerre! Ces braves hussards, ils finissaient par ne plus craindre leur colonel.

Mary dormait depuis longtemps lorsque sa porte s'ouvrit, livrant passage aux officiers en maraude, qui étaient venus tout droit, ne se doutant plus qu'il y avait des chambres occupées. Ils tenaient chacun un chandelier, à la file, les yeux écarquillés, le nez levé; de Courtoisier s'était coiffé d'un fez brodé de perles, Jacquiat drapait sa grosse panse d'une écharpe de bayadère et Pagosson émergeait d'une cuirasse rongée de rouille. Le punch aidant, ils titubaient un peu, le dolman déboutonné. La chambre de Mary se garnissait, tout entière d'un immense lit à baldaquin de velours violet. L'enfant se dressa, blanche, mince, les yeux fixes.

—On n'entre pas! dit-elle d'un accent si impérieux qu'ils reculèrent. Elle avait eu un véritable cri de femme outragée.

—Quelle boulette!... fit Jacquiat empêtré de son écharpe.

—Le père va nous arranger! marmotta Pagosson.

—Excusez-nous, Mademoiselle Mary, débita Corcette, la face allumée, nous ne pensions pas rencontrer la *Belle au bois dormant!* Ils se mirent tous à rire en contemplant ce lit drapé aux couleurs d'un évêque.

—Ça doit être celui du chanoine, déclara de Courtoisier, le colonel nous expliquait tout à l'heure qu'il avait une devise très bizarre!

Ce Courtoisier ne voyait même pas Mary dont les petits bras élégants pressaient la chatte jaune qui jurait, furieuse de ce brusque réveil.

—La devise, elle est là, répliqua la fille du colonel en se penchant vers la planche sculptée de sa trop grande couche et moitié souriante, moitié boudeuse, pour avoir le droit de les renvoyer ensuite, elle leur épela la phrase burinée en lettres rouges dans le vieux bois: *Aimer, c'est souffrir!*

Oh! comme dut, au fond d'un rêve, tressaillir le petit garçon dormant en quelque coin du monde, bien loin d'elle! Ce petit garçon qui devenu homme, quand elle deviendrait femme, lui serait fatalement destiné!

Les officiers se touchèrent du coude.

—Chouette! formula Pagosson dont les expressions n'étaient pas toujours choisies. Et ils sortirent abrutis par cette dernière fantaisie plus diabolique encore que toutes les autres.

[1]
L'auteur tient l'histoire de source certaine, avec la seule différence qu'elle ne se passait pas à Clermont.

[2]

La fontaine de Saint-Allyre, une des curiosités de Clermont-Ferrand.

3

Le lendemain matin, avant son déjeuner, le colonel Barbe monta chez sa propriétaire. Clémentine vint lui ouvrir en rechignant.

—Mademoiselle prend son café au lait! dit-elle d'un ton qui n'admettait pas de réplique.

—Eh bien! j'attendrai! répondit le chef du 8ᵉ hussard, presque penaud.

Mademoiselle Parnier de Cernogand daigna cependant abréger son café au lait pour recevoir son ennemi.

Le colonel lui adressa un salut plein de délicate courtoisie.

—Mon Dieu, chère Mademoiselle, je viens, dit-il, pour rectifier une erreur.

Vous m'avez loué huit cents francs un appartement...

—Ah! vous trouvez que c'est trop cher! interrompit la dévote de l'air de quelqu'un qui a mangé de l'épine-vinette.

—Au contraire, scanda l'heureux colonel, je trouve que je vous vole, il y en a pour des millions chez vous, et je ne peux pas rester ici à votre charge! Je ne souffrirai jamais cette injustice!... Quand on habite un musée, n'est-ce pas, il faut en subir les conséquences. Je vous saurai gré d'augmenter vivement votre local ou je pars ce soir!...

Elle avait bien entendu dire que les hussards sont fous; pourtant cela dépassait ses prévisions. Elle étudia un instant la figure du colonel, une figure impossible de guerrier!

—Allons... Monsieur, vous plaisantez!...

—Mademoiselle, un colonel ne plaisante jamais... Si je détériore vos richesses, vous en serez pour vos frais, et moi je ne respire plus depuis que l'on ma dit... depuis que j'ai vu que j'étais dans un palais princier... Entendons-nous bien!... Est-ce que vous avez voulu vous moquer de moi? Me donner en spectacle à mon régiment?... Mes officiers ne peuvent pas en croire leurs yeux... J'exige une augmentation.

La dernière des Parnier de Cernogand comprit à quel homme elle avait affaire, elle lui tendit sa main couverte d'une épaisse mitaine.

—Monsieur le colonel, vous êtes un vrai chevalier! dit-elle prise au dépourvu par cette exquise bonne foi et elle lui augmenta son bail annuel de cinquante francs, puis elle le pria de se rasseoir avec une très grande cérémonie.

Le colonel salua jusqu'à terre, imitant un officier de la Régence, dont il avait un portrait dans son cabinet.

—Monsieur le colonel, commença la dévote lissant ses bandeaux de ses deux mitaines, je dois vous avouer que je fais peu de cas de la vieillerie qui vous cause ce transport. Moi j'ai des principes très arrêtés sur ces choses d'un autre temps: je les conserve parce qu'elles ont appartenu à ma famille, mais je les ai en horreur. Mon salon a été purgé de toutes les inconvenances qu'il recélait. Les statues, les peintures, les draperies à personnages et les lits sculptés ont déménagé du premier au rez-de-chaussée, car mes yeux ne sauraient, sans indignation, regarder ces manifestations dégoûtantes des faiblesses et des impudeurs humaines. Dieu merci, j'ai été élevée par des parents sévères, mon père était un juge du plus grand mérite, il est mort en odeur de sainteté; quant à ma mère, elle fut dame patronnesse de Dôle jusqu'à son entrée aux *Veuves pénitentes*, un couvent de Besançon.

Tenez, Monsieur, je serai franche et rigide avec vous, vous méritez qu'on s'occupe un peu de votre salut... Au lieu de laisser vos meubles se pourrir dans les caisses, sous le hangar, demandez-moi une chambre de débarras pour y cacher les miens et ne faites plus admirer ces obscénités à votre régiment... Songez à votre petite fille qui couche, dit-on, dans un lit dont le seul souvenir me comble de terreur... Un bon mouvement: gardez le nécessaire et enlevez le reste!

Ce fut au tour du colonel de s'extasier. «Quel dragon, cette vieille créature!» Il se contenta de friser sa moustache d'un air narquois. Mademoiselle Parnier poussa un soupir.

—Tous les mêmes!... fit-elle désespérée.

Le colonel, cherchant à se donner une contenance, examinait les murs.

—Ah!... c'est trop fort! s'écria-t-il tout d'un coup, car en effet c'était trop fort; il tenait le secret des taches du papier Directoire ... la dévote avait eu la patience de coller sur toutes les ... nudités mythologiques ... des pains à cacheter.

Brusquement, il se leva, esquissa de nouveau un salut mais *à la hussarde*, cette fois, et se sauva, poursuivi par la vision de ces pains à cacheter pudibonds!...

A partir de cette visite, la glace fut rompue. La dernière des de Cernogand descendit de son Olympe au rez-de-chaussée, elle prit en pitié ces pauvres hussards, si vagabonds, et pensa tout de suite à leur inculquer ses effrayants principes.

Le ménage Barbe se sentit envelopper peu à peu d'un filet aux mailles inextricables: d'abord Estelle dut tordre le cou à un coq élevé dans une cage en compagnie de trois poules pondeuses. De sa galerie vitrée, mademoiselle de Cernogand prétendait avoir vu des ébats absolument contraires à la sainte règle de la maison. Ce coq avait des allures inconvenantes.

Caroline riait des réflexions pleines de sous-entendus que lui faisait à ce sujet brûlant sa propriétaire; cependant elle fit tuer l'animal parce qu'après tout elle voulait la paix. Cette victoire donna de l'audace à la dévote, elle expédia son intendant, M. Anatole, dans les cuisines d'Estelle afin de tâter cette fille qui lui paraissait la bête noire de la famille.

Estelle pouffa de rire quand on lui demanda si elle se confessait, puis au bout de la semaine, très séduite par les façons patelines de ce sacristain, elle consentit à aller à la messe avec Clémentine. On lui présenta la chose comme une vraie petite fête. Estelle lâcha Pierre et Sylvain pour M. Anatole et elle eut l'imprudence de se laisser conduire aussi aux réunions de la fameuse *Confrérie des Casseroles*.

—Madame devrait bien s'occuper de l'éducation religieuse de mademoiselle Mary! dit un jour Estelle en servant un plat de truites sur la table du colonel.

Celui-ci lisait le journal du soir, la botte allongée devant le feu, tandis que Tulotte renouait la serviette de la fillette et que la jeune malade, plus pâle que de coutume, arrangeait des pilules dans les boulettes de son pain. Daniel Barbe releva la tête brusquement, avec des yeux stupéfaits.

—Hein! fit-il, l'éducation religieuse de Mary!... De quoi vous mêlez-vous, ma fille?

—Monsieur a tort de me gronder, murmura hypocritement Estelle qui depuis la Noël avait une tournure tout étrange, quand on aime ses maîtres, on songe à leur salut. Mademoiselle fait bien sa prière, mais elle ne va pas assez à l'église.

Tulotte haussa le ton.

—Avez-vous fini de nous rebattre les oreilles? dit-elle en colère, c'est moi qui élève Mary et je crois que je m'y entends... Allez me chercher la moutarde ... dépêchons!

Estelle s'esquiva sans répondre un mot. Le trait était lancé.

La Confrérie des Casseroles avait pour but de diriger les maîtres par leurs domestiques, chose démocratique plus facile qu'on ne se l'imagine.

Tous les jeudis, dans une chapelle des bons pères, les servantes de Dôle se réunissaient pour ouïr une instruction sur les devoirs de leur situation, et là, on les exhortait à combattre l'irreligion des familles qui va toujours augmentant, comme chacun sait.

On avait pris à part Estelle dont la toquade pour l'intendant de mademoiselle Parnier s'accentuait davantage, et on lui avait déclaré qu'elle se perdait chez les hussards. Estelle ouvrait une bouche énorme devant les sermons, cela lui changeait ses habitudes de grosse gaieté avec les soldats, mais flattée de se voir au milieu de la fine fleur des domestiques de Dôle, elle imita bientôt les allures distinguées de ces demoiselles, ôta les rubans tapageurs de son bonnet, eut un chapelet dans sa poche et devint si détestable que Sylvain déclara tout net à Pierre que puisqu'elle voulait faire *sa sucrée*, on irait rire ailleurs.

—Estelle n'est plus la même! soupira madame Barbe lorsqu'on pénétra dans le salon.

—Il faut la mettre à la porte! bougonna Daniel impatienté de ce changement qui lui supprimait l'unique gaieté de sa demeure.

—Mais non, reprit Caroline, je ne m'en plains pas... Elle est devenue sage, elle cause moins avec tes ordonnances, elle a des prévenances ingénieuses pour moi... Faut-il donc une virago, ici, pour nous servir!... Tu veux toujours qu'on se trémousse autour de toi... Si cette fille commence à se repentir!...

—Allons donc!... se repentir, elle dissimule ... ce sera propre dans quelque temps. Elle sort pour aller je ne sais où, elle pince les lèvres quand on la gronde; autrefois elle pleurait, j'aimais mieux ça ... j'ai horreur des dévotes.

—Et moi, je préfère les dévotes aux filles trop délurées, riposta Caroline, la fièvre aux joues.

Depuis qu'elle était enceinte, jamais le colonel ne laissait la dispute s'envenimer.

—Mary, dit-il se tournant du côté de sa fille, veux-tu aller à l'église, hein?

—Non, papa, répondit Mary secouant ses nattes noires, j'ai peur de l'enfer!

Le colonel fit un bond dans le fauteuil de la reine Berthe. Il avait toujours défendu à Tulotte de lui raconter ces sornettes. C'était bien assez qu'on lui apprît son catéchisme sans aller encore le lui expliquer.

—Qui est-ce qui t'a dit d'avoir peur de l'enfer? interrogea sévèrement le colonel Barbe.

—Dis! et tâche de ne pas mentir! ajouta Tulotte exaspérée.

—Je ne mens jamais, murmura Mary confuse, et puis ça m'est bien égal. C'est la dame d'en haut, qui m'a fait monter chez elle pour me questionner sur l'histoire sainte. Elle m'a raconté un conte où il y avait des diables, des chaudières, des flammes ... elle dit que les petites filles qui ne se confessent pas à huit ans vont dans les chaudières. Moi je me suis mise à rire, alors elle m'a promis de me faire voir tout ça à l'église.

Le colonel Barbe aurait cassé la carafe qu'il tenait

si tout d'un coup Caroline n'avait pas déclaré que l'église pouvait être bonne à certaines heures. Si elle se trouvait mieux le lendemain elle irait avec Estelle et Mary.

Le colonel Barbe sortit pour ne pas éclater. Tulotte clignait des paupières.

—Nous y voilà! pensait-elle, c'est la fin de la fin!

A cette époque un grand événement eut lieu dans la vie de Mary: sa chatte fit des petits. Elle trouva un jour tout un tas de jeunes chats grouillant sur son lit à baldaquin. Tulotte voulait jeter à l'eau cette engeance du plus beau jaune, mais Mary faillit avoir une attaque de nerfs, on dut en choisir deux pour la calmer et les laisser à la mère.

C'était, dans ce lit, des miaulements plaintifs, des ronrons, des jurons qui rendaient la petite fille très orgueilleuse. La chatte, ayant fini par faire la paix avec elle, l'escortait, suivie elle-même de ses deux chats. On écrivait ses devoirs ensemble, on partageait les tartines de la collation et on enfouissait des choses mystérieuses derrière les fuchsias. Malheureusement, l'un des petits *s'oublia* un matin sur le paillasson de la dévote, il ne revint plus. Clémentine avoua que sa maîtresse en sortant pour sa messe basse *avait mis le pied dedans*, et qu'ayant une profonde horreur des jeunes chats, elle avait lancé l'animal à travers les escaliers. Estelle, sans rien dire, l'avait achevé pour que sa maîtresse n'entendit pas ses râles. Tout un drame que Mary reconstitua à l'aide de Minoute qui déterra le petit cadavre dans un coin de la cour.

En sa qualité de fille de militaire, Mary devait

protéger le plus faible; lorsqu'elle sut positivement à quoi s'en tenir, elle monta d'un pas décidé l'escalier de mademoiselle de Cernogand. Mary avait des idées féroces. On pensait chez elle que ce chagrin d'enfant était calmé, on l'avait vue se diriger d'abord vers la cour, réfléchissant aux sages conseils du papa qui lui expliquait qu'une propriétaire pieuse a tous les droits. Sa mère, assistant aux offices à présent, renchérissait et lui déclarait qu'il y avait déjà beaucoup trop de chats dans la maison. Mary, en dernier ressort, étudiait les agitations de Minoute. Minoute fixait des yeux étincelants de rage sur la galerie vitrée. Mary vint donc sonner à la porte de mademoiselle Parnier.

—Vous avez tué mon chat! dit laconiquement la petite hussarde, mettant ses mains dans les poches de son tablier d'écolière.

—Non, ma chère enfant, se récria la dévote; entrez vite, j'ai là un beau plat de beignets que je veux vous faire goûter. Votre chat a été volé par les gamins de la rue... Entrez vite, nous dirons le *benedicite*, vous me réciterez une fable et je vous montrerai des images de mon Histoire sainte.

Au fond mademoiselle Parnier, qui commençait à catéchiser toute la famille, avait très peur de perdre son prestige. Mary n'était guère facile à apprivoiser; cette petite ne s'entendait avec personne et se moquait de l'enfer.

—Vous mentez, Madame, dit Mary tranquillement, et puisqu'on voit le diable quand on ment, vous le verrez cette nuit.

—Ma chère mignonne, murmura mademoiselle Parnier, je suis trop bien avec le bon Dieu pour cela... Fi! la vilaine tête!... Regardez comme Jésus pleure en ce moment sur vos insolences!

Elle lui désignait du doigt le christ pendu près de la cheminée.

Les vitrages de la galerie étaient ouverts, on voyait Minoute plantée sur son derrière au milieu de la cour: Minoute, la queue tourmentée de frissons, attendait l'issue de l'ambassade.

Mary s'avança du côté du plat de beignets qui fumait fort appétissant; elle le prit à pleins bras, et, avant qu'on ait pu la retenir, elle envoya le tout dans l'espace avec un calme imperturbable.

—Tiens, Minoute! fit-elle. Ensuite elle se retira, le front haut, sans daigner refermer la porte.

Pétrifiée, la dernière des de Cernogand n'eut même point la présence d'esprit de faire un signe de croix.

La maison subit une véritable crise à propos de ce plat de beignets si cavalièrement offert aux mânes d'un chat assassiné. Mary reçut le fouet. On la mit en quarantaine pendant plusieurs jours. Elle fut privée de dessert, de la musique du dimanche, et surtout de jouer avec ses chats. Minoute, désorientée, abandonna le lit de sa maîtresse, emporta son petit dans l'écurie; un cheval écrasa ce restant de la nichée. Enfin, le plus poignant de tous les désespoirs, l'intendant, avec la permission d'Estelle, tendit un lacet sous les fuchsias, endroit fatal où Minoute trouva une mort prématurée.

Mary demeura inconsolable. Son père voulut lui donner un oiseau; elle refusa. A quoi bon?... si Minoute n'était plus là pour le manger! Ces sortes de peines prenaient dans le cerveau de la petite fille des proportions terrifiantes. D'autant mieux qu'elle pleurait peu et ressassait ses douleurs des journées entières. La maison lui inspirait une tristesse morne sans la moindre distraction vivante; certes, elle ne manquait pas de joujoux, tous les officiers de son père au premier janvier lui avaient donné des poupées, des ménages, des bonbons; mais cela ne remuait pas autour d'elle, les poupées se brisaient.... Il faisait trop froid pour sortir les ménages, hélas! Quant aux bonbons elle leur préférait la simple tartine de beurre de son goûter.

La maman ne bougeait plus de sa chaise longue; Tulotte passait son temps à disputer la cuisinière, l'appelant *cafarde*; le papa allait chasser avec Corcette et le comte de Mérod dans les gorges du Jura.

L'hiver était venu, charriant les neiges qui ne voulaient pas fondre dans la cour. Mary, partie de l'Auvergne avec un soleil magnifique, s'imaginait que les villes de France sont divisées en deux catégories: les villes où c'est l'Été et les villes où c'est l'Hiver!...

L'aventure du plat de beignets avait gâté la conversion des Barbe et un autre scandale vint la faire sombrer pour toujours aux yeux de leur propriétaire. Une fois, Mary fut envoyée à la recherche de cette mystérieuse Estelle qui, maintenant, quand elle n'était pas au confessionnal, s'enfermait dans sa chambre. Mary grimpa l'escalier comme feu sa chatte, c'est-à-dire très vite et sans bruit. La chambre de la bonne, située sous les toits, possédait un gros verrou fermant assez mal un huis tout disjoint; Mary, juste à la hauteur d'une fente du bois, aperçut vaguement l'habit noir de l'intendant de mademoiselle Parnier, un habit en forme de lévite que tout le monde connaissait; elle entendit la voix de sa bonne balbutiant des choses étouffées. Mary n'osa pas entrer. Elle redescendit pour expliquer à son père que la bonne devait être très malade puisque M. Anatole la soignait dans son lit. Ce fut un trait de lumière, le colonel devina la véritable raison de la conversion d'Estelle. Il jugea même inutile de confondre les coupables, et, après avoir blâmé sa fille de se risquer au trou des serrures, il avertit Caroline.

—Te voilà bien!... s'écria celle-ci indignée; tu veux renvoyer ma cuisinière parce qu'au lieu d'avoir deux hussards pour amants elle se contente d'un dévot!... Moi, je trouve qu'Estelle se range de plus en plus ... et je la garde... Autrefois elle faisait ses horreurs dans la cuisine, maintenant elle monte dans sa chambre... Je te dis que je veux la garder!...

Le colonel ne répliqua rien, mais il avait l'esprit de corps. Il ne serait vraiment pas dit que ce faquin de buveur d'eau bénite demeurerait impuni. Il mit des gants de peau neufs et alla de nouveau chez sa propriétaire.

—Mademoiselle, affirma-t-il dès le seuil, votre intendant est un drôle qui suborne les filles: je viens de le découvrir en conversation légère avec ma bonne, une créature assez sage!... Pensez-vous, Mademoiselle, que je puisse me permettre de laver la tête à ce polisson?

La dernière des de Cernogand se moucha, prit une pincée de son tabac—sa seule volupté—secoua sa robe d'orléans sur laquelle était tombée un peu de la fine poudre.

—Hum!... hum! mon cher locataire!... murmura-t-elle, ceci est une grave accusation. Je tiens Anatole pour un digne serviteur; oui!... oui! je vous le répète, un digne serviteur. Il a quarante-deux ans, un âge déjà respectable ... jamais on ne l'entend dire un mot déplacé ni faire une allusion aux femmes. Il ne sort pas ou presque pas ... Monsieur le colonel ... vous les avez vus?...

Le colonel était comme sa fille: il ne savait pas mentir.

—Vus ... non..., mais on les a vus ... une personne digne de foi!

—Quelle personne, encore?...

Et mademoiselle Parnier respira.

—Une enfant dont l'innocence aurait pu être ternie par ce spectacle... Heureusement que Mary n'a rien compris, mais je désire...

—Ah! Monsieur Barbe!... votre fille!... et vous voulez que je chasse un excellent sujet parce que cette enfant, qui nous a tous en horreur, à cause de la mort d'un sale chat, les a vus... Et qu'a-t-elle vu?... je vous le demande...

—Mademoiselle, je réponds de ma fille comme de moi-même ... ses explications ne me laissent aucun doute!... Dieu merci, elle n'a pas trop vu pourtant... quand une femme est sur son lit ... qu'un homme!...

Mademoiselle Parnier se leva, majestueuse:

—Colonel... (et elle dit colonel tout court, car elle était hors d'elle), je vous défends d'en ajouter davantage. Je ne dois pas savoir ce qu'ils faisaient, je me bornerai à jurer sur ce christ que M. Anatole, mon intendant depuis dix ans, est incapable d'une faute de ce genre!...

Et très indignée, elle se retira dans un oratoire, à côté du salon.

Le colonel dut sortir avec l'étourdissement que lui jetait au cerveau la stupéfiante logique de la dernière des de Cernogand!...

On garda Estelle, on félicita M. Anatole. Le colonel ragea, la colonelle bouda; Tulotte haussa les épaules, et Mary fut fouettée pour liquider cette situation embarrassante.

Alors la petite fille connut les effets d'une haine de dévots. Elle vit s'en aller d'une façon mystérieuse les joujoux qu'elle laissait dans la cour; ses jardinets tracés sur la neige étaient effacés par une main inconnue, mais toujours prête au dégât. Un jeune chien qu'elle avait ramassé au coin d'une borne et qu'elle soignait à l'écurie, en cachette, récolta une maladie de langueur dont il creva inexplicablement. Dans sa chambre même, ses cahiers sur sa table de travail eurent des pâtés qu'elle n'avait jamais faits. Elle égara ses plumes, son papier buvard sans s'en rendre compte! Toute la journée c'étaient des rapports contre elle.

Estelle arrivait auprès de la chaise longue de madame qui lisait un roman:

—Mademoiselle est encore sortie malgré la défense de Madame... Je n'ose pas la gronder, elle dit que je n'en ai pas le droit.

—Mary! appelait la mère assourdie de réclamations, où es-tu allée?

—Maman, je suis sortie pour jouer sur le trottoir puisqu'on me prend mes jouets dans la cour!...

—Qui te prend tes jouets?

—Je ne sais pas, maman, peut-être le monsieur d'en haut!

—Allons donc!... tu es folle! Enfin, si on te prend tes joujoux, il faudra veiller!... ajoutait la mère impartiale.

—Ah! Madame peut croire, se récriait Estelle, que je battrais celui qui se le permettrait... J'aime trop mademoiselle Mary, seulement monsieur la monte contre moi ... je le sens bien, et si Madame n'était pas malade, elle qui me garde malgré mes indignités, je m'en sauverais, voyez-vous!...

Ici Estelle, du coin de son tablier, s'essuyait les yeux.

—Mary ... concluait la jeune mère attendrie, tu nous feras mourir de chagrin!

La petite fille serrait les lèvres, dédaignant d'accuser davantage des gens, que d'ailleurs elle ne saisissait pas sur le fait. Et puis elle finissait par s'imaginer que ce qui se passait devait être tout naturel. Seulement son caractère devenait de plus en plus sauvage; elle s'asseyait sur les marches de l'escalier, le menton appuyé au poing gauche, le regard farouche, la bouche tordue d'un rictus étrange. Elle récapitulait toutes les avanies qu'on lui faisait subir et son horreur des grandes personnes s'accroissait rapidement. Quelquefois on lui amenait des enfants du 8e: Paul Marescut, les filles de la trésorière; mais il arrivait que ces enfants se dégoûtaient vite de son air sombre et des jeux qu'elle leur proposait comme des trouvailles: soit l'enterrement d'une poupée disloquée, soit un pèlerinage à la tombe des chats derrière l'écurie, dans la fosse au fumier, avec des bougies et des encensoirs de papier. Dès qu'on voulait une partie de barre ou une ronde, elle se retirait à l'écart.

Un jour que l'oncle de Paris, le fameux savant Antoine-Célestin Barbe, devait venir pour une consultation pressante, madame Corcette, après avoir chuchoté longuement au chevet de la malade, emmena Mary chez elle.

C'était au mois d'avril; la neige faisait place à une boue noire, épaisse comme de la crème, remplissant les rues et crottant les jupes. Le capitaine Corcette, aux arrêts pour une semaine, attendait la petite fille du colonel comme une distraction qui lui était bien due de la part de son grognon de père.

—Eh bien? demanda-t-il lorsque sa femme arriva suivie de Mary, très ahurie de leur voyage à travers Dôle.

—Nous la garderons peut-être plus longtemps que nous ne pensons, dit-elle. On est allé chercher le marchand de choux pour avoir le petit frère ... il paraît que ce chou ne veut pas se laisser effeuiller... il y a des complications, une fluxion de poitrine qui se déclarera, un remède qu'on n'a pas continué, enfin des tonnerres de machines du diable!... pour parler comme le colonel!

La maison du capitaine Corcette était une ancienne guinguette ornée de treillages verts et de volets verts. Au carrefour de trois routes, elle avait la vue d'une campagne fort accidentée, une montagne couverte de rochers de laquelle glissaient de petites cascades en miniature; elle portait encore un pin pour enseigne et sur un coin on lisait cette phrase d'un goût douteux: *Au rendez-vous des cascades*, que le capitaine ne se souciait pas de faire effacer. Elle possédait un jardin, des tonnelles, une balançoire, un jeu de boules, un jeu de grenouilles, une mare... Un vrai paradis!

Les quatre chambres qui la composaient étaient tendues de papier perse à fleurs inouïes.

Au salon il y avait des cors de chasse, un tapis turc, un vieux piano; des scènes d'amour très drôles le long des rideaux de cretonne. Cela empestait la cigarette et le rhum. Mary dut changer sa robe de flanelle blanche qu'elle avait salie dans les rues de la ville contre un petit jupon de soie rouge bordé d'une dentelle que lui prêta madame Corcette. Celle-ci, très heureuse de faire la maman, lui donnait des conseils.

—Tu vois, Mary, tu as un jupon de danseuse espagnole. Demain Tulotte viendra prendre de tes nouvelles et t'apporter du linge, mais, pour aujourd'hui, nous allons nous déguiser. Tu mangeras des gâteaux, tu boiras des liqueurs et tu casseras tout si ça te plaît. Je te soupçonne d'être une petite fille trop bien élevée... Ris donc, lève la jambe, cours, saute ... massacre-nous... Il faut se la couler bonne tant qu'on est gamine... Après ... on ne sait pas ce qui vous tombe dessus!... Moi, je ne veux pas que tu t'embêtes chez moi, tiens! D'abord tu es la fille de notre colonel et nous voulons t'éblouir!

De fait, l'enfant était éblouie. Elle souriait doucement, un peu chagrinée des expressions bizarres qu'employait madame Corcette «... que tu t'embêtes!» «se la couler bonne.» Autant de stupeurs pour elle qui avait un père très sévère sur le choix des mots.

On lui avait passé le jupon rouge, mis un *zouave*

de cachemire bleu garni de clochettes d'acier et noué un ruban jaune au bout de ses nattes.

—Elle est fort jolie, cette mignonne! murmura le capitaine du haut de sa robe de chambre à glands de soie.

Madame Corcette endossa aussi une polonaise plus claire que celle de son mari, redressa son chignon et servit une collation abondante. Comme la fillette refusait gracieusement une seconde cuillerée de confiture, la jeune femme lui vida, en éclatant de rire, le fond du pot sur son assiette.

—Tiens! fit-elle, nous prends-tu pour des nigauds, nous voyons bien que tu en meurs d'envie!

A la vérité, Mary ne mangeait que modérément de tout, chez ses parents; elle suivait, malgré elle, un régime de convalescente qui a peur des excès. Jamais trop de fruits, ni trop de gâteaux, ni trop de vin. Et elle se portait bien, ignorant les indigestions et les griseries sucrées; cependant, comme l'humanité est ainsi faite, elle réservait toutes les folies sensuelles pour plus tard, et son esprit devait faire payer cher à son corps sa précoce gravité.

Elle mangea le fond du pot, but de l'anisette, puis le capitaine la fit asseoir sur ses genoux.

—Je crois, dit-il gaiement, que ce petit gésier ne fonctionne pas mal ... nous allons maintenant passer à d'autres exercices.

Messieurs et Mesdames, je vous annonce *il signor* Polichinelle!» ajouta-t-il d'une voix tellement aiguë qu'elle semblait partir de la chambre voisine. Mary effrayée se réfugia dans les jupes de madame Corcette. Aussitôt, avec un annuaire, deux bouchons de lampe et une écharpe algérienne, il fabriqua un théâtre, des acteurs, un rideau. Mary demeurait muette d'étonnement. Il y avait donc, au monde, un homme qui amusait les petites filles?..... De ce jour elle eut un goût prononcé pour les baladins tout en réservant son appréciation au sujet de leur morale!... La représentation dura une heure. Madame Corcette donnait la réplique, et Mary, assise entre eux, se tournait tantôt d'un côté tantôt de l'autre, essayant de saisir le moment où leurs bouches remuaient, ne comprenant rien à leurs intonations. Ensuite, madame Corcette lui habilla une poupée avec du papier de couleur et des cartes de visite, c'était fantastique.

Et les deux époux riaient plus fort qu'elle, se lançaient des mots renversants, s'appelant: *ma vieille! mon gros rat écorché!...* La pluie ayant cessé, ils conduisirent Mary au jardin; le capitaine, debout sur la balançoire, exécuta des tours de force; sa femme, les jupons retroussés, le nez en l'air, montra de quelle manière on tirait la grenouille à coups de boule. Mary avait peur de salir son jupon.

—Qu'est-ce que ça te fiche, cria madame Corcette, puisque ce n'est pas le tien!...

L'argument était sans réplique. Mary tira la grenouille à côté d'eux.

Le soir elle devint bavarde, racontant ses malheurs avec ses chats.

Alors, madame Corcette envoya la bonne de porte en porte chercher des petits chats. Elle en eut bientôt plein son tablier, et cette récolte fut déposée sur le tapis turc, où elle miaula, jura, griffa; une vraie ménagerie.

Mary, les larmes aux yeux, se précipita dans les bras de la jeune femme.

Manette, la bonne, disait gaiement qu'on pouvait en avoir d'autres si on y tenait!... Ce fut du délire! la petite fille à quatre pattes les dévorait de caresses, les appelant des noms de ses chers défunts. Corcette s'affubla d'une peau d'ours et fit l'animal féroce qui va croquer le troupeau. Mary les défendait, son jupon rouge étendu, et l'on renversait les meubles, on cassait des porcelaines, on criait, on se bousculait.

Madame Corcette se tordait de rire, s'amusant plus que les autres. Manette, très délurée, pinçait tout le monde, y compris monsieur, et madame riait plus fort, appelant son mari: *grand lâche!*

On coucha Mary, après minuit, ce jour-là, dans le cabinet de toilette de madame Corcette où on avait dressé un petit lit bleu et blanc très coquet. Elle oublia de faire sa prière tant le sommeil lui mettait de poudre aux yeux. Le lendemain, elle vit entrer chez elle une merveilleuse magicienne vêtue de toutes les couleurs de l'arc-en-ciel avec un bonnet pointu sur la tête et enveloppée d'un voile transparent. C'était madame Corcette qui avait mis un de ses costumes de bal masqué. Mary ne la reconnaissait pas et avait un peu peur.

—Je vous déclare, Mademoiselle Mary, disait la voix du capitaine caché derrière une porte, que si vous êtes sage, vous irez en voiture avec une foule de gentilshommes bien disposés à votre égard. Puis la magicienne se sauva laissant son voile aux bras de l'enfant abasourdie.

Manette vint habiller Mary, et comme elle ne parlait pas de cette aventure, celle-ci lui dit:
—Vous avez vu la dame, vous?
—Quelle dame?
—Une fée ... ou bien, ajouta la fillette moins crédule qu'à cinq ans ... ou bien une dame dans un costume de fée!
—C'est-y Dieu possible!... s'écria la rusée servante aussi comédienne que sa maîtresse ... une fée!... Je me doutais du tour ... parce que, hier, j'ai vu des nuages roses au ciel... C'est, dit-on, le présage certain qu'il fera beau ... et qu'on recevra la visite d'une fée! Madame, Madame, venez vite!... La fée est par là ... éveillez-vous donc!

Madame Corcette, déshabillée, entra se tamponnant les yeux d'une éponge.
—On ne peut pas dormir, ici ... fit-elle comme réveillée en sursaut. Où diable voyez-vous des fées, ma pauvre Manette?
—Dam! c'est mademoiselle qui veut sans doute nous en conter!

Et Mary dut expliquer la chose tout au long. Le capitaine arriva, il haussa les épaules, elles étaient folles, pour lui il allait au jardin faire un tour. Quelques minutes après réapparaissait la magicienne, mais plus grande, plus forte, cependant avec la même voix de polichinelle enrhumé.

Manette levait les bras au ciel, madame Corcette se sauvait en hurlant, le chignon ébouriffé, la chemise flottante.

Pour Mary, elle y perdait sa fable de Lafontaine. Elle ne croyait plus aux fées, mais tous ces changements de costumes, rapides comme les trucs de théâtre, la bouleversaient.

A déjeuner on ne parla que de l'apparition, et Manette jura Jésus et la Vierge qu'elle avait demandé à la fée de réaliser un de ses vœux.

—Lequel? interrogea le capitaine Corcette.

—Celui de vous donner une jolie petite fille comme Mademoiselle! riposta Manette.

—C'est vrai, murmura madame Corcette, embrassant Mary, je saurais bien l'élever, mais ... n'y a pas moyen ... vois-tu, ma mignonne, nous n'en aurons jamais, nous!

Mary insinua d'un ton mystérieux qu'on avait fait venir l'homme *des choux*, il fallait lui acheter un bébé aussi.

—Oh! fit Corcette, sans songer à ce qu'il disait, ce serait un véritable enfant de troupe!

Madame Corcette bondit.

—Théodore, tu es ignoble!... devant cette enfant!... As-tu bientôt fini de m'insulter de la sorte?

—Calme-toi, bichon, c'est un mot ... rien de plus!... Oui ... à cause de tes cheveux, de ton genre, de tes costumes ... on ferait des histoires ... je voudrais bien, moi ... en avoir une ou un ... mais on est sûr de quelle femme, en ce drôle de monde!... je préfère m'abstenir et te forcer à ne pas perdre la tête ... tant pis pour toi, bichon!

—Corcette, je te tuerai ... tu es un misérable.

Et brusquement elle saisit un morceau de pain, le lui lança à la tempe, il riposta par une fourchette garnie de sauce.

Mary, pensant que c'était une nouvelle représentation, tapait des mains, enchantée de voir ses bons amis si gais. Cependant madame Corcette ayant reçu l'os d'une côtelette dans l'œil, devint très rouge, puis éclata en pleurs. Mary cessa de rire.

—Vous êtes un méchant! dit-elle, serrant bien fort sa magicienne entre ses bras minces. C'est toujours la même chose, ajouta-t-elle tristement, s'adressant à Manette qui arrivait avec des compresses, quand on joue avec un garçon...

La philosophie de cette phrase naïve produisit une réaction.

Corcette se précipita aux pieds de sa femme, lui demandant pardon, répétant qu'il méritait la pire des morts. Il les embrassait toutes les deux au hasard des lèvres, les chatouillant afin de les faire sourire, et, de temps en temps, imitant la voix d'un très petit enfant, disait *qu'il ne le ferait plus!...* Madame Corcette finit par s'adoucir; on eut une signature de la paix magistrale, les chats exécutèrent des cabrioles dans les débris du déjeuner, Manette alluma du rhum. Ah! c'était une maison bien joyeuse que celle du capitaine Corcette!

Tulotte apporta les vêtements de Mary avant la fameuse promenade en voiture. Madame Barbe souffrait beaucoup, le colonel ne décolérait pas, et l'oncle de Paris se montrait fort inquiet de la suite des affaires. On priait madame Corcette de garder la petite toute la semaine, *s'il était possible*.

—Possible! s'écria la jeune femme, elle est adorable, un vrai bijou! elle s'amuse de nos farces comme une prisonnière qui sort de prison. Ah! elle restera tant qu'on voudra!

—Oh! oui! déclara Mary les paupières baissées devant son institutrice.

—Ingrate! formula la cousine Tulotte, navrée que son éducation mît si peu de cœur au fond de l'étroite poitrine de sa nièce.

Et elle repartit de son pas de gendarme, infatigable.

Vers deux heures, toute une bande arriva de Dôle, les uns à cheval, les autres dans le break du colonel, qu'on empruntait souvent.

Mary fut installée au milieu de ces messieurs, Jacquiat, de Courtoisier, Pagosson, Zaruski, dans la voiture; Marescut et Steinel galopaient aux portières. Madame Corcette, plus grave que de coutume, parlait des précautions dont un accouchement difficile doit s'entourer. Soudain, elle s'aperçut qu'elle avait oublié de peigner Mary.

—Une jolie maman que vous feriez! s'exclama Zaruski, et tous les autres pouffèrent de rire. Elle assurait que si, regrettant son mari, le pauvre *chat-foin*, resté aux arrêts, se fouillant pour trouver un peigne.

—Voilà! dit le plus jeune des hussards présentant son peigne à moustache. Alors, on défit les cheveux de Mary, et il y eut un cri d'admiration quand leur nappe d'encre se répandit sur les dolmans chamarrés et les pantalons garance. L'ordonnance qui conduisait poussait ferme son attelage, le vent s'engouffrait sous les stores du break; bientôt la chevelure s'éparpilla, immense, chacun recevait des mèches dans la figure, elles s'attachaient aux brandebourgs, s'entortillaient autour de leur cou, on ne pouvait plus les renouer.

—Ma foi, j'y renonce, cria madame Corcette en rendant le peigne.

—Laissez-les-lui ainsi, c'est magnifique! dirent tous les officiers ravis.

Et, debout sur une banquette, la petite fille, la tête renversée dans le vent, enorgueillie par cette splendeur qu'elle s'ignorait encore la veille, buvait l'air vif du printemps revenu, excitant les chevaux d'un claquement de langue, ivre d'une ivresse de femme cruelle à sentir, derrière sa frêle personne, noyés dans les flots de ses cheveux, tous ces hommes qu'elle n'aimait pas.

On descendit de voiture à mi-côte. Madame Corcette courait comme une folle, perdant son chignon, déchirant sa jupe, une jupe garnie de soutaches et de brandebourgs qui la faisaient ressembler un peu aux hussards de son entourage; elle criait tout haut le nom de ces messieurs: «Ici, Jacquiat. Avancez donc, Zaruski... Oh! le traînard de Steinel!» avec des gestes tout à fait réjouissants.

Mary, plus réservée, allait au pas de Jacquiat, le seul hussard gras du régiment. Le lieutenant, fort de sa responsabilité, expliquait à Mary qu'il y avait des pierres dont on fabriquait des presse-papier en les polissant; ils ramassèrent de ces pierres-là une douzaine; un bon prétexte pour ne pas courir!

Jacquiat gardait toujours son idée de devenir le favori du colonel en passant par sa fille.

—Voyez-vous, racontait-il, dans sa grande douceur d'homme blond, à votre place, Mary, je cajolerais le papa pour qu'il lève les arrêts de Corcette: le capitaine est si amusant ... il vous a de ces inventions!... Oui, je monterais des scies à papa ... je lui dirais par exemple: «Pourquoi mon ami Jacquiat n'a-t-il pas autant d'avancement que le petit Zaruski, un effronté? Jacquiat est un mâtin plein d'avenir et...»

—Qu'est-ce que c'est que d'avoir de l'avancement? demanda Mary.

—C'est d'attraper ses grades le plus vite possible, tiens!... Ensuite: «Jacquiat est un officier bien élevé, une rareté à notre époque, un officier qui ne va pas perdre son temps en permission, qui s'occupe de ses hommes... Il faut voir ses chevaux, ses chambrées... Ah! un fameux piocheur, ce Jacquiat.»

—Pourquoi ne le dites-vous pas vous-même à papa? interrogea encore Mary, persuadée que son compagnon se moquait d'elle.

—Il ne me croirait guère, soupira le gros hussard. Il prétend d'ailleurs que mon ventre m'empêche de monter à cheval!

Et tout d'un coup, Jacquiat, très entêté, se planta sur une roche les épaules bien effacées, le jarret tendu, rentrant son estomac comme à la parade.

—Tenez, examinez-moi, Mademoiselle Mary, ai-je du ventre, oui ou non?.. Je soutiens que ça diminue tous les jours!

De formidables éclats de rire retentirent derrière la roche, car les autres avaient deviné le sens de la démonstration. Jacquiat avait-il ou n'avait-il pas trop de ventre? telle était la question débattue perpétuellement entre eux. Ce malheureux engraissait à vue d'œil, malgré les exercices, la voltige, les assauts, les courses. Rien n'arrêtait les progrès de ce ventre intempestif. Il finissait par ne plus oser boire.

—Voilà Jacquiat qui prétend maigrir, rugit madame Corcette, pendant que les camarades se tenaient les côtes.

—Voyons, Mademoiselle Mary, s'exclamait-on de tous les côtés, faites-lui des compliments sur sa bonne mine!

Mary souriait de son sourire fin, un peu méchant.

—C'est un ballon! affirma-t-elle, navrant Jacquiat jusqu'au fond du cœur.

Et ils reprirent leur promenade sentimentale, cherchant des pierres, pendant que les autres lutinaient madame Corcette dans les mousses reverdissantes.

A un passage difficile, Jacquiat dut porter Mary pour lui faire franchir un ruisseau; celle-ci s'appuyait confiante sur sa large poitrine.

—N'ayez pas peur, lui dit-il d'un ton boudeur qui renfermait toute sa provision de méchanceté, un ballon doit aussi être élastique!

Mary s'humanisa.

—Je ne le dirai plus, Monsieur Jacquiat!

Il voulut l'embrasser, pensant que cela ne tirait pas à conséquence avec une gamine de cet âge, mais elle se cambra en arrière.

—J'aime pas qu'on m'embrasse! déclara-t-elle durement.

Confus, le bon Jacquiat se sentit pénétrer d'une émotion étrange vis-à-vis de cette petite fille nerveuse, aux cheveux de femme, qu'un baiser trouvait récalcitrante.

En haut de la montagne on s'assit pour admirer le paysage. Mary récita sa fable et madame Corcette, très allumée, lui indiqua les intonations à prendre.

—Elle possède un masque tragique, disait-elle, moi je me chargerai de lui former son répertoire.

Le faible de la jeune femme était la scène tragique. On lui fit dire un morceau d'*Athalie*, son triomphe, dans lequel, malgré ses gestes désordonnés, elle avait tous les ridicules. Mary et les officiers, secoués d'un fou rire, se roulèrent dans les buissons.

Rien, en effet, ne pouvait être plus drôle que cette créature mise à la dernière mode, ayant toque et chignon, brandissant son parapluie au sein de la pure atmosphère de la colline pendant que les oiseaux, réveillés par une journée très douce, allaient d'arbre en arbre avec des gazouillements de plaisir.

D'ailleurs l'actrice ne se fâchait point, acceptant ce genre de succès comme un autre et se bornant à leur dire:

—Vous ne sentirez jamais les belles choses, tas de polissons que vous êtes!...

On revint au *Rendez-vous des cascades* pour dîner tous ensemble. Le capitaine Corcette, qui ne s'était guère amusé, les accueillit à bras ouverts. On dressa des tables dans le salon, sans nappes, mais on organisa des serviettes de toilette mises bout à bout. Le menu, fort simple, se composait de rondelles de saucisson, d'un plat de pommes de terre frites, énorme, d'un jambonneau, de beignets à l'huile et de café. On arrosa le tout de vin blanc du pays. Manette servait en se laissant pincer les hanches. Madame Corcette distribuait les parts et lançait quelquefois une tranche ou un os de son jambonneau à travers les tables. On ramassait au vol. Corcette, lorsqu'on avait nettoyé un plat, exécutait des tours de prestidigitation pour calmer les impatiences.

Mary mangea très peu, dégoûtée de ces manières foraines et surtout parce qu'elle s'était aperçue que son verre conservait une trace graisseuse, près du bord.

Le soir il y eut un tapage infernal au piano. Les hussards polkaient entre eux, n'ayant pas de danseuses, puis on finit par tirer la bonne hors de sa cuisine, elle et madame Corcette tombèrent de lieutenant en lieutenant, s'amusant des mines effarées de Mary qui commençait à croire qu'on enfoncerait le plancher. Certes, cette soirée ne ressemblait pas aux soirées du colonel, on se mettait à son aise chez les Corcette, les uns posaient leurs pieds éperonnés sur le marbre de la cheminée, fumant des cigarettes orientales dont le capitaine avait de grosses provisions pour sa femme. Les autres vidaient des fioles de chartreuse. Enfin, vers minuit, on apporta un punch colossal, Corcette monta sur une table, presque gris, il fit un discours avec des imitations impayables... Il singeait tour à tour tous les officiers supérieurs du régiment, et Mary, qui s'endormait derrière un paravent en attendant qu'on vînt la prendre pour la porter dans le lit blanc et bleu, se réveilla subitement à la voix grondeuse de son père, voix que ce diable d'homme contrefaisait au mieux:

«Oui, Messieurs, clamait le capitaine, on est heureux de se réunir dans de solennelles circonstances pour se retremper en vue des devoirs sacrés du lendemain... La France, Messieurs, la bonne tenue du régiment, la prospérité du règne de Napoléon III, le poil de nos chevaux.....»

Mary ne put en saisir davantage, Manette était venue pour l'emporter, et elle se figura, l'innocente, que chaque réunion, au 8ᵉ hussards, se terminait par les mêmes recommandations graves sur le service!

Une semaine s'écoula ainsi en distractions étourdissantes, on voulait éblouir la fille de son colonel, Mary avait eu déjà une petite indigestion de crème et elle s'était donné une entorse, cependant elle riait de bon cœur, ses cheveux toujours au vent, elle se colorait les joues d'une grosse pourpre de gaieté, oubliant la mort des chats, la méchanceté de M. Anatole, lorsque, le samedi matin, madame Corcette, après une longue conférence avec Tulotte, partit pour la rue de la Gendarmerie, elle ne revint que le soir et sa figure était renversée. Le capitaine Corcette, revenu de son côté de la manœuvre, paraissait lugubre. Manette poussait de profonds soupirs, échangeant avec ses maîtres des signes d'intelligence quand elle croyait que Mary ne la regardait pas.

—Qu'est-ce que c'est? demanda la petite fille. Madame Corcette, vous avez l'air de me bouder.

—Non!... non ... chère mignonne, dit celle-ci la pressant contre son cœur, je suis inquiète à cause du frérot ... et le marchand de choux m'a raconté des choses terribles.

On n'essaya pas de se distraire ce soir-là. Corcette fit seulement des tas de cocottes en papier de couleur tandis que Mary, assise parmi les chats, ses nouveaux amis, pensait tristement qu'une semaine de vacances est bien vite finie.

—Maman n'a pas dit quelque chose pour moi?

interrogea-t-elle encore durant un silence très pénible.

—Si ... si ... mon enfant, elle m'a chargée de te dire de ne pas oublier de faire ta prière au petit Jésus, répondit madame Corcette cachant des larmes.

Mary, toute la nuit de ce samedi, dormit d'un lourd et bon sommeil d'enfant qui s'est fatigué à courir, elle n'eut aucun des cauchemars qu'elle avait d'habitude chez elle, dans le grand lit du chanoine; ses nerfs, distendus par le plaisir, demeuraient plus calmes à présent qu'on les occupait à des jeux de toutes sortes. La férule de Tulotte ne se dressait plus menaçante, mademoiselle Parnier ne causait plus de l'enfer et le papa ne menaçait plus du fouet. Oh! comme elle aurait voulu une maman pareille à madame Corcette, mais moins mal élevée, si cela était possible!... et une bonne comme Manette, mais lavant les verres graisseux. Au petit frère qui arrivait elle ne pensait point, se disant que, peut-être, il hésiterait en route! Les marchands de choux ne sont pas pressés, dit-on!...

Elle fut réveillée dès l'aube par madame Corcette, toute de noir vêtue, n'ayant gardé dans sa toilette sombre que le plumet blanc de sa toque. La jeune femme pleurait sous sa voilette.

—Mary, balbutia-t-elle, s'agenouillant devant le lit, tu vas être une petite fille bien malheureuse... je ne peux pas t'expliquer ... ton papa te demande tout de suite, nous allons te reconduire... Oh! ma pauvre Mary ... quel chagrin... Allons! du courage, mon enfant ... nous t'aimerons bien ... je ne peux pas te dire...

—Monsieur Corcette vous a battue? s'écria Mary

indignée, et ne l'ayant vue pleurer que le jour où son mari lui avait jeté un os de côtelette dans l'œil.

—Non!... non!... chère Mary ... il faut que tu t'en ailles!... je ne peux pas te dire...

Mary, à moitié réveillée, ne comprenait plus ces pleurs, ce costume, ce langage plein de mystère. Elle démêla qu'il fallait s'en aller tout de suite et elle en eut une espèce de colère sourde. Quand elle fut habillée on la descendit dans le break du colonel qui attendait devant la porte, elle n'osa même pas risquer la proposition d'emmener un des chats. Il était six heures du matin, un vent frais piquait la peau. On lui avait fait endosser une vieille robe d'hiver, de velours noir, il lui semblait qu'on allait de nouveau rentrer dans les temps de Noël et que le printemps restait chez les Corcette.

Devant le portail de leur maison, elle aperçut beaucoup de monde, des officiers, des soldats et des gens de la rue qui s'attroupaient; une draperie noire, lamée d'argent, ornait la voussure de ce portail. Était-ce donc bien étonnant la naissance d'un petit frère? Cela lui faisait peur.

Dans la cour, une foule de personnes en deuil stationnaient, causant tout bas. On s'écarta pour laisser passer la petite fille et il y eut des hochements de tête douloureux.

Madame Corcette distribuait des saluts tragiques, serrant à la briser la main de Mary, car c'était une rude mission que la sienne, elle commençait à en sentir toute l'importance, regrettant par instant d'avoir laissé ce plumet blanc sur le côté gauche de sa toque.

La chambre de madame Barbe, très obscure, dépouillée de ses tentures bleues, avait repris son aspect de cave, des cierges brûlaient autour du lit à baldaquin qu'on avait mis à la place de l'ancien lit nuptial, en soie pâle. Au chevet, debout dans son visage affreusement blêmi, un large crêpe noué à son bras; il avait les yeux secs, mais ses moustaches tremblaient. Un peu plus loin, assis au fond des fauteuils de la reine Berthe, les parents de madame Barbe, une vieille femme toute timide et un vieil homme empêtré dans une redingote trop longue, sanglotaient, la figure cachée dans leurs mouchoirs.

Madame Corcette se précipita au pied de ce lit avec un mouvement théâtral, ses sanglots éclatèrent comme une fanfare. Mary, pétrifiée, restait clouée à sa place, le regard affolé, ne sachant plus ce qu'on lui voulait. Un homme de très haute stature sortit d'un groupe; il était chauve, d'un visage clair et froid dans lequel brillaient des yeux métalliques; il poussa doucement la petite sur l'amoncellement des bouquets.

—Il faut embrasser ta mère, mon enfant, dit-il.

C'était l'oncle Antoine-Célestin Barbe.

Sans doute, qu'elle voulait embrasser sa mère... Mais où se cachait le frère attendu? Pourquoi pleurait-on? Pourquoi ces grandes bougies fumantes et toutes ces fleurs?

Elle s'approcha du lit, monta sur un tabouret pour atteindre les mousselines qu'elle écarta de ses doigts anxieux. La face de sa mère se détachait d'un oreiller de satin lilas aussi blanche que de la neige, ses paupières closes allongeaient leurs cils comme des traits de plume sur un parchemin, et la bouche, dont les coins s'abaissaient, dans une expression de désolante amertume, avait perdu sa nuance carminée. Les bandeaux aplatis de ses cheveux bruns faisaient ressortir cette pâleur suprême, et pourtant elle n'avait jamais été aussi belle, la pauvre créature.

—Elle dort? fit Mary se retournant à demi; et mon petit frère?

Un frisson courut dans les veines des femmes. Le colonel fit une réponse rauque inintelligible, il sentait que s'il parlait il éclaterait, et il ne voulait pas faiblir une minute: son régiment était là!... l'uniforme lui brûlait la chair, mais il ne devait point le souiller d'une seule larme, dût son cœur se fendre.

—Vous ne l'avez donc pas préparée? murmura l'aîné des Barbe, le docteur, très ennuyé de l'horrible méprise. Il pesa sur l'épaule de madame Corcette, celle-ci répondit étranglée par les sanglots:

—Je n'en ai pas eu le courage!

Pour éviter une scène atroce, le docteur enleva Mary du tabouret, puis la conduisit dans sa chambre où il n'y avait qu'un berceau, un berceau de dentelles si exigu qu'il ressemblait au berceau des poupées. Un être au visage rougeaud, encore informe, tout plissé, microscopique, vagissait sous ses langes; un garçon comme on l'avait tant désiré.

—Voici ton frère, dit Antoine Barbe, il se porte bien, j'ai pu le sauver, lui ... mais ta pauvre maman est morte..., tuée du coup... Tu ne la reverras plus!

—Morte! Maman!... cria la petite fille qui eut la vision sanglante du bœuf qu'elle avait vu tuer un jour, au fond d'une espèce de cave, d'un coup, pour en tirer quelques gouttes de sang. Une révolution s'opéra en elle; on avait tué sa mère comme cela, du même coup, pour avoir ce petit morceau de chair ...

tout ce qui restait d'elle, de sa tête, de ses cheveux, de sa poitrine, de ses jambes, de sa voix... Mary repoussa avec violence son oncle, le docteur, elle s'élança dans la chambre mortuaire les poings en avant, l'œil hors de l'orbite.

—Maman ... on a tué maman! hurla-t-elle, tandis que chacun se bouchait les oreilles, saisi de frayeur.

Et la petite fille, tourbillonnant sur elle-même, vint s'abattre, sans connaissance, devant l'écusson du lit antique où la devise éclatait, toute rouge, à la lueur des cierges: *Aimer, c'est souffrir!*

4

Derrière le chalet, en un sentier très étroit, cheminait la fille du colonel, toute seule, toute noire, par un frais matin de juin. On avait quitté Dôle depuis un an. Depuis un an la mère était morte, laissant le petit frère comme une ombre de son corps malade dont on ne se souvenait peut-être plus. Un nouveau caprice du ministère relançait le régiment de l'Est au Centre. On était tombé à Vienne, une jolie ville de l'Isère, toujours sans trop savoir pourquoi, mais, dans cette course éperdue à travers la France, cette station se trouvait charmante; une adorable compensation, pleine de soleil, de l'eau bleue du Rhône et de fleurs merveilleuses.

Hors la ville, le colonel Barbe avait pu louer un chalet tout découpé légèrement, avec des galeries de bois, posé au milieu d'un jardin comme un jouet d'enfant. On appelait cet endroit de Vienne: la *Vallée des roses*, et l'on vivait là, le père, Tulotte, Mary, la

nourrice—une franc-comtoise stupide et douce—
l'enfant qui criait de l'aurore à la nuit, Estelle, moins
pieuse, rééprise de ses deux ordonnances, plus un
grand chien de chasse ne répondant jamais au nom
de Castor.

Mary, ce jour de juin, semblait abandonnée à
elle-même; sauf le chien, un magnifique épagneul
anglais, personne ne la suivait. Elle avait fini par
conquérir l'indépendance, car on se souciait beaucoup
plus maintenant du frère que de la sœur. Mary
terminait ses devoirs très vite après son déjeuner,
dégringolait l'escalier des galeries et se sauvait dans
la campagne; elle sortait par une porte du jardin
donnant du côté du Rhône. Le sentier serpentait
entre les jardins des villas avoisinantes, tout ombragé
de sureau fleuri qui répandait une odeur violente
le long de sa route. Encore en deuil, elle avait
une robe de cachemire noire, une guimpe de batiste,
un immense chapeau de paille brune, et sous ce
chapeau s'étalaient ses deux nattes luisantes comme
du jais, bien plus grosses, bien plus lourdes. Sa figure
s'était singulièrement attristée, sa bouche devenue
plus fine avait aux coins une ciselure
méchante, ses yeux bleus rapprochés l'un de l'autre
gardaient une expression de mauvaise audace. Elle
avait grandi, sa taille sortait un peu des hanches
qu'on pouvait deviner déjà rondes. Les jambes imitaient
les nattes, elles s'allongeaient, élégantes. Ce
n'était pas une jolie enfant selon les règles ordinaires
de la plastique, mais elle était curieuse à voir.

Au bout du sentier, Mary s'arrêta devant un trou
de haie; une planche jetée sur le fossé permettait de
passer par le trou, et l'on sautait chez un horticul-

teur, M. Brifaut, un brave homme, espèce de philosophe qui, retiré du monde, greffait des rosiers pour en obtenir des produits miraculeux.

Son jardin, la véritable vallée des roses, s'entourait d'une triple haie de sureau formant un mur, et des treillages de fil de fer soigneusement peints en vert attrapaient les voleurs quand ils s'aventuraient. M. Brifaut ne voulait point mettre ses roses dans une prison, il avait horreur des tessons de bouteilles et il lui semblait que l'air ne jouait jamais assez librement autour de ses plantations.

Mary, une fois dans le jardin, appela Castor; le chien, sachant qu'il lui fallait être respectueux, se coucha près du trou, attendant le bon plaisir de sa maîtresse. Presque aussitôt un garçonnet de douze ans, habillé de toile bise, à la diable, un vieux paillasson de chapeau sur la tête, vint au-devant de Mary.

—Mademoiselle, cria-t-il avec une joie qui lui sortait de ses beaux yeux, je crois que notre *Émotion* est sur le point de faire des siennes!...

Mary, soudain enthousiasmée, lui mit ses bras autour des épaules et l'embrassa.

—Je t'apporte des brioches, du sucre d'orge, une bille de verre bleu, oh! tu vas rire, tiens!...

Et elle tira de ses poches les objets annoncés.

—Mon petit Siroco!... es-tu content? demanda-t-elle en se pendant à son cou avec un frisson de chatte heureuse.

Siroco était si content qu'il fit une grimace étonnante, se bouleversant le visage comme le savent faire les clowns.

Mary éclata d'un rire fou. On aurait dit qu'en

mettant les pieds dans ce jardin, tout devenait pour elle sujet de gaieté; elle qui ne riait presque jamais riait aux éclats.

—Allons, les enfants, bougonna un vieil homme apparaissant derrière un massif, venez donc voir le fameux spectacle attendu depuis si longtemps, notre *Émotion* s'épanouit ce matin.

Sur les pointes, comme ayant peur de réveiller quelqu'un, les enfants le suivirent, la main dans la main, l'œil luisant de curiosité. Siroco mangeait la brioche, Mary tenait son chien par le collier.

Le père Brifaut avait bien soixante-dix ans, tout ratatiné, la barbe en broussaille, il portait une veste de laine décolorée par les averses; son regard, très noyé, exprimait une béatitude quasi céleste, il rêvait d'on ne savait quoi en vous parlant, et haussait tout à coup les sourcils d'un air de visionnaire.

Il amena les enfants devant une corbeille de rosiers taillés en boule comme des pommes; à droite de la corbeille, sur une boule plus petite, d'un vert jaune, ressemblant un peu à un chou bien mûr, un bouton de rose, à peine sorti de sa gaine verte, s'ouvrait dans l'atmosphère tiède.

Au centre du jardin était un petit lac d'eau pure venue du Rhône. Quatre corbeilles aux quatre coins du lac contenaient les plants les plus précieux, ceux qu'on visitait feuille à feuille tous les matins, puis, autour de la pelouse nette et drue, s'élançait la forêt des rosiers plus communs, les buissons de *roses-noisette* vert foncé, sans trop d'épines, étoilés de roses blanches; l'*églantier de Virginie*, aux fleurs simples rose chair, montrant dans une corolle très large, peu odorante, leur pistil plein de pollen; le rosier de Jacob, tout un arbuste à branches retombantes, orné de fleurs d'un jaune intense; le *rosier de Bengale*, entièrement rose, ruisselant de fleurs légères comme des fleurs de soie; *le rosier du Salut*, traînant et rampant sur des tonnelles, jetant partout des poignées de roses rouges, petites, pressées, en grappes ayant la senteur forte du girofle; le *rosier de la Chine*, un arbre gros comme le bras, très droit, très haut, portant six ou sept fleurs énormes d'un jaune foncé strié de rouge; le *rosier serpent*, qui s'enroule autour d'un tuteur trois ou cinq fois, toujours couvert de boutons qui avortent mais embaument; le *rosier de Provins*, agreste, aux feuilles rugueuses, à la fleur mal tournée, d'un rose intense, et si parfumée qu'on la choisit pour faire le vinaigre de rose; le *rosier pompon*, rempli de petites épines courtes, acérées, un peu méchantes, aux fleurs gracieuses rouge foncé ou panachées de deux nuances, blanc et carmin; le *rosier de l'Orient*, couvrant des mètres de terrain d'une verdure épaisse qui sent aussi bon que sa fleur splendide rose ardent.

Enfin toute la série des roses naines, taillées en petites haies vives, près de terre, jonchant le sable de leurs pétales multicolores.

Les allées sablées de sable fin, miroitant, couraient, capricieuses, sous les bosquets et les tonnelles. Il y avait des perspectives étranges de rosiers francs, alignés comme au port d'armes, puis des lointains de forêts vierges faites de branches de roses moussues, inextricablement enlacées dans un désordre fou, un écroulement de fleurs pesantes, tombant les unes sur les autres, ivres de rosée. Des coins d'ombre délicieux s'émaillant de taches pourpres comme si le sang de toutes ces fleurs finissait par couler.

Et la maisonnette du père Brifaut, modestement coiffée de chaume, se dissimulait derrière ces splendeurs, une maisonnette basse avec une unique fenêtre dont les vitres étaient voilées de toiles d'araignées, ayant un aspect de pauvreté qui serrait le cœur.

Les enfants ne bougeaient pas, retenant leur souffle; Mary savait combien le père Brifaut était sévère lors de ces événements-là. Siroco, l'aide-jardinier, avait la mine anxieuse d'un petit homme qui a mis du sien dans l'affaire. L'*Émotion*[1], une nouvelle greffe, devait donner un produit extraordinaire et elle avait coûté tant de soins, tant de bêchage, d'arrosage, d'émondage que l'on ne vivait plus depuis une semaine. Le bouton était couvert d'un sac de toile chaque nuit, afin d'éviter les visites fortuites des gros papillons nocturnes. Quand il devait pleuvoir trop fort, on posait une cloche de verre énorme sur le rosier tout entier. Siroco se chargeait des chenilles, des fourmis, des pucerons. Jamais un plant ne leur avait fourni une *émotion* pareille; aussi, le matin même, le père Brifaut l'avait baptisée de ce nom, s'attendant encore à quelque catastrophe.

Les poings sur ses cuisses, un peu penché en avant, le vieil horticulteur sentait la sueur perler à ses tempes. Le corset vert qui emprisonnait le bouton, un très gros bouton, on aurait pu dire un bouton gras, car il avait des rondeurs de bébé joufflu, craquait complètement, la fleur était à défriper, dans le moment précis où les roses se déploient avec des grâces de filles heureuses, elle allait témoigner franchement de sa nuance, exhaler son parfum.

Castor s'assit sur son derrière, battant le sable de sa queue ondoyante; il se demandait, le brave chien, ce qu'on pouvait ainsi examiner et, au lieu de regarder la rose, il regardait Mary, la tête tournée de côté, les oreilles dressées.

—Ah! c'est drôle, elle restera blanche! Mais non, elle est rose, rose clair, ou plutôt chair striée de carmin, et cependant, vue de haut, elle tire sur le jaune... Je m'y perds!

A vrai dire, c'était une merveille aux nuances point suffisamment indiquées, dont la robe toute en chiffon ne se distendait plus. Elle semblait née sous une impression de stupeur ingénue qui la rendait comme tremblante avec des larmes plein ses feuilles.

—Elle est bien jolie! murmura Siroco.

—On a envie de la manger! s'exclama Mary pâle d'admiration.

—Mes enfants, allez jouer un moment, Siroco a des vacances en l'honneur de l'*Émotion*... Oui! oui! je vais noter ce trésor et tâcher de lui créer une digne famille. Quand on songe, petits, que j'ai greffé cela sur un Bengale croisé de Chine avec un œil de la Malmaison. Hein!... quelle généalogie!...

Et le bonhomme regagna sa maisonnette où il serrait de gros manuels de jardinage dans une bibliothèque vermoulue.

M. Brifaut, médaillé à tous les concours, avait failli devenir le jardinier d'un prince de Bavière...

On lui achetait des plants de tous les coins de la France, pourtant il avait juste de quoi vivre, et lorsqu'il s'assit à sa table, il coupa un morceau de pain très dur, but un verre d'eau du Rhône, déjeunant ainsi tous les matins après ses laborieux travaux...

Il n'eût pas distrait un centime de ses revenus, son argent était à ses roses bien-aimées, il faisait pour elles des folies comme un Turc en fait pour son sérail.

Siroco, les cheveux ébouriffés, car il avait jeté son chapeau d'un geste de triomphe, se mit à cabrioler par le jardin, suivi de Mary et du chien, qui jappait dans un affolement joyeux. On se sauva vers la forêt des *moussues* où il y avait un banc de gazon mystérieux. Mary distribua ses sucres d'orge, Siroco se coucha près d'elle.

—Mary, dit le garçonnet qui la tutoyait quand ils étaient seuls, t'a-t-on grondée hier?

—Oh! oui, commença Mary rageuse, Tulotte m'a encore battue, Estelle n'a pas voulu me donner du gâteau de riz que nous avions pour dîner, papa n'est pas revenu du tout, il est resté chez madame Corcette. Maintenant, il est toujours chez elle. Moi, j'ai dû écrire beaucoup de pages ce matin, et je n'ai pas dormi une minute, mon frère est détestable. Il crie tant que je finis par croire qu'il se fendra la bouche, elle ira rejoindre ses oreilles, cette bouche, j'en serai bien contente, va! Et puis, il n'y en a que pour lui, quand même... La nourrice invente des plats sucrés, elle tourmente Estelle pour avoir de l'eau-de-vie... C'est drôle un enfant qui boit de l'eau-de-vie, hein?...

—C'est drôle! répondit Siroco dont les yeux bruns, fort beaux, contemplaient la fillette avec une tendre passion.

—Ensuite, on ne veut pas m'acheter une robe neuve pour la procession. Tu sais que la musique va suivre la procession et des officiers en grande tenue. On tournera autour du tombeau de Ponce-Pilate, là-bas, près de la route du chalet. Ce sera bien amusant, mais, moi, je n'irai pas ... elles y mèneront mon frère... Oh! je n'ai pas de chance, moi!

Siroco tripotait les belles nattes de son amie d'un air convaincu. Il la plaignait, cette petite d'un colonel que l'on rudoyait et qui s'échappait à la manière d'une sauvage pour vagabonder dans les fleurs avec lui.

Ils avaient fait connaissance à l'occasion d'un bouquet que M. Barbe était venu acheter pour madame Corcette. D'abord, Siroco, pieds nus selon son habitude, s'était senti bien humilié devant le pantalon garance et les éperons dorés du colonel. Mais la petite fille silencieuse, de mine chagrine qui se tenait en arrière, au rang de Castor, l'avait intéressé tout de suite. Après deux tours dans le jardin des roses, ils s'étaient compris; elle avait fraternisé en souveraine qui sait que l'on peut remettre à sa place un aide-jardinier, tandis que l'on est tyrannisé par une bonne quand on est en visite chez des amis de son rang. Elle allait le rejoindre dès qu'elle prévoyait un orage au chalet, et comme le bonhomme Brifaut était le meilleur des êtres, Tulotte tolérait ces fugues, heureuse d'être débarrassée de son élève.

Siroco croquait les sucres d'orge:

—Ton frère ... je voudrais lui tordre le cou, voilà mon idée!

—Il a tué maman! affirma la petite dont les prunelles lancèrent une flamme singulière.

—Petit cochon de frère! accentua Siroco, le poing tendu.

Mary se mit à pleurer:

—Du temps où j'avais ma maman, on m'apprenait le piano, je portais des robes blanches garnies de rubans, j'avais des chats, des joujous, des bonbons ... et papa n'était pas si maussade. Maintenant, on enlève la lumière de ma chambre, j'ai peur la nuit, ma chambre est toute triste, sans rideaux de soie, mon petit frère casse mes poupées, je n'en ai plus et si je rapporte, Estelle me bat.

—Pourquoi ne le dis-tu pas à ton père? Un colonel a un fusil et la salle de police, tiens!

—Je lui ai dit une fois, il a grondé tout le monde et alors, le lendemain, Tulotte m'a fait fouetter parce que je rapportais contre elle!

—Il fallait rapporter encore!

—J'ai pas osé ... puis, papa ne veut plus me croire... Il est chez madame Corcette; il a bien autre chose à faire, vois-tu... J'ai entendu dire à Estelle, un jour, que cette dame c'était comme qui dirait ma nouvelle maman sans être ma nouvelle maman, car elle ne veut plus s'amuser avec moi, elle appelle toujours papa au salon.

Siroco se grattait le front.

—Et il lui achète des bouquets... Dis donc, Mary, ça se pourrait qu'il fût amoureux d'elle.

Des feuilles de roses tombant de la voûte s'éparpillèrent sur les deux enfants, ils levèrent les yeux, souriant; c'était une fleur qui se fanait; elles tombaient ainsi toutes les unes après les autres sur le gazon, formant des couches odorantes que l'on balayait quand on avait le temps.

—Amoureux?... répéta machinalement la petite, entendant ce mot pour la première fois.

Siroco, élevé dans la banlieue de Vienne, savait des tas de choses; il était d'ailleurs né de cet amour dont il parlait si librement, on l'avait trouvé sur le bord du Rhône, un jour de grand vent, et il ne se connaissait ni père ni mère.

Mary hochait la tête.

—Il faudrait t'expliquer, petit bêta! fit-elle d'un ton doctoral.

—Attends! des amoureux, c'est un garçon et une fille qui se causent, ils se font des cadeaux de fleurs, ils s'embrassent et ma foi...

Siroco s'arrêta, le nez levé.

—Est-ce que ça va pleuvoir? Ohé! les *moussues*, le patron ne sera pas content, il faut fleurir et ne pas se laisser tomber comme ça!

—Ensuite? interrogea Mary avec vivacité.

Siroco la regarda de travers.

—Ensuite, rien!

—Papa donne des bouquets à madame Corcette, mais ils ne s'embrassent pas... D'ailleurs papa n'est pas un garçon, c'est un colonel et madame Corcette, c'est une dame. Tu auras vu des amoureux dans les villages, mon pauvre Siroco, il n'y en a pas dans les salons...

—Tu crois? dit Siroco étonné de la profonde logique de Mary.

Tout à coup, Siroco, qui était la vivacité même, et qui avait des instincts de câlinerie fort bizarres, glissa une poignée de roses dans la guimpe de la fillette.

—Tiens! dit-il riant de bon cœur, je te fais un cadeau, je suis un garçon, tu es une fille ... nous sommes deux amoureux!... ce n'est pas malin d'arranger ces histoires-là!

Mary ajouta: «Embrassons-nous!»

Ils s'embrassèrent avec des rires très doux, tandis que Castor, pris de langueur sur son lit de fleurs fanées, s'allongeait avec des bâillements nerveux.

—Je te donne la bille de verre bleu pour la poignée de feuilles, et si tu veux je t'apporterai des images demain.

—Non, c'est les garçons qui font les cadeaux, je t'assure... Je chercherai un nid, tu sais que les ronces par-là sont pleines de nids vides, et les bouvreuils ne manquent pas cette année.

—Alors ... qu'est-ce que je pourrais te faire en échange?

Siroco la renversa sur l'herbe et eut l'idée de secouer les arbustes. Toutes les fleurs ouvertes tombèrent, ce fut une pluie. Une odeur suffocante se dégageait de ces milliers de pétales et grisait leurs cerveaux d'enfants, les dilatant d'une manière surprenante, ils avaient la sensation de grandes personnes qui ont bu des liqueurs fortes.

—Siroco! s'écria brusquement Mary se roulant comme une couleuvre sur la jonchée, si je te demandais un beau cadeau ... un cadeau tout à fait d'amoureux ... voudrais-tu?

—Ça dépend, si c'est possible, je veux bien... Si ce n'est pas possible, tu ne pleureras pas, dis?

—Eh bien!... je voudrais la rose qu'a fabriquée ton patron, celle de la corbeille, voilà!

Siroco étouffa un cri de stupeur, joignant les mains.

—L'*Émotion?*... Tu veux que je coupe la dernière greffe de M. Brifaut? Tu es folle, Mary!... Il me tuerait!

—Elle n'est point si belle, sa rose, à ton patron, une pauvre petite rose chiffonnée, ni blanche ni jaune... Et puis je la lui payerais, tiens! j'ai des sous dans ma poche.

—Mary, tu es une sotte, déclara nettement le petit jardinier; car, devant une telle proposition, il oubliait qu'elle était la fille du colonel.

—Tu es un impoli! répéta Mary furieuse.

—Écoute, je te donnerai un *empereur du Maroc*, une grosse rouge, il y en a quatre de celles-là ... il ne verra pas la place, ou je dirai que le limaçon l'a mangée.

—Non, je veux l'autre! se récria Mary, s'entêtant de plus en plus, devenue femme et arrogante, dans son désir de faire commettre une sottise au petit homme qu'elle tyrannisait.

—Mary, tu n'es pas raisonnable... M. Brifaut me chasserait et je gagne mon pain ici, je ne suis pas une jolie demoiselle, je n'ai pas de papa colonel d'un beau régiment... Ce n'est guère gentil de me tirer la langue.

Mary lui tirait la langue et se mutinait affreusement, ravageant les fleurs, mordant ses poings, tapant sur son chien.

—Je veux la rose ... je la veux ... ou tu n'es plus mon amoureux, ou je ne reviens jamais.

Siroco tenait de cette enfant des riches les premières caresses qu'il eût reçues depuis qu'il était au monde; il l'adorait, et il souffrait de la voir aussi méchante.

Il la saisit en se garant de ses coups de griffes.

—Ma petite femme, soupirait-il, le cœur très gros, je t'en prie, ne te fâche plus... C'est comme si tu demandais la lune, encore que ce sacré rosier n'a pas d'autres boutons, non, vois-tu, je ne le peux pas.

Il reçut un de ses ongles dans les yeux. Alors, désespéré, il la fouetta tout doucement avec une branche, n'osant pas frapper trop fort.

Mary s'empara de la branche et la lui arracha. Des épines lui étant entrées dans les doigts, il se mit peu à peu en colère, bientôt; ils se prirent aux cheveux, se roulant, se mordant, s'égratignant.

Castor, furieux de voir bousculer sa jeune maîtresse, se jeta sur le tas, déchirant les habits du jardinier, au hasard de la gueule.

Mary ne criait pas, elle tapait, le poing fermé, serrant sa bouche mince, le regard luisant de fureur.

Siroco claquait, disant des choses horribles, apprises entre gamins.

—Tiens! petite peste! Tiens! petite saleté! Tiens! coureuse! vaurienne! diablesse!...

Tout d'un coup, il se releva, la saisit par ses longs cheveux noirs et se mit à la traîner sous le bosquet des *Moussues*. La violence de la douleur fit perdre connaissance à Mary, lorsque Siroco, fier de sa victoire, s'arrêta et se retourna, elle ne donnait plus signe de vie.

—Mon Dieu! songea le jeune jardinier, épouvanté de cette complète immobilité, elle est morte!

Il l'enleva dans ses bras, très robustes, en l'appelant.

La tête de la fillette retomba inerte, toute pâle.

—Pour sûr, elle est morte ... je l'ai tuée!... se disait Siroco, en proie au plus vif désespoir.

Il revint sur leur lit de roses, la coucha bien doucement et s'agenouilla, les larmes aux yeux, devant ce joli corps roidi. Comme les baisers n'y faisaient rien, il alla tremper son mouchoir dans l'eau du lac. Mary éternua sous les aspersions, elle ouvrit les paupières.

—J'ai mal derrière la tête, dit-elle de son ton rageur.

Siroco, plein de joie, lui répondit:

—Quelle peur tu m'as faite! Oh! Mary, pardonne-moi, je ne recommencerai jamais, je suis un méchant.

—Où est la rose? demanda-t-elle repoussant ses belles protestations avec un geste de princesse.

Siroco courba le front; il était écrit au livre du destin, que Siroco ferait des bêtises ce jour-là. Il se dirigea de nouveau, toujours le front baissé, vers le lac. Il regarda de tous les côtés. Son patron, plongé dans ses *Manuels du bon jardinier*, n'était même pas ressorti de sa maisonnette. L'*Émotion* resplendissait au soleil, conservant ses adorables nuances indécises, superbement délicate, un peu penchée sur sa tige, ayant son air inquiet de fille rougissante. Siroco avança le bras, une fois, deux fois, puis la cueillit, les yeux fermés; un frisson lui parcourant tout l'être.

Après il se sauva comme un vrai voleur.

—Tiens! fit-il désespéré ... je n'ai plus qu'à me jeter dans le Rhône, car mon patron me chassera.

—Je t'aime bien! murmura la petite panthère

souriante et domptée, lui passant ses bras autour du cou, mais, console-toi, nous la rattacherons!

—A cette idée de rattacher une fleur, Siroco ne put s'empêcher de rire. Ils s'assirent, calmés, s'essuyant leurs yeux. Mary ne se lassait pas de respirer la rose qui avait réellement une odeur étrange. Soudain, elle y mit les dents et, dans un raffinement de plaisir, elle la mangea.

—Si les moutons ... commença Siroco.

—Tais-toi, interrompit-elle, puisque tu ne pouvais pas la rattacher!... oh! tu as été gentil ... je te pardonne ... je reviendrai ... m'aimes-tu toujours?

Elle se frottait à lui, heureuse, énervée, la peau chatouillée d'une sensation exquise, se renversant, dans ses bras, appelant ses lutineries de petit homme précoce. Siroco s'imaginait qu'il jouait à la poupée et, en toute innocence d'ailleurs, il allait un peu loin.

Ils finirent par s'endormir dans l'ombre asphyxiante des rosiers moussus, enlacés d'une étreinte folle.

M. Brifaut, ayant consigné sur son registre le produit de sa nouvelle greffe et entendant sonner trois heures, se leva pour donner des ordres à Siroco, mais il fît d'abord le tour de ses corbeilles. L'*empereur du Maroc*, en robe de pourpre presque violette, avait une feuille sèche qu'il ôta; la rose verte, toute petite, assez laide et se détachant à peine de son feuillage, vraiment verdâtre, lavée de couleur chair[2], demandait de l'humidité; une *gloire de Dijon*, énorme, lie de vin, avec un aspect de bourgeoise habillée pour le dimanche, était couverte de fleurs fanées; une *cent-feuilles*, monstrueuse, qu'on avait obtenue aussi grosse qu'une tête d'enfant, se penchait, malade. Le vieillard s'empressa autour de ses bien-aimées, bougonnant contre la paresse de Siroco.

—Pourvu, pensa-t-il, que le soleil n'ait pas terni notre *Émotion!*

Il arriva près du rosier, le cœur palpitant, l'œil attendri, puis brusquement il s'arrêta court. Il voyait bien le rosier rondelet, vert comme un chou, mais... Ah çà! est-ce qu'il rêvait!... Non, ce n'était pas possible! L'*Émotion* cueillie! L'*Émotion* disparue. Ses bras tombèrent. Allons donc!... Un vertige sans doute, une autre émotion! Il se frotta les yeux du revers de sa main tremblante et il ne put douter davantage... L'*Émotion* avait été cueillie.

—Siroco! hurla-t-il, se redressant terrible dans une superbe colère, car il pensait que Siroco aurait des nouvelles du voleur; Siroco!...

Les enfants se réveillèrent et bondirent sur leurs pieds. Le vieux jardinier criait comme un sourd.

—N'y va pas! supplia Mary se roidissant effrayée.

—Il faut bien! bégaya Siroco tremblant de tous ses membres.

Ils arrivèrent, l'un tirant l'autre, désolés maintenant d'avoir commis ce crime.

—Quelqu'un est entré dans le jardin? demanda le bonhomme frémissant d'indignation et n'osant les supposer coupables.

—Monsieur, je vais vous dire, balbutia Siroco cherchant vainement une fable, je crois que tout à l'heure Castor, le chien de Mademoiselle, a...

—Castor!... ce chien ... il a cueilli une fleur ... ah!

mon gaillard, il y a de ta faute, paraît-il, puisque tu es sens dessus dessous, et que tu as les oreilles rouges... Expliquons-nous, voici un gourdin!...

Il ramassa un piquet, le mit en mouvement pendant que le malheureux Siroco demeurait pétrifié.

Mary se plaça soudain devant son ami.

—Monsieur Brifaut, dit-elle d'une voix ferme, les yeux fixes, c'est moi qui ai pris la rose...

—Pris la rose ... et pourquoi faire, Mademoiselle ... Mad ... e ... moi ... selle ... Ma ... ry?... dit le vieillard dont les paroles n'étaient plus distinctes.

—Pour la manger! répondit tranquillement la petite.

M. Brifaut se tourna du côté de son complice.

—C'est vrai, murmura celui-ci avec un triste sourire de reconnaissance à l'adresse de son tyran: elle l'a mangée!

Le vieux jardinier, pareil à l'ange exterminateur, levant son gourdin comme une épée flamboyante, désigna la grille du jardin à Mary. Celle-ci, très digne, se retira, contente après tout d'avoir fait courageusement son devoir.

—La petite misérable! balbutia M. Brifaut, et une grosse larme tomba sur sa barbe grise. La petite misérable!... Oh! les enfants, les idiots, les crétins, les lâches... Ça mange en une seconde des roses qui m'ont coûté à moi, un vieil homme près de mourir, deux ans de création! La petite misérable!...

Siroco s'était emparé d'un arrosoir.

—Monsieur, ne vous tournez pas le sang et battez-moi si ça peut vous consoler! dit-il humblement.

Le vieux jardinier haussa les épaules. Il revint

d'un pas traînant vers sa maisonnette, comme assommé.

A partir de ce jour de juin, Mary, chassée du paradis des roses, ne sut plus que faire de ses récréations. Elle n'avait plus de prétexte pour fuir son petit frère qu'elle haïssait, on ne voulait pas la promener en dehors du jardin de leur chalet et on lui défendait d'aller du côté du fleuve. Elle s'asseyait sur la galerie, ne disant rien, sans cesse tourmentée par Tulotte, qui était devenue insupportable.

On lui préférait son frère et grossièrement on le lui faisait sentir. Si Estelle était moins pieuse que chez la dernière des de Cernogand, la propriétaire de Dôle, en revanche elle poursuivait toujours Mary de son ancienne rancune de dévote. Quand le petit Célestin criait, c'était Mary qui avait tort. Ce nourrisson faible et mal venu remplissait toute la maison de clameurs aiguës comme celles d'une perruche. On avait les nerfs irrités, le tympan meurtri, on avait besoin d'une querelle pour se détendre et on la cherchait à Mary.

—Quel malheur! répétaient les bonnes, d'être embarrassé de cette fille-là, quand ce garçon nous suffirait bien!

Le pire était que le colonel, ayant désiré un garçon de tout temps, se demandait quelquefois ce que signifiait la présence de cette fille, alors que le second poupard aurait dû naître le premier, mieux portant, plus vigoureux. Sans réfléchir qu'il lui avait coûté l'existence de sa femme, il lui trouvait une raison d'être, tandis que la fille lui semblait un objet inutile, représentant un avenir incertain.

Le colonel Barbe avait, du reste, une autre préoccupation affectueuse. Après les mois de deuil sérieux étaient venus les mois de liberté; la maison, remise sur un bon pied par la cousine Tulotte, s'était affranchie de ses habitudes maladives; on avait fabriqué des plats plus fortement épicés, ajouté une bouteille de bordeaux au verre d'eau rougie; Tulotte aimait la bonne chair, elle se privait du vivant de madame Barbe et désirait se rattraper tout son saoul. Estelle eut la permission de rire aux éclats dès qu'on lui passa sa livrée de demi-deuil, les ordonnances réintégrèrent la cuisine, mettant la note chaude de leurs pantalons garance dans les fumées du pot-au-feu.

Antoine-Célestin Barbe avait acheté, en s'en allant de Dôle, une partie du mobilier fantastique; mademoiselle Parnier lui avait cédé, sans trop de répugnance, toutes ces choses sentant la mort, et, par dessus le marché, profanes, pour une somme relativement minime. Dès le déménagement opéré, Tulotte fit emplette d'une drogue étonnante, passa à la teinture les soieries bleu pâle et remeubla la chambre de son frère en un grenat violent sous lequel les tendresses des nuances nuptiales avaient à jamais disparu. Le colonel, qui n'aimait pas les souvenirs douloureux, fut content. Madame Corcette venait de temps en temps pour consoler sa fille adoptive, elle causait avec le père quand les loisirs du service lui permettaient de rester chez lui. Ce fut ainsi que les punitions continuelles du capitaine Corcette s'adoucirent, et que, d'un commun accord, on éloigna Mary, pour laquelle la jeune femme était d'abord une nouvelle mère!

Mary, abandonnée par sa grande amie, se réfugia dans un mutisme farouche, elle ne lui disait même plus bonsoir, indignée de ces brusques revirements des personnes raisonnables.

Mary demeura au chalet quinze jours prisonnière après la scène effroyable de M. Brifaut, elle errait comme une âme en peine le long des galeries de bois, regardant, le matin, les bonds de Castor parmi les poules de leur basse-cour et songeant, au crépuscule, que le son des retraites militaires est une chose bien triste lorsqu'une petite fille écoute les échos des montagnes sans sa mère pour les lui expliquer.

Elle essaya de se distraire dans les lectures monotones de ses leçons, de descendre au jardin avec des livres comme le faisait souvent Tulotte qui lisait des romans traduits de l'anglais; seulement son roman à elle était sa grammaire ou son histoire de France et ces récits dépourvus d'imagination la faisaient pleurer d'ennui. Une fois elle eut un ver à soie que lui donna un ouvrier magnan,—il y avait des foules de magnaneries autour du chalet,—elle éleva son ver dans un cornet de papier, il fit un cocon, puis devint papillon; elle pensa qu'on pouvait apprivoiser ces sortes de bêtes, mais Estelle le piqua d'une épingle contre le mur de sa chambre, lui disant que cela «pondait des mites» sur les étoffes de laine.

Et son petit frère criait toujours, promené par la franc-comtoise ahurie qui chantonnait une invariable chanson de son pays. Impossible de dormir, impossible de penser. Célestin avait des coliques, des convulsions, et le caractère des souffreteux, gens intraitables dès leur berceau. La priorité de son sexe s'affirmait dans ses cris étourdissants; les trois femmes de la maison s'inclinaient devant cette rage inépuisable, l'une apportait un hochet, celle-ci du sucre, celle-là son sein. Il souillait abominablement ses langes et on lui disait qu'il était beau, qu'il ressemblait aux fleurs.

Ce paquet de chair faisait les délices de ces créatures brutales; c'était leur sensualité de tous les instants, elles l'embrassaient avec des bruits de lèvres goulues; bien que l'intelligence ne fût pas encore née dans cet avorton de garçon, elles lui prêtaient des idées merveilleuses, il avait toute sa connaissance, il leur parlait, il montrait le poing à Tulotte, griffait Estelle, souriait à la nourrice. Les deux ordonnances s'en mêlaient, se le passant de main en main et l'appelant «mon colonel»» avec des respects attendris.

Alors Mary, saisie de colères blanches, se demandait si elle ne ferait pas mieux de porter cet animal, plus stupide qu'un chat nouveau-né, à la rivière pour avoir enfin la paix. On le mena à la procession comme elle l'avait annoncé à son cher Siroco; elle dut rester seule pendant que la nourrice accompagnait ce braillard vêtu d'une robe brodée, couverte de rubans.

Ce dimanche-là Mary, n'y tenant plus, sortit par la petite porte du jardin, elle courut jusqu'au trou des sureaux et appela très doucement son ami. Siroco, en train de faire sa lessive dans le lac de la vallée des roses, avait plongé successivement sa chemise, son pantalon et sa personne. Le père Brifaut était en ville, lui, gardait les plantations, profitant de son dimanche pour nettoyer ses loques. Il entendit derrière la haie un bruit de pas très légers, un bruit qu'il connaissait bien, son cœur battit à se rompre.

—Mademoiselle Mary! cria-t il du fond de son bain. Entrez, n'ayez pas peur, Croquemitaine est parti!

Mary sauta le fossé, passa les sureaux et accourut suivie de Castor.

—Ah! mon Dieu! cria-t-elle, tu es tombé dans l'eau?

La tête ébouriffée de Siroco émergeait seule, ruisselante.

—Oh! que non pas, made... Mary, fît-il tout ému de la revoir, je fais ma toilette, le temps permet ça! Tournez-moi vite le dos que je puisse m'habiller; nous allons nous amuser. Je pensais que vous ... que tu ne voulais plus revenir!

Mary se tourna, obéissante, les yeux fermés, se demandant pourquoi ce mystère: c'était donc très sale, un garçon?

Quand il eut fini, il la prit dans ses bras et la couvrit de caresses. Certes, il n'aurait pas été la chercher au chalet, il avait même essayé de n'y plus penser, mais puisqu'elle était revenue ... oh!... il se sentait tout fier!

—Tu m'aimes bien? répétait Mary, qui conservait au fond de ses pensées farouches comme une soif inextinguible d'être très aimée.

—Oui! oui ... pourquoi n'es-tu pas venue plus tôt?

—Je ne pouvais pas!... on me surveillait, et puis j'avais peur de ton maître.

—M. Brifaut! il est parti pour la procession, lui aussi... D'ailleurs, on peut s'arranger maintenant, car il y a un second bouton! je l'ai tant soignée, cette chienne de greffe! Il n'est pas méchant, M. Brifaut, va!

Ils s'assirent au bord du petit lac. Siroco, armé d'une énorme aiguille, d'un vieux dé percé, se mit en devoir de raccommoder sa veste de toile bise.

—Donne donc! s'écria Mary, et elle s'empara de la veste, bien qu'elle ne sût pas mieux coudre que lui.

Il se penchait vers elle, lui indiquant les endroits les plus détériorés.

—Tu es gentille, mon amoureuse! dit-il tout d'un coup en l'embrassant sur l'oreille.

Elle eut un rire plein d'une coquetterie de femme.

—Oh! je le fais pour toi ... chez nous, je ne veux pas apprendre à broder. On me donne des pénitences, mais je ne veux pas davantage!

—Petite désobéissante!

—Je n'ai pas besoin de rien savoir, mon frère saura tout pour moi.

—Il pleure toujours, ce monsieur? interrogea Siroco, s'allongeant sur les genoux de son ouvrière.

—Ça devient une chanson, mais faut s'y habituer ... jusqu'au moment où je l'étranglerai, répondit-elle, le regard bizarrement assombri.

—Tais-toi donc, pauvrette! Étrangler quelqu'un, est-ce que c'est possible?...

—Tu me disais qu'il fallait le faire, là-bas, sous les roses, est-ce que tu l'as oublié? demanda Mary avec vivacité.

—J'ai dit ça, moi!... Oh! la bonne histoire!... On dit tant de choses!... C'est ton frère!... il fait ses dents, vois-tu, et quand ça lui passera, il deviendra gentil ... comme toi!... ce sera ton petit Siroco numéro deux!...

—Jamais! je ne l'aimerai jamais!... Il a tué maman. Écoute, Siroco, s'il était mort et que je te prenne pour frère, voudrais-tu?

—Tiens, je crois que je voudrais ... être le frère d'une demoiselle et faire des parties ensemble toute la journée.

—Alors, tu vois bien ... il faut que je l'étrangle. Papa sera d'abord ennuyé, puis il fera comme pour maman, il se consolera, et je lui dirai qu'il te prenne avec nous... Tu n'as ni père ni mère, toi! tu es tout venu, tu n'as tué personne en naissant, tu es bon, tes yeux sont noirs... Oh! ce sera du plaisir plein la maison... Nous jouerons, nous écrirons, nous mangerons et tu ne pleureras pas, tu m'empêcheras de pleurer.

Le jeune garçon devint triste.

—Petite folle de Mary! Ça ne se peut pas, non, et quand je pense que si le régiment change, tu quitteras le chalet, je ne te verrai plus.

—Ne dis pas ça, cria Mary, lâchant son aiguille pour se jeter dans ses bras, je te le défends ... nous ne devons pas nous quitter... Des amoureux, est-ce que ça doit se quitter?

—Ça s'est vu! murmura Siroco; puis il la repoussa doucement.

—Prends garde, Mary, je suis encore tout mouillé.

En effet, il avait remis sa chemise et son pantalon au sortir de l'eau; ses habits n'étaient pas secs du tout.

—Tu as froid? dit-elle inquiète en l'épongeant de son mouchoir.

—Non, en juillet, il ne fait pas froid.

Elle voulut lui faire sortir au moins sa chemise pour aller l'étendre sur un buisson de roses.

Il s'impatienta.

—Un jour, à l'école des frères, où je suis resté deux ans, fit-il, j'ai renversé une cruche le long de mon pantalon; on était en hiver, je n'ai rien dit, et il ne m'est rien arrivé... Je suis un homme, les hommes ne s'enrhument pas!

La vérité était qu'il ne voulait plus se déshabiller devant elle. Il était pris d'une subite pudeur, parce qu'elle n'avait aucune idée de ce qu'il ne fallait pas faire, cette petite demoiselle trop bien élevée. Il lui raconta d'autres histoires fabuleuses: il était tombé dans un puits en tirant de l'eau pour une femme qui le nourrissait, il avait nagé dans le Rhône sous la glace, et jamais un rhume, non, pas ça d'éternuement.

Alors, gracieuse, elle présentait ses deux mains au soleil pour les glisser ensuite dans sa poitrine humide.

—Finis donc, ou je tape! dit-il avec un mouvement d'humeur. Ils demeurèrent un instant silencieux, elle, cousant, les yeux baissés, lui, suivant ses doigts pointus qui arrangeaient les étoffes et regrettant peut-être, sans s'en douter, les chatouillement de ses petits ongles sur sa peau.

—Veux-tu que nous fassions un grand voyage? lui demanda-t-il quand son travail fut terminé.

—Oh! oui! Allons-nous-en!

—Eh bien! il y a fête au hameau de Sainte-Colombe, de l'autre côté de Vienne, il faut passer le Rhône et on s'amuse joliment!

—Mais!...

—Ton papa ne saura rien, puisque les bonnes sont à la procession et ta tante Tulotte lit ses livres sur la galerie. Elle croira que tu es ici, voilà tout...

—Nous irons!... Siroco. Pourvu que tu ne me laisses pas en route ... je marcherai.

—J'ai quarante-six sous d'économie dans le coin de mon traversin, et toi?

—Moi, j'ai vingt sous dans ma poche, j'irai chercher ma tirelire, si tu veux, car moi je ne dépense jamais mes sous.

—Non ... ça suffit ... nous sommes assez riches. Allons!

Chacun, ils cueillirent une rose. Siroco la mit à la boutonnière de sa veste. Mary l'attacha à son chapeau de paille brune et ils quittèrent le jardin d'un air délibéré.

Ils prirent le chemin de halage, le long du fleuve, pour gagner le bac qui passait les gens de Vienne à Sainte-Colombe, moyennant trois sous par personne. Quand on eut perdu de vue le chalet, Mary devint très brave, elle siffla son chien, jeta des bâtons dans l'eau, et Castor alla les chercher pour revenir ensuite se secouer sur la robe de sa maîtresse. Ils étaient faits comme de petits voleurs tous les trois: Mary avait un vieux jupon de soie noire que Tulotte lui mettait quand elle partait en récréation, car on ne savait jamais si elle ne grimperait pas aux arbres, des bottines de coutil blanc devenues grises de poussière; Siroco, les cheveux broussailleux, était encore tout mouillé; Castor, les poils crottés, ne représentait plus un épagneul d'une race quelconque; mais tous les trois, sous ces misères, conservaient la peau rose et parfumée de bonne santé.

Au bac, le passeur les regarda de travers.

—Vous savez que c'est six sous et que je ne veux pas le chien? leur dit-il.

—Voilà vos six sous! riposta Siroco sentant toute son importance de chef de famille.

Ils s'installèrent à l'arrière, tandis que Castor se jetait bravement à l'eau. Dans le courant, le chien faillit sombrer, mais Siroco lui tint la queue, ce qui l'aida beaucoup. Tous trois abordèrent à Sainte-Colombe sains et saufs.

—Hein! dit le gamin respirant librement, nous sommes nos maîtres, à présent. J'ai eu là une fameuse idée, ma petite femme!

—Oh! que oui!... balbutia Mary se cramponnant à lui comme à son sauveur.

Ils firent le tour de la foire. Sainte-Colombe est un joli village, ombragé par des mûriers énormes. Il y avait des baraques de saltimbanques sous ces mûriers, un bal champêtre, des tonnelles pavoisées, des tirs aux pigeons. Mary demeurait bouche béante. Elle eut l'envie irrésistible d'entrer dans la baraque de la femme géante, cela leur coûta cinquante centimes, mais Siroco n'y regardait pas, lui!

—Tu sais qu'elle est en coton! dit-il pourtant quand ils furent sortis.

Et comme ils avaient très soif, ils demandèrent, sous une tonnelle, une tasse de lait pour *Madame*, un verre de vin pour *Monsieur*. Castor s'offrit gratis une croûte qui traînait.

Ils tirèrent aussi des macarons pour compléter leur collation.

Ils se reposaient depuis un quart d'heure des émotions de la fête, lorsque Mary tressaillit, elle se retourna du côté de la tonnelle voisine.

—Entends donc, Siroco, chuchota-t-elle.

—Quoi?

C'était la voix de madame Corcette qui criait il tue-tête:

«Mon colonel!... je vous dis que c'est l'enfant... Il est bien facile à reconnaître, la nounou a des rubans bleus, et il crie, selon son habitude, ce polichinelle!... Quel sacré gosier!

—Papa!... bégaya Mary pâle comme une morte.

—N'aie pas peur ... tais-toi!... souffla Siroco, qui la saisit à bras de corps, craignant de la voir tomber.

—Nous sommes perdus!

—Mais non ... si le chien se tient tranquille, ton papa ne saura rien; les verdures sont trop épaisses ... nous décamperons dès qu'il sera parti.

Une tempête d'éclats de rire s'éleva dans la grande tonnelle, on vit çà et là reluire des uniformes de hussards.

Il y avait Jacquiat, Corcette, de Courtoisier, tous venus dans le break du colonel à la frairie de Sainte-Colombe, histoire de s'encanailler un peu, et on reconnaissait de loin, parmi les paysans endimanchés, les rubans bleus de la nourrice qui portait le petit Célestin couvert de dentelles.

—Mais oui, reprit la voix du colonel Barbe, c'est bien mon fils qui se promène! Cette nourrice est folle, sous prétexte de procession elle me le perdra dans la cohue!

Cependant le père était tout attendri par la subite rencontre de l'héritier présomptif. Madame Corcette, en toilette superbe, s'élança comme un tourbillon du côté de la nourrice. Bientôt Estelle et les ordonnances arrivèrent aussi, un peu honteux de leur fugue.

—C'est bon! c'est bon! grommela le colonel, on s'amuse sans demander la permission, on court les foires avec des demoiselles, et le gamin prendra une maladie. Parbleu!... vous êtes des chenapans.

Seulement il tordait sa moustache, très gêné que ses domestiques le vissent avec la femme de son capitaine dans un laisser-aller de pékin qui fait la noce.

—Voyons, toi, fais-lui des risettes, dit madame Corcette, enlevant le bébé des bras de la nourrice.

Et tous les officiers l'entourèrent, sachant que c'était là le point faible de Daniel Barbe.

On finit par offrir une galette à la franc-comtoise, on lui glissa des pièces blanches, le colonel sentant un besoin d'indulgence pour lui-même, car il menait une vie de jeune homme depuis quelque temps, lui pardonna, tout en lui recommandant de mettre l'ombrelle sur la tête de Célestin.

—Et nous, Messieurs, je propose d'aller visiter la ménagerie, fit madame Corcette, très fière de traîner un régiment à sa jupe en la personne de son chef... Ils sortirent de la tonnelle où ils laissèrent des morceaux de galettes avec des verres de chartreuse.

Mary se serrait contre Siroco, et celui-ci, moins rassuré, tenait Castor par son collier. Ils faisaient une piètre mine, tout poudreux qu'ils étaient, semblables à des vagabonds de la foire qui vont, après leur maigre repas, endosser le maillot de l'équilibriste ou la blouse bariolée du paillasse. Mary tremblait d'une colère qu'elle n'osait avouer.

—Toujours mon frère! dit-elle les dents grinçantes. Ah! si c'était moi qu'on eût trouvée ici, tu aurais vu quelle semonce... Cette madame Corcette qui m'amusait autrefois ... elle s'amuse avec papa, aujourd'hui. Tiens! je voudrais sortir pour leur dire un mot...

—Reste tranquille, souffla Siroco désespéré, tu serais punie, et moi on me ramasserait d'une belle façon... La paix, Castor, ajouta-t-il en envoyant une bourrade au chien qui voulait s'élancer vers son maître.

Le colonel passa enfin suivi des officiers, riant entre eux de la rencontre du petit au moment où on pensait aux fredaines. Jacquiat, si empressé jadis, n'eut même pas une parole de regret concernant Mary.

—Je vous déteste! cria la petite fille, tendant le poing derrière l'épaisse verdure de la tonnelle.

—Du calme! dit Siroco, et le vin pur ayant agi sur ses nerfs, à lui aussi, il la pinça vigoureusement.

Mary éclata en larmes.

—Que je suis malheureuse!... oui ... je l'étranglerai.

—Qui?... moi? demanda Siroco, très rouge.

—Oh! non ... pas toi, Célestin, mais Jacquiat, madame Corcette, la nourrice ... papa ... tous, tous...

—Faudra z'élargir la porte du cimetière, avant! conclut Siroco en haussant les épaules.

Et pour que rien ne se perdît, il alla récolter les galettes abandonnées.

Mary n'en voulut pas, par une secrète dignité que Siroco ne comprit guère; quant à Castor, délivré, il monta sur leur table et dévora les restes sans aucun scrupule.

A la nuit tombante, ils gagnèrent le chemin de halage, déjà morts de fatigue. Toutes ces émotions les avaient un peu désunis; Mary boudait, Siroco sifflottait, Castor marchait la queue basse.

—Devine à quoi je pense? demanda le jeune garçon s'arrêtant brusquement.

—Je ne peux pas, j'ai du chagrin! soupira Mary, fatiguée et cherchant de l'œil un coin pour se reposer.

—Eh bien!... si nous ne rentrions pas! j'ai encore dix sous. Nous fabriquerions une hutte dans les bois, nous attraperions des oiseaux et nous irions les vendre à la ville. Personne ne nous embêterait, va!... Je vois bien que tu ne pèses pas beaucoup chez toi, moi je suis mon maître depuis que je suis né... Ça te va-t-il?

—Tu ne m'aimes plus! murmura-t-elle en faisant la moue.

—Oh! parce que je t'ai pincée! la belle affaire!

Il la prit dans ses bras, la porta sur le talus de la route, aux pieds d'un groupe de peupliers immenses.

Ils se blottirent tout petits et tout légers, comme des passereaux, sous une roche enguirlandée de lierre qui se trouvait là.

—Mary, je te demande pardon! dit le garçonnet, la câlinant et lui tirant ses longues tresses de cheveux.

Elle se mit à sourire.

—Ne recommence pas, Siroco...

Devant eux roulaient en fureur les eaux du Rhône. Sur l'autre rive, la ville s'estompait dans l'ombre; il faisait chaud, de plus en plus chaud, et on aurait dit que le soleil de la journée avait fait bouillir le paysage; une vapeur s'échappait de la foire lointaine pour monter vers le ciel qu'elle rendait noir.

Un grondement sourd venait de l'horizon, où s'allumait une étoile si tremblotante qu'on croyait la voir s'éteindre à chaque seconde, comme la lueur d'une bougie.

—Est-ce qu'il va faire de l'orage? interrogea Mary, se rapprochant de son ami, presque contente d'avoir peur.

—Je crois, dit mystérieusement Siroco, que c'est mon parrain...

—Ton parrain? dit la petite fille, ouvrant des yeux étonnés et cherchant sur la route déserte la silhouette d'un homme.

Soudain, un tourbillon de poussière s'éleva jusqu'aux peupliers qui se courbèrent comme de simples épis, un hurlement gronda du Rhône et le vent brûlant dont la Méditerranée fouette le Midi arriva comme une trombe sur la campagne.

—Le siroco! cria l'enfant trouvé, heureux de pouvoir témoigner enfin d'un acte de naissance.

—Ah! mon Dieu! nous allons mourir! sanglota Mary épouvantée.

Ce vent rugissait en une espèce de beuglement de taureau, puissant et cependant point triste. Il était plein d'on ne savait quelle clameur joyeuse, joyeuse comme le cri de son filleul. Il y avait plus de peur que de mal dans sa façon étrange de bouleverser l'atmosphère, et très bonhomme, au fond, il ne cassait rien tout en menant le plus horrible bruit du monde.

Les enfants rampèrent sous la roche pour se garer de la poussière, puis ils s'étreignirent.

—J'ai peur! répétait Mary.

—Petite bête!.. Nous allons, au contraire, nous amuser pour revenir, ce vent-là vous fait marcher d'un train de locomotive!,.. Tu vas voir ... que tu ne pleureras plus!

Ils avaient oublié leur projet de courir les bois.

—C'est drôle, en effet, murmura la petite, de sentir ce hou-hou autour de ses oreilles... Je n'ai plus si peur!

Siroco, rendu nerveux au possible par le retour de son parrain, serrait Mary à l'étouffer et de nouveau ce fut, comme dans le bosquet de roses, des caresses folles que partageait cet endiablé de vent pénétrant partout.

Ils revinrent au bac avec une vitesse vertigineuse, se tenant par la main, lancés tantôt à gauche, tantôt à droite, riant, tournant, sautant, pareils à des gens ivres. Vraiment Mary s'amusait bien plus qu'à la foire.

—C'est ça qui sèche mes habits! disait Siroco encore un peu humide de sa lessive.

Quant à Castor, il devenait complètement insensé, s'enlevant par bonds élastiques et jappant de plaisir.

Sur le bac, ils crurent qu'on chavirerait dix fois, l'homme qui tenait la corde ne savait à quel saint se vouer.

Derrière le chalet, ils se quittèrent, se promettant de recommencer dès qu'ils en auraient l'occasion.

—Tu trembles tout de même! dit Mary anxieuse, le sentant frissonner sous sa malheureuse veste de toile.

—Non, ma petite femme, répondit l'intrépide garçon, c'est mon parrain qui me secoue. Au revoir, mon amoureuse, ne te fais pas gronder et viens à la vallée dès que tu pourras... M. Brifaut te pardonnera sûrement, car il y a un autre bouton de sa rose... Au revoir!...

Longtemps Mary, sans savoir pourquoi, le suivit des yeux dans cette gaie tourmente qui le lui emportait.

Une fois, elle crut que le vent, d'un seul effort, l'avait lancé jusqu'au ciel, puis elle rentra au chalet suivie de Castor moins bruyant. Il fallait se préparer à une correction exemplaire.

Tulotte, après cette escapade sur laquelle d'ailleurs ni Mary ni son chien ne voulurent fournir d'explications, ne décoléra pas d'un mois, et Mary, durant un mois, ne vit pas s'ouvrir la petite porte donnant dans le sentier des Sureaux.

Enfin, un matin, elle réussit à tromper la surveillance de sa geôlière, elle courut tout d'une traite jusqu'à la grille de M. Brifaut. Le vieillard était là, devant sa corbeille de prédilection, épluchant le rosier de l'*Émotion* qui se fleurissait gaillardement d'une seconde rose comme l'avait prédit Siroco. En apercevant la petite, le bon jardinier n'eut pas le courage de lui faire froide mine.

—Allons! entrez, dit-il doucement, mais vous

allez être bien ennuyée, Mademoiselle Mary, votre ami est parti!

—Parti, Siroco?... s'exclama-t-elle dans une douloureuse surprise ... parti ... sans me dire adieu?

—Hélas! Mademoiselle, fît le brave homme hochant la tête, ce sont les méchants enfants qui restent... Siroco est mort, voilà une semaine, d'une manière de gros rhume pris je ne sais où!... Je l'ai fait enterrer gentiment à mes frais, le pauvre gamin!...

Mary s'en retourna, muette, ne pouvant pas pleurer, tenaillée d'une douleur atroce.

Ainsi, il était parti comme il était venu, dans un tourbillon de ce vent chaud qui se montrait miséricordieux aux petits enfants orphelins ... parti sans la revoir, parti pour toujours!

Et chaque fois que soufflait le joyeux siroco, Mary s'enfermait dans sa chambre en se bouchant les oreilles...

[1]
Cette rose existe en réalité.
[2]
Elle existe ainsi que la rose bleue.

5

Dans l'énervement des longs jours passés sans plaisir, Mary connut des désespoirs de femme. Elle sut comment s'y prennent les grandes personnes pour avoir une douleur qu'on n'ose avouer et, par moment, elle souhaita de mourir aussi pour aller rejoindre Siroco. Cette petite, née vieille, s'attardait en ses idées de passion bien plus qu'on ne pouvait le deviner.

Lorsqu'elle jouait au cerceau sur la route qui menait à la berge du fleuve, qu'elle courait, les yeux brillants, les cheveux défaits, droit devant elle et que Tulotte était obligée de crier: Prends garde! Tu vas perdre ton cerceau dans le Rhône! C'était peut-être elle-même qu'elle aurait voulu précipiter aux flots pour échapper à la souffrance trop vive, non proportionnée, qu'elle ressentait de cette perte d'un précoce amoureux.

Et l'été s'acheva monotone, avec un vent presque

continuel qui secouait le cœur de Mary comme il secouait les rosiers de la vallée des roses.

Aucun bruit de changement de garnison ne survenant, on réinstalla le campement d'hiver, selon l'expression du colonel; on mit des bourrelets aux portes du chalet, des tapis dans les chambres et une partie de la galerie de bois fut vitrée. Daniel Barbe, très étonné de voir qu'on resterait probablement où on se trouvait encore, eut la perspective d'un coin de vie de famille; il prit le soin de mettre un gros poêle de faïence dans la chambre de la nourrice, et, un soir, il fit monter Mary chez lui afin de lui annoncer une sérieuse nouvelle.

—Ma fille, lui dit-il, je crois qu'il est temps de te préparer à ta première communion, je pense que nous resterons ici un ou deux ans, et madame Corcette, une excellente créature, celle-là, m'a demandé à surveiller un peu tes études au sujet du bon Dieu!

Mary, la tête baissée, ne répondait pas.

—Tu auras dix ans le printemps prochain, c'est un peu tôt, je le sais, mais on n'a guère le loisir de faire les choses régulièrement dans notre état. Je demanderai les dispenses nécessaires. Enfin, tu comprends, je te trouve assez raisonnable pour cela! Tu vas donc me piocher sérieusement le catéchisme, l'histoire sainte, les évangiles, tout le tremblement de ces machines pieuses. Tulotte achètera les livres, et, au lieu de vagabonder de droite et de gauche, tu feras les prières qu'il y a dans le règlement. Nous avons l'espoir de rester à Vienne peut-être trois ans; alors, il faut en profiter. Il paraît que les changements de diocèse ne sont pas favorables à ces choses de curés (c'est toujours madame Corcette qui le dit).

Une femme sait mieux que nous ce qu'il faut faire ... mais Tulotte est comme moi, elle a la dévotion d'un képi!...

—Est-ce que madame Corcette est dévote? demanda Mary rêvant, les yeux fixés sur la muraille.

—Non ... elle est catholique, voilà tout.

—Et Tulotte?

—Tulotte, ma fille, est protestante, comme moi, comme ton oncle. Seulement ta pauvre mère était catholique, on a baptisé mon fils dans sa religion et elle a bien recommandé en mourant que tu fasses ta première communion ... le plus tôt possible! Elle craignait que Tulotte te dirigeât d'un autre côté. Je t'apprends tout ça, ma chère Mary, parce que tu es en âge de démêler ces histoires et puis madame Corcette est si bonne!

—Je ne comprends pas, moi! murmura Mary qui boudait toujours madame Corcette.

—D'ailleurs, ajouta le colonel impatienté, je ne te demande pas de verser dans la religion corps et âme. C'est une consigne pour moi de te donner une instruction religieuse, je me moque bien de la prêtraille, mais je ne veux pas me moquer des dernières recommandations de ma femme, tonnerre de Dieu!

L'entretien, qui avait débuté par des mots très graves, des pensées presque tendres, menaçait de très mal tourner.

—Oui, papa! répliqua Mary, disant oui tout de suite pour avoir le droit de se sauver.

Le colonel lui prit le bras qu'il serra un peu brutalement. On sentait que dans ce père, encore incertain du mal qu'il faisait, le remords se mélangeait à son désir d'avoir, l'hiver comme l'été, une maîtresse fort drôle. Maintenant, il n'y avait plus de courses à cheval, plus de frairies, plus de parties sur l'herbe, plus de petits voyages en bateau; on se cantonnerait chez soi, dans le chalet, on aurait la nourrice et Tulotte sans cesse derrière les épaules et cela deviendrait mortellement triste. Aussi avaient-ils, elle et lui, organisé cet innocent mensonge d'une instruction religieuse. Madame Corcette viendrait tous les dimanches et tous les jeudis pour conduire Mary à la petite église de Sainte-Colombe, leur paroisse; ensuite ... pendant que l'enfant profiterait des enseignements du curé... Mais quel ennui d'avoir d'abord à expliquer ces choses si simples!

—Voyons, fit-il d'un ton grondeur, car au fond sa conscience lui faisait mille reproches, tu ne vas pas faire ta bête, hein!.. Je suis déjà assez mécontent de toi, Mademoiselle. Tu polissonnes comme un gamin des rues; tu n'es jamais rentrée à l'heure des repas. Tout cet été tu as couru les chemins avec un petit voyou. Si je le pince, celui-là, je lui tire les oreilles d'une rude manière, je t'en préviens! C'est qu'à ton âge on est grand, il faut songer à se bien tenir! La fille d'un colonel, le chef du 8e hussards, n'est pas une bohémienne. Changeons la manœuvre, petite, sinon je te relèverai du péché de paresse.

—Maman n'est plus là! dit très bas Mary, qui eut envie de pleurer.

—Ta mère! s'écria le colonel pourpre de colère. Et n'es-tu donc pas honteuse d'en parler de ta mère, quand tu ne te souviens même plus d'elle? Voilà une jolie sentimentale, ma foi, sa mère!...

Tout d'un coup il devint digne comme un

homme qui se lave à ses propres yeux en morigénant un autre pour la bonne cause.

—Je t'engage à prononcer plus respectueusement des phrases pareilles, Mary! Ta mère est un souvenir sacré pour nous tous, et je tiens à ce qu'on le rappelle dans des moments plus propices. Ta mère a-t-elle quelque chose à voir dans les courses de chien perdu que tu fais par monts et par vaux? Je vous le demande? Est-ce que c'est ta mère que tu cherches quand tu t'amuses avec un petit chenapan, un vaurien dont je ne sais même pas la demeure?... En vérité une mère ne se mêle pas à toutes les sauces... J'y pense quand il faut, tu m'entends!...

Mary ne comprenait absolument rien au motif de cette annonce, quasi solennelle, d'une première communion prochaine. Hélas! puisque Siroco était parti, était mort, inutile de lui reprocher ses vagabondages!

—Papa, dit-elle, relevant le front, je suis pourtant très sage, je ne sors plus qu'avec Tulotte et j'ai appris hier une leçon bien difficile, je t'assure. Je veux bien aller au catéchisme, mais...

—Mais, quoi encore? Tulotte a raison de dire que tu n'es jamais contente de rien. Est-ce que tu vas faire mauvaise mine à madame Corcette, une jeune femme si dévouée ... car c'est du dévouement que de s'occuper d'une enfant volontaire, d'une créature indisciplinée comme mademoiselle ma fille!

—Papa, je n'aime plus madame Corcette.

—Vraiment!... Et ... peut-on savoir ce qui t'a éloignée de cette dame?

Mary embarrassée ne savait comment formuler son accusation. Depuis Siroco elle gardait certains secrets pour elle, n'osant pas franchement les appliquer aux aventures de la famille. Elle se rendait un compte vague du rôle que jouerait la femme du capitaine dans son éducation, mais elle devinait que ce n'était pas uniquement pour sa félicité que son père lui imposait sa présence. Elle finit par balbutier:

—Elle caresse toujours mon frère et moi elle m'a laissée.

—Nous y voilà, s'écria le père s'emportant, tu es jalouse de Célestin. Comme toutes les mauvaises natures, tu fais retomber tes torts sur un pauvre innocent... Madame Corcette est un excellent cœur, elle, nous aimons Célestin et elle l'aime parce que nous l'aimons... Tu as saisi, n'est-ce pas? et je t'engage à ne pas broncher vis-à-vis d'elle sous le joli prétexte que l'on te préfère Célestin. Eh bien! oui, nous préférons tous ton frère, car ce sera le diable s'il n'est pas meilleur que toi. Il braille, lui, on l'entend, au moins! Toi ... on ne sait plus ce que tu veux ni ce que tu penses. Tu restes des heures entières à regarder les murs et tu n'ouvres la bouche que pour dire des choses désagréables. Quel malheur que tu ne sois pas un garçon, corbleu!... Je te mènerais ferme, je te le promets!... Allons, décampe, tu me dégoûterais de la paternité. Souviens-toi que je ne veux pas d'observation au sujet de cette bonne madame Corcette!

«Ainsi, songeait Mary, je serais un garçon qu'on ne me préférerait pas davantage à lui ... oh! nous verrons ... papa ... nous verrons!»

A partir de ce jour Mary reçut la visite promise tous les jeudis et tous les dimanches. Madame Corcette, bien enveloppée de ses manteaux extraordinaires, tantôt écossais, tantôt de velours bleu, venait la prendre pour la mener à Sainte-Colombe dans le break qu'elle conduisait elle-même. On passait sur un grand pont qui tremblait et on s'arrêtait devant une petite église de village, non loin du terrain de manœuvre.

Remplie de confusion, la jeune femme, comme si elle avait des crimes à se faire pardonner, se jetait sur un prie-Dieu à côté du bénitier, et plongeait la tête dans ses mains gantées. Mary gagnait sa place, au banc des écoliers, attendant son tour d'être interrogée par le curé, puis elle ne manquait pas de regarder derrière elle, de temps en temps, seulement madame Corcette avait disparu, elle était allée dans une auberge voisine remiser le break du colonel ou se chauffer les pieds au feu de quelque paysan; elle avait toujours froid aux pieds, madame Corcette. L'instruction religieuse était terminée depuis longtemps quand elle revenait chercher Mary; celle-ci, assise tristement dans un coin de cette église glaciale, contemplait les saints immobiles, ou rêvait à des brises folies qui épanouissent le cœur au milieu d'une exquise senteur de rose. Souvent, elle finissait par pleurer de rage sans trop savoir pourquoi, et quand elle arrivait, cette jeune femme, elle lui aurait craché à la joue pour se venger d'une chose qu'elle comprenait à peine. Alors, madame Corcette l'embrassait tendrement.

—Ma pauvre petite fille, disait-elle sur un ton navré, je ne suis pas assez pénétrée de ma mission, non, je crois que je n'en suis pas digne. Oh! c'est sacré, vois-tu, une église! Moi, je ne peux pas y rester cinq minutes sans être toute impressionnée!... La prochaine fois ce sera ta bonne qui t'accompagnera... Je suis si frivole, ton père est un fou de te confier à moi ... ma chère Mary... Dire que je ne puis être sa vraie mère!

Et elle soupirait, sincère dans son repentir d'une seconde, ayant l'idée théâtrale d'un pardon demandé publiquement à la petite fille, en pleine église, devant le curé béant et les écoliers de ce hameau tout pétrifiés. On rentrait au chalet en expliquant les passages de l'évangile, madame Corcette se plongeait dans d'innocentes extases qui lui donnaient des frissons de fièvre, elle ne savait plus si elle venait d'apprendre aussi son catéchisme et elle faisait des réflexions étonnantes:

—Donc c'est le Saint-Esprit qui a fabriqué le petit Jésus... Et qu'est-ce qu'il te raconte de saint Joseph, ton curé ... il ne le plaint pas un peu?

—Non, répliquait Mary, c'est la Sainte Vierge qui a mis au monde Notre-Seigneur Jésus... Le Saint-Esprit et saint Joseph n'ont rien fait, eux... Ah! il était bien heureux d'avoir une maman sans papa! ajoutait la fillette, l'œil assombri.

—Mais pourquoi que ces curés peuvent vivre tout seuls! soupirait madame Corcette, ne voulant certes pas blesser son élève, mais gardant malgré la sainteté de sa mission on ne savait quel parfum des œuvres de Satan.

Et quand Mary lui faisait le récit d'un miracle, dans sa stupeur de nouvelle initiée, brusquement madame Corcette allongeait un coup de fouet à ses chevaux en déclarant «que cette *blague-là* était trop forte! Non, elle ne pouvait pas avaler une pilule de cette grosseur! Pauvre petite ... comme on se moquait d'elle! Ça faisait pitié!» ... Heureusement que l'église était bien située, assez loin de la ville pour éviter de fâcheuses rencontres et assez près du terrain de manœuvre pour que les occasions...

—Dis donc, Mary, déclarait-elle en arrivant au chalet, redevenue sérieuse, nous y retournerons dimanche prochain, c'est entendu!

Le capitaine Corcette eut, pendant l'hiver, de l'avancement, on le nomma capitaine instructeur. Il offrit un punch, le colonel rendit un punch, et Tulotte, qui ne se surveillait plus du tout depuis la mort de madame Barbe, but beaucoup à la soirée de son frère, elle but tellement que Mary, en montant se coucher, la rencontra titubant dans les escaliers du chalet.

D'ailleurs, Estelle et la nourrice avaient leur compte de petits verres, elles se battaient dans la cuisine, pendant que le colonel, attendri selon la coutume, répétait plein de sa double dignité de chef de corps et de chef de famille:

«Préparons-nous, mes amis, mes nobles compagnons d'armes, pour la guerre future. Que le 8e soit brillant, très brillant ... car la prospérité de ce règne et la grandeur de la France ... oui, Messieurs ... la bonne tenue de nos hommes, la santé de nos chevaux... Messieurs, je vous l'affirme....»

La chambre de Mary se trouvait dans le pavillon du chalet, sous les toits. Quand il faisait très froid on y grelottait, mais cependant elle était traversée par le tuyau du poêle qu'on avait installé chez son frère et ce tuyau représentait une complaisance de la cousine Tulotte. Il aurait pu passer ailleurs, car les enfants, dès qu'ils sont en âge de lire, ne doivent pas se chauffer, c'est malsain pour eux. Mary, d'un tempérament particulier, avait toujours froid; quand elle se couchait, elle prenait ses pieds dans ses mains sans réussir à les réchauffer, puis elle tassait l'édredon sur sa poitrine et se couvrait la tête avec les draps. Sa désolation surtout était de demeurer sans lumière; la nuit, chez son frère, il y avait une veilleuse que la nourrice entretenait jusqu'au matin, et lorsque Mary faisait des rêves de grande dame elle se jurait d'avoir une jolie veilleuse rose, si dans l'avenir une fée lui apportait une grosse fortune.

Mary, cette nuit-là, vit arriver Tulotte de la plus singulière façon; la cousine, achevée par le froid des corridors et qui avait bu autant que les servantes, s'était laissée choir sur le palier, puis, par un violent effort, elle s'était remise à quatre pattes pour entrer.

—Je ne sais pas ce que j'ai attrapé, bougonnait-elle, sa longue figure tout hébétée, je vois double ... oui ... je vois double ... je ne sais plus ce que ça veut dire. Eh bien! vas-tu te coucher, toi, grimacière?...

Mary, assise sur son lit, ôtait ses bas et ne disait rien.

—De quoi ... la France!... la prospérité de ce règne! nous nous en moquons un peu, mon colonel... seulement c'est de madame Corcette qu'il s'agit. Faut éblouir le nouveau capitaine instructeur par de belles histoires patriotiques... Mais il vous a un nez fin, lui, mon capitaine ... il laisse causer ... et il attrape des galons.

Mary qui pensait que cela s'adressait à elle se prit à sourire.

—Madame Corcette est l'amoureuse de papa... dit-elle du ton le plus naturel du monde.

—Hein? soupira Tulotte fort mal à l'aise, mêlez-vous de ce qui vous regarde, Estelle, je vais me coucher, moi, et mettons que vous n'avez rien entendu, ma fille... On les paye, ces créatures de malheur, on les saoule et encore il faut qu'elles vous rabrouent les maîtres. Estelle, aussi vrai que je ne suis pas grise, je t'enverrai dehors... là... Mon Dieu, comme ça tourne!

La cousine Tulotte, qui ne portait plus de crinolines parce que la mode en était passée, avait la manie de s'affubler toujours comme un gendarme, elle avait sa toilette de soirée, une robe de satin grenat, taillée dans le reste des tentures qu'elle avait teintes pour l'alcôve de son frère; un peu décolletée, elle ornait son cou osseux d'un énorme médaillon. Elle s'effondra sur son lit non loin de celui de sa nièce.

—Les temps sont durs, continua-t-elle, prenant Mary pour Estelle, sa confidente ordinaire, les temps sont durs. Il doit lui fourrer des masses d'argent, car il se plaint de mes dépenses... moi qui économise sur le manger pour avoir du meilleur vin. Si c'est possible de m'accuser de gaspillage! Je n'achèterais pas une robe neuve sans y réfléchir... La réflexion est le propre de l'homme, ajouta-t-elle d'un ton tellement convaincu que Mary abasourdie crut qu'elle allait lui faire la leçon en pleine nuit.

—Tulotte, murmura la petite, inquiète, tu es malade?

—Allons, bon! voilà Mademoiselle la rapporteuse qui commence son antienne!.. Te tairas-tu? méchant cœur... Estelle, fouettez-la donc de ma part.

Tulotte renversée sur son lit faisait des gestes effrayants, mais ne bougeait pas ses jambes qu'elle sentait molles comme des jambes de coton.

—Que je t'y pince, mauvaise gale, à te plaindre de moi au chef! Oui, nous nous préparons pour les guerres futures, Daniel!... Là-bas sous le clocher de Sainte-Colombe! Une propre vie!... Et il a bientôt soixante ans, ce cher frère ... je ne lui pardonne pas ça!... J'aimerais mieux le voir lever le coude; ça c'est plus moral au moins! et quand on a une fille en âge de s'expliquer!...

Mary, saisie de peur, avait repris ses vêtements. Cette fois-ci Tulotte devait être en effet bien malade, car jamais Mary ne lui avait remarqué une pareille figure, elle grinçait des dents, hochait tout d'un coup le front, et, au fond de cette ombre, elle ressemblait à une moribonde qui n'en finirait pas de mourir.

—Voulez-vous que j'appelle Estelle? demanda la petite, n'osant plus la tutoyer.

—Avec un peu de fleur d'orange ... sur un morceau de sucre, n'est-ce pas? Il ne m'en faut pas, moi, des douceurs. Une institutrice de ma trempe ne devrait pas être à la merci de ce coco... J'ai bien envie de le lâcher, quelque beau soir, pour aller dans une famille plus noble! Vois-tu, Estelle, je pouvais me marier, j'ai mieux aimé faire le bonheur de mes parents. D'abord, je n'ai pas pu m'accorder avec mon aîné, Antoine-Célestin, un dur, celui-là, je t'ai raconté cette histoire, hein! Un ambitieux ... un vieil égoïste qui n'a pas de cœur, il m'a remise à ma place; puis je suis venue trouver Daniel pour lui tenir son ménage, il s'est fichu dans la cervelle les femmes, à quarante ans, depuis ... ça le mord, quoi!... Estelle, va me chercher un peu de rhum... Moi, je sens que rien ne va plus ... ici!.. Ses officiers ont des façons de le regarder... Oui, c'est le dévouement qui me guide lorsque je fais des sottises... Un enfant, je supportais la chose, mais deux... Où est-il ce rhum?

Mary se glissa hors de la chambre, elle avait un dégoût de son institutrice qui lui semblait inexplicable, car elle était malade après tout, et elle aurait dû la soigner. Elle appela Estelle; presque au même instant la nourrice arriva sur elle comme une masse.

—Faites attention, dit Mary vivement, vous allez tomber!

Elle était suivie d'Estelle dont les yeux brillaient dans l'obscurité de l'escalier.

—Voilà Mademoiselle Grognon, fit la cuisinière furieuse; attendez, je vais vous la nettoyer, moi, il ne faut pas quelle nous dénonce au rapport, demain!... pourquoi n'es-tu pas couchée?

—Ma tante est malade, balbutia Mary se reculant devant les deux filles qui sentaient l'eau-de-vie.

—Malade! Elle a son compte, tu veux dire!... Tant pis pour elle, moi je casserais tout, ce soir, et bien sûr que je ne vais pas lui préparer un lait de poule! Nom d'un chien! quel travail! quelle sacrée maison! Je viens de rincer plus de cinquante verres... Je crois que Pierre a fermé la grille du chalet. S'il ne l'a pas fermée, tant pis!.. tant pis ... entre qui voudra! Qu'on vole, qu'on pille, moi je ne mets pas une patte dehors ... de ce froid-là!... Va te coucher! La vieille finira par dormir que je te dis ... et houp!...

Elle enleva Mary par le bras en la poussant, contre un mur.

—Veux-tu rentrer te coucher, mauvaise graine!

—Vous me faites mal! s'écria Mary indignée, car la fille ne voyait pas que la porte se trouvait plus loin. Lâchez-moi, ou j'appelle papa!...

—Ton père! Ah! elle est bonne ... ton père ronfle comme une toupie dans sa chambre fermée à double tour! Faut croire qu'il a peur que sa femme vienne le tirer par les orteils ... ou qu'il est sorti sans qu'on le sache! Ton père a autre chose à faire que de s'occuper de ses moucherons... Voyons, te tairas-tu?

Mary, saisie de vertige, et comprenant peut-être qu'elle seule conservait sa présence d'esprit devant ces trois femmes, appela son père; mais un silence lugubre régnait dans les appartements d'en bas, personne ne répondit.

Estelle la secoua rageusement.

—Reste tranquille! bégaya la nourrice cherchant son aplomb, ne la touche pas, cette petite. J'aime pas qu'on batte les enfants, moi!

La franc-comtoise, point méchante, avait le vin tendre, elle tira Mary des mains fiévreuses de la cuisinière et elles gagnèrent la chambre de Célestin.

Le petit dormait profondément dans son berceau. La nourrice referma la porte et s'affala sur une chaise.

Mary effarée se demandait ce qui allait encore lui tomber sur les épaules.

—Entends-les se disputer! fit la lourde paysanne avec un rire hoquetant, et elles me criaient tout à l'heure que j'avais bu!... si c'est permis, hein! ma pauvre petiote?... quelle existence!...

Elle se mit à fredonner sa chanson habituelle.

Estelle injuriait la cousine Tulotte qui ripostait par des confidences très dignes sur la famille des Barbe et le 8e hussards. Du reste, elle ne voulait point de fleur d'orange, Tulotte, ni de lait de poule. Est-ce qu'on la prenait pour une femmelette, un chiffon comme défunte sa belle-sœur? Elle boirait seulement un petit verre de rhum chaud qui lui donnerait du nerf. Estelle attrapa un pot à eau et l'on entendit comme un glougloutement impérieux. La cuisinière inondait le corsage décolleté de l'institutrice. Alors il y eut une véritable scène de meurtre avec des coups de poings lancés sur les murailles et des jurons de soldat.

—Sainte mère de Jésus, marmottait tranquillement la nourrice, pouvant à peine se déshabiller, on dirait que mes jupes sont de pierre!... aide-moi donc, Mary!

Le bébé se réveilla au bruit d'à côté; le poêle était éteint et il avait très froid, lui qui ne buvait pas de liqueurs fortes. Il poussa un cri aigu, un cri de jeune chat qu'on agace.

—Ça y est! soupira la nourrice désolée, il hurlera toute la nuit, je ne pourrai pas dormir. Apporte-le-moi, Mary, je vais le réchauffer dans mon lit. Puis elle ajouta d'une voix inintelligible: Je me sens mal, tout de même, elles m'auront donné du kirsch, moi qui ne peux pas le souffrir, oh!... les bêtes! elles m'ont donné du kirsch!

Mary apporta l'enfant démailloté avec une répugnance qu'il lui était impossible de surmonter. Elle aurait bien voulu partir, mais elle avait peur de la cuisinière, et comme Tulotte ne pouvait pas la défendre dans l'état où elle se trouvait, elle préférait encore passer le reste de cette horrible nuit assise sur un tabouret contre le mur. L'enfant selon son habitude criait à faire crouler le toit. La nourrice chantonnait, glissant tantôt à droite tantôt à gauche, et quelquefois elle riait d'un bon rire niais, de plus en plus convaincue qu'on lui avait fait boire du kirsch.

Au dehors une aigre bise fouettait la galerie vitrée. Tout le feuillage du jardin étant mort, on apercevait, de la fenêtre, le Rhône roulant avec ses furies coutumières. Mary regardait pensive ce fleuve rempli jusqu'à ses bords, menaçant la douce vallée des roses d'un cataclysme formidable. De pâles étoiles piquaient, de reflets livides, les vagues tumultueuses, et les collines qui entouraient ce coin de campagne avaient des lointains si noirs que cela faisait peur. Une morne tristesse envahissait la petite fille, les *hou hou* du vent lui rappelaient la fin mystérieuse de Siroco, et elle pensait que le catéchisme est une chose bien inutile.

Un besoin de sommeil lui lancinait tout le corps, elle se raidissait contre son mur, accrochée au rideau qu'elle avait écarté pour regarder: les maisons de Vienne, accroupies au delà des jardins, semblaient tressauter par moments, puis le tombeau de Ponce-Pilate, là-bas, dans un fond de route noir, se dressait tout menaçant et tout luisant de givre.

Elle savait l'histoire de ce personnage qui se lavait les mains pour laisser condamner son Dieu. La veille encore, elle la récitait dans l'église de Sainte-Colombe et madame Corcette lui expliquait que

Vienne étant une vieille ville pleine d'antiquités, ce bonhomme avait voulu se faire enterrer là pour le plaisir des archéologues futurs. Elle ouvrit les yeux très grands ne se souvenant plus de sa position croyant rêver à cette corne de pierre portée sur quatre pattes et la voyant brusquement s'avancer dans les sanglots du vent.

Au ciel des nuages couraient les uns après les autres, bousculés par les rafales et semblant se déchirer sur les étoiles comme une mousseline sur des pointes d'acier. Le chalet entier craquait. Le long de ses boiseries à jour, des doigts paraissaient s'accrocher qui le secouaient affreusement.

Tout d'un coup les cris du petit Célestin cessèrent, la nourrice ne chantait plus, mais un bruit rauque se mêlait aux craquements du chalet, ce bruit partait du lit, on aurait dit un souffle de bête qui étouffe. Mary se leva d'un bond, tout à fait réveillée. Parmi ces femmes ivres, il y en avait une vraiment malade, car on ne ronfle pas ainsi quand on dort.

A tâtons, elle s'approcha du poêle, frotta une allumette et ralluma la veilleuse qu'on avait laissée sans huile, puis elle se tourna vers le lit.

La grosse franc-comtoise, couchée en travers, à demi déshabillée, la bouche ouverte, les paupières closes et avec son éternel aspect de niaise, cuvait son kirsch. On ne voyait plus le petit enfant qu'elle avait roulé dans les couvertures, elle s'était jetée dessus de tout son poids, elle l'écrasait en songeant peut-être qu'il lui souriait de meilleure humeur! Deux très petits pieds tendus, rigides, derrière l'oreiller, sortaient seuls de l'amas de ses lourdes chairs. Mary sentit ses cheveux se dresser sur sa tête, et toujours ce bruit rauque, indéfinissable, ce bruit de bête qui étouffe se mêlait aux hurlements du vent. Elle fit un pas dans la direction de ce lit, il fallait éveiller de force la brute endormie ou appeler tout de suite du secours, il suffisait même de repousser un peu la nourrice pour dégager l'enfant, mais une idée atroce s'empara du cerveau de Mary. Pourquoi aurait-elle sauvé la vie de son frère? L'avait-elle demandé ce frère? Avait-elle souhaité sa naissance, sa naissance, c'est-à-dire la mort de sa mère? Déjà, il ne criait presque plus, et le calme s'étendait lentement dans la chambre, calme qui serait éternel si elle le voulait, car elle n'avait qu'à se taire pour laisser l'écrasement s'accomplir. Elle veillait toute seule! Personne n'entrerait avant le jour, et la nourrice ne se douterait jamais qu'elle était restée là. Mary fit encore un pas, les petits pieds ne s'agitaient plus que par faibles secousses, ils devenaient peu à peu d'une teinte violette et l'on n'entendait plus le bruit rauque. Mary eut un rire silencieux, ses yeux superbes lancèrent un éclair de haine.

—Toi, murmura-t-elle, tu as fini de pleurer!

Elle gagna la porte, sortit sans hésitation et revint dans sa chambre où elle se coucha, le visage tourné du côté du mur. Une heure après elle dormait, un sourire aux lèvres, du sommeil des innocents!

Ce matin-là, on se leva très tard chez le colonel Barbe. Estelle bâillait à se décrocher les mâchoires en descendant aux cuisines; mademoiselle Tulotte, honteuse de se retrouver en grande toilette de soirée sur son traversin, ne savait trop comment s'expliquer la chose d'une façon décente. Elle passa une robe de chambre, but un verre d'eau, et s'en prit à Mary qui faisait sa prière à genoux devant son lit.

—Espèce de marmotteuse! gronda-t-elle.

Armée d'un peigne, elle arrangea les cheveux noirs de son élève tout en la bourrant de ses préceptes.

—Il faudra pourtant que tu apprennes à te peigner! Quand tu seras une femme, t'imagines-tu que je te servirai de coiffeur?... Tu pourras te chercher un mari qui ait des rentes ... ma jeune princesse. C'est ton jour de catéchisme aujourd'hui, la bonne madame Corcette viendra, tâche d'être polie. Si tu crois que ça l'amuse, cette dame, de venir faire une pareille corvée?...

Mary se taisait, fronçait les sourcils quand Tulotte lui tirait les cheveux aux endroits sensibles, et grelottait de tous ses membres, car la servante, étourdie de sa petite orgie de la veille, n'avait pas pensé à chauffer le tuyau de leur chambre.

—J'étais bien malade hier, reprit-elle un peu honteuse, cette imbécile d'Estelle avait mis du poivre dans ses ragoûts. Je suis sûre aussi que ton père est malade et il y a une inspection aujourd'hui; le 8e n'a qu'à se tenir droit.

Mary, qui était le 8e hussards de Tulotte, avait beau se tenir droite, elle recevait d'effroyables coups de démêloir.

Soudain, de la chambre voisine partit un cri terrible, un cri de femme désespérée. Tulotte laissa échapper le peigne et les cheveux; Mary porta ses poings à ses oreilles.

—Ah! mon Dieu! fit la vieille demoiselle secouée d'un frisson, est-ce qu'il est arrivé quelque chose à l'enfant?

La nourrice apparut sur le seuil, les yeux hors de la tête.

—Mademoiselle!... je suis perdue! Venez vite! on me fera fusiller bien sûr! Mademoiselle, je voudrais être le chien ..., non, ce n'est pas Jésus possible! il était si gentil, si beau, notre petit, je vais me jeter par la croisée... Bon Dieu de malheur! Mademoiselle, on me fera fusiller!...

Elle courait autour de la pièce, se tordant les mains, déchirant son tablier, se frappant les tempes contre les meubles...

Tulotte se précipita dans le corridor, tandis que Mary, haussant imperceptiblement les épaules, descendait aux appartements de son père.

Le colonel était déjà loin. On avait sellé son cheval vers neuf heures et il galopait.

Toute la maison fut bientôt à l'envers, les femmes sanglotaient, les ordonnances, les bras ballants, considéraient la nourrice qui, debout sur la galerie, voulait se jeter en bas.

Estelle rugissait qu'on était damné pour l'éternité, et, ses anciennes dévotions de Dôle lui remontant au cerveau, elle appelait des saints complètement inconnus à son aide, elle voyait l'enfer, sa kyrielle de démons, ses flammes.

Tulotte atterrée ne pouvait plus prononcer un mot, des larmes ruisselaient de ses yeux bistrés comme un ruisseau, et, d'un mouvement machinal, elle berçait le petit cadavre sur ses genoux.

Madame Corcette tomba au milieu de cette folie

et se trouva mal. Il fallut l'emporter au grand air, la frotter de vinaigre. Mary, l'air calme, et cependant fort pâle, demandait doucement «*ce qu'il avait?*» Un des ordonnances eut enfin la pensée de faire venir un médecin des environs; on attela le break, et à chaque minute on s'imaginait voir le père au tournant de la route.

Le médecin ne put que constater le décès de l'enfant, décès qui datait du milieu de la nuit et il adressa de sévères questions à la nourrice. Celle-ci en proie au délire criait qu'on allait la fusiller, qu'elle ne se défendrait pas, elle le méritait bien.

—Elles sont toutes les mêmes, répétait le docteur, homme assez brutal, elles se couchent avec leur bébé sur le sein et le tonnerre ne les réveillerait pas... Il faudra la faire passer aux assises, voilà tout. Celle-là payera pour les autres, si le père ne l'étrangle pas en rentrant!

—Un enfant magnifique! hurlait Estelle.

Madame Corcette, revenue à elle, ne voulut pas supporter ce spectacle, elle sortit du chalet afin de s'emparer du père dès qu'il descendrait de cheval. Mais Mary ne lui laissa pas le temps d'exécuter son projet, elle se lança la première à la bride de *Triton*.

—Papa, s'écria-t-elle avec un accent intraduisible, tu n'as plus que ta petite fille à aimer sur terre... Papa, pardonne-moi la peine que je te fais... Célestin est parti.

Elle disait *parti* comme on le lui avait dit pour Siroco, pensant que ce mot atténuerait le coup. Daniel Barbe chancelait, ne comprenant plus rien, car c'était le tour de madame Corcette qui lui jurait une affection éternelle, le suppliant de ne pas entrer au chalet tout de suite... Puis elle l'embrassa, lui prodiguant des noms tendres et des caresses folles.

Mary s'éloigna, tremblant d'une colère impuissante; ainsi il y aurait toujours quelqu'un entre son père et elle. Comment l'écraserait-on, celle-là? Dégoûtée, elle se sauva au fond du jardin, où elle demeura jusqu'au soir sans qu'on vînt la chercher.

De nouveau, les dames du régiment visitèrent la maison, portant des bouquets de camélias blancs et des couronnes de perles. Estelle et Tulotte reprirent le grand deuil, le père dans son étincelant uniforme, le crêpe au bras, reçut les mêmes phrases de condoléance; seulement il pleurait cette fois, il pleurait de rage de n'avoir pas été là pour sauver cet enfant qu'il aimait déjà de toutes les forces de son orgueil de mâle.

Il avait eu un garçon et il n'en avait plus! Il n'en aurait jamais plus! Fini, bien fini, les joyeux espoirs pour l'avenir! Il croyait, lui, qu'on élevait ces petits-là sans la mère, et au moment où on le sevrait, où il criait moins, où il suivait du regard les lumières, où il commençait à marcher, à gesticuler, à rire, on le lui tuait sous son toit, dans sa propre maison! Pourquoi lui avait-on arraché cette brute de fille! Il l'aurait massacrée si volontiers! Pas de sa faute? Est-ce que l'on dort quand on est chargé de veiller sur un enfant? Les sentinelles qui s'endorment on les fusille et madame Corcette miséricordieuse l'avait mise elle-même dans le train qui la ramenait en Franche-Comté! La misérable paysanne! Qu'irait-elle dire à la dépouille de la pauvre mère restée là-bas?... Quel pardon pourrait-elle implorer? Le chagrin du colonel était fait surtout d'un paroxysme de colère qui devait influer sur toute sa vie. Il lui semblait que quelque chose de volontaire s'était mêlé à toute cette sombre histoire. Une nourrice ne s'endort pas sur un enfant sans être obligée de se réveiller au premier tressaut! et lui, qui ne savait pas que l'on s'était grisé après le punch, dans ses propres cuisines, il accusait un inconnu quelconque *de lui avoir tué son fils!*

Mary n'essayait plus de le consoler, elle pleurait d'ailleurs de voir tout le monde pleurer et parce que ces cérémonies lui rappelaient l'enterrement de sa mère.

L'hiver se termina dans un chagrin sombre.

Madame Corcette avait reçu la défense de s'occuper des catéchismes de Mary et c'était Tulotte qui conduisait à présent la petite fille au village de Sainte-Colombe.

Mary se confessait régulièrement tous les mois. Jamais l'idée ne lui vint de dire au prêtre de quelle façon Célestin avait expiré. D'allures assez indolentes, en fait de dévotion, Mary attendait qu'on la questionnât: elle répondait *non* ou *oui* et elle s'accusait elle-même quand elle se sentait des remords, mais elle ne regrettait nullement *le départ* de Célestin. Au contraire, elle pouvait mieux dormir et on ne la battait presque plus; si son père ne lui souriait pas davantage, au moins elle n'entendait plus ses perpétuelles comparaisons entre la beauté de Célestin et son détestable caractère. Elle ne demandait pas beaucoup, cette petite fille tranquille. Elle voulait la paix, bien froide, bien unie, une paix muette comme celle d'un tombeau, et, ma foi! pour l'avoir elle n'avait pas hésité à en ouvrir un! Ces choses-là sont simples quand on a dix ans.

La religion ne modifia guère l'étrange nature de Mary Barbe. Elle eut d'abord la curiosité du miracle, le curé lui ayant expliqué, avec beaucoup de citations à l'appui, que souvent un ange, ou la Sainte Vierge, pouvait se mêler des affaires de ce monde; le miracle lui parut la seule chose amusante du catholicisme. Sans s'arrêter aux gloires des martyrs ni à la douceur d'aimer un Dieu, tout jeune, entouré de souffrances pitoyables, elle s'inquiéta de la manifestation sensible de ces puissances inconnues. Après avoir prié, selon les règles, en s'appliquant, dans un positivisme déjà naissant, à ne rien omettre pour que l'acte surnaturel pût se réaliser, elle attendait des heures entières qu'un messager vînt lui dire quelques mots généreux. Elle guettait, devant les autels, un signe de la Sainte Vierge, une porte de tabernacle s'ouvrant brusquement, un saint descendant de son piédestal, ou encore un cantique entendu subitement. Elle se prêtait à tous les exercices de dévotion pour obtenir cette sanction d'une foi qu'elle avait très peu, mais elle trouvait raisonnable de faire un échange de sa raison de mortelle contre une cause divine. Elle serait devenue d'une piété exemplaire si le moindre trouble cérébral, une disposition hystérique lui avait donné l'illusion d'un miracle, d'un tout petit miracle. Elle ne pouvait pas comprendre que, puisqu'il y avait eu de ces histoires incroyables jadis pour des pécheurs bien plus endurcis qu'elle, une de ces histoires ne devait pas lui arriver aujourd'hui qu'elle s'y préparait selon les méthodes en usage.

La veille de sa première communion, elle s'imagina que le miracle se faisait probablement dans ce sacrement solennel. Elle tourmenta Tulotte et son père à ce sujet. Peut-être bien que l'hostie sacrée aurait un goût particulier, qu'une sensation exquise la prendrait de la gorge au cœur et, pleine de confiance, elle revêtit la robe blanche. Madame Corcette était à l'église quand elle passa au milieu de ses compagnes le jour de Pâques. Cela lui fit plaisir, elle s'arrêta pour lui demander quel effet lui avait produit sa communion à elle. Madame Corcette, en robe de soie rose, lui répondit étonnée:

—Je ne me souviens pas!

Sans doute, songea Mary, que le bon Dieu devient pour celui qui le reçoit comme un ami que l'on consulte à chaque instant, que l'on sent près de soi, dont les ordres sont glissés dans vos oreilles d'une manière secrète mais péremptoire, et qu'un plaisir se dégage de cette intimité charmante. Quelle consolation n'aurait-elle pas désormais, l'enfant négligée, n'ayant plus de mère, à peine de père et qui avait perdu Siroco!... Elle fut navrée du résultat. Rien! elle ne ressentait rien d'appréciable, sinon que le jeûne qu'on lui avait imposé lui occasionnait des bâillements ridicules. Elle s'accusa en toute sincérité d'être une mauvaise catholique, une créature dénaturée, puis elle finit par accuser aussi ce système d'éducation extraordinaire qui commençait par vous prédire mille félicités et ne vous donnait pas le moyen absolu de se procurer une satisfaction pour tout ce qu'on endurait de supplices à attendre quelque chose qui ne venait pas. Certains sauvages aiment le soleil parce que le soleil semble les aimer en les éclairant. Il est bien difficile de faire saisir aux natures primitives—et les enfants sont des primitifs—pourquoi il est agréable d'adorer un invisible que rien ne manifeste hormis les chants de la messe. Les dévots ne raisonnent pas, Mary raisonnait toujours. Elle avait laissé étouffer son frère parce que ce petit criait trop fort. Elle laissa de même s'étouffer ses naïves aspirations religieuses parce que Dieu, en elle, ne criait pas du tout. Madame Corcette la ramena au chalet avec Tulotte; on fut plus aimable pour elle qu'on ne l'avait été les derniers temps; d'abord elle portait dans les plis de sa robe blanche une ingénuité neuve, ensuite elle paraissait tellement déçue qu'il fallait bien la consoler. Madame Corcette lui répétait que tous les enfants n'avaient pas eu plus de chance qu'elle, cela se devinait bien à leur mine. Elle promettait seulement de continuer à être sage, de s'instruire comme une demoiselle qui dirigerait plus tard la maison. Tulotte se faisait vieille, le papa aussi et elle devait songer à prendre de l'empire sur eux. Estelle l'embrassa en pleurant, le père lui pinça la joue en lui disant:

—Si tu étais toujours gentille!... Je n'ai plus que toi!... hélas!

Une âme charitable, comprenant son âme à ce moment suprême, lui aurait montré ce retour des grandes personnes aux tendresses de la vie comme étant le véritable miracle; peut-être eût-elle fondu la dureté native de ses sentiments, mais madame Corcette, profitant de l'occasion, attira le colonel dans un coin du salon et lui raconta tout bas des choses... Mary se roidit contre une émotion vraiment douce, elle fronça de nouveau les sourcils, puis, soupirant, la poitrine oppressée d'une lourde angoisse, elle se retira pour ne pas les gêner.

Le printemps était de retour, on pouvait risquer des promenades dans les environs. Mary, après les leçons de Tulotte qui allongeaient maintenant en proportion des jupes de l'élève, allait se dégourdir les jambes dans la vallée des roses; elle trouvait le bon M. Brifaut devant ses corbeilles et on causait histoire naturelle. C'était étonnant ce que ce diable d'homme savait à propos des papillons et des oiseaux.

Il ne tarissait plus, tout en inspectant ses greffes, il récitait des livres complets, n'omettant ni un terme technique ni un numéro d'ordre. Quelquefois, Mary l'arrêtait devant l'*Émotion* par un geste distrait, il hochait la tête, se rappelant le pauvret. «Dieu ait son âme!» disait-il pendant qu'une larme se suspendait au bout des cils noirs de la fillette. N'était-ce pas bien douloureux que Dieu passât son temps à avoir des âmes, surtout celles qui ne demandaient qu'à rester dans leur corps!

M. Brifaut, pour remplacer Siroco, avait loué deux garçons de dix-sept à vingt ans, et il prétendait qu'ils ne faisaient pas le quart du travail que vous abattait ce coquin de Siroco. Et puis ce n'était pas du tout le même genre de travail: Siroco aimait les roses, lui; ces garçons-là les bêchaient, simplement.

Mary était trop jeune pour savoir ce qui l'attirait chez M. Brifaut; cependant elle s'asseyait durant des heures sous les roses moussues, ressassant des souvenirs en compagnie d'un vieil homme et elle en rapportait une joie mélancolique l'aidant à finir toute une semaine d'études.

On la promenait aussi dans Vienne, à la musique, sur la place plantée de beaux platanes, et les officiers de son père la saluaient respectueusement; elle devenait une demoiselle, elle répondait du haut de la tête, surtout à Jacquiat; elle lui en voulait de l'avoir négligée un an pour son frère. Puis elle entendait les lamentations des six filles de la trésorière qui regrettaient les *oublis* de Dôle bien meilleurs que ceux de Vienne et dont on avait davantage pour deux sous. Au fond, elle s'ennuyait d'un ennui tranquille, sorte de mal de croissance qui tuait en elle tous ses bons instincts, la laissait à la merci de ses précoces passions de fille cruelle et ne lui ouvrait aucun des horizons de l'intelligence. Elle n'avait point le désir de s'attacher, soit à une fleur, soit à une montagne, soit à un chien, puisque l'on quitte brusquement les choses ou que brusquement les êtres vous quittent. Ses longs silences d'enfant rudoyée qui boude portaient peu à peu des fruits amers, elle s'isolait avec une volonté froide de tout ce qui est le plaisir de l'existence; à l'état latent, c'était déjà une blasée, ayant le dédain de courir et sachant déjà que marcher fatigue.

Elle avait parfois des désespoirs fous lorsqu'elle songeait au miracle attendu vainement. Ah! il était aimable le bon Dieu! Qu'est-ce que cela lui aurait coûté de faire tomber un ange microscopique de son paradis, un ange pour la distraire, un Siroco très léger, toujours flottant derrière ses épaules? Elle ne jouait plus à la poupée, elle s'intéressait aux livres de voyage illustrés où il y avait des bêtes féroces qui mangeaient des hommes. Faire des voyages, affronter des périls, tuer des éléphants, la tentait. Ou elle s'imaginait les excentricités que voulait faire Siroco le jour de la frairie du village. On partait deux dans une forêt sombre, et on plantait un parapluie n'importe où. On s'asseyait pour manger un morceau de singe cuit sous la cendre et des bâtons de sucre de pomme, puis on s'embrassait en s'appelant: ma femme, mon cher mari. On était libre comme le vent, on grimpait aux arbres pour chercher des fruits verts. Il y avait des dangers épouvantables, des ruisseaux à franchir, une lionne enragée qui jetait du feu par la gueule, des Indiens qui voulaient vous faire frire; on tremblait la main dans la main, prêts à mourir, puis tout à coup un bosquet de roses, des ruisseaux de miel, un chat savant qui exécutait des saluts cérémonieux; on s'étendait dans l'herbe et on se jurait de ne jamais se séparer.

Généralement, à travers les contes qu'elle se faisait à elle-même, Mary mettait un petit esclave, moitié ange, moitié garçon, qui l'aimait beaucoup et supportait en son honneur une foule de tortures grotesques. Les émotions de ces voyages chimériques étaient toujours d'une violence inouïe, en raison inverse du calme glacial de ses actions réelles. Elle faisait une hécatombe de jeunes Indiens alors qu'elle festonnait paisiblement un mouchoir ou comptait des points de tapisserie.

Une fureur de bataille échauffait son cerveau sans que ses yeux purs révélassent les conflits de son imagination. Elle finissait par en souffrir à fleur de peau tellement elle s'identifiait aux personnages de son roman. Il y a plus qu'on ne croit de ces petites filles ou de ces petits garçons se racontant des histoires à eux-mêmes: les uns ont un air idiot qui désole leurs parents, les autres ont l'expression béate des studieux tout pleins de leurs leçons.

L'imagination est en germe dès l'âge le plus tendre, il n'existe pas d'enfant qui ne pense pas à autre chose qu'à ce qu'il fait. Mary avait peur, la nuit, et, comme la fille d'un colonel ne doit pas avoir peur, Tulotte soufflait la bougie dès qu'on était couché. L'habitude de ces contes qu'elle se récitait venait de cette peur nerveuse, qu'elle ne pouvait dompter qu'à force de voyages extravagants. Et la petite avait fini par s'amuser ainsi malgré les froideurs de sa physionomie: elle jouait à penser. Mystère insondable de l'être humain qui de lui-même tire des joies pouvant le ravir hors de sa prison de chair.

Alors, elle retrouvait souvent sa mère avec qui elle engageait des conversations sérieuses; sa mère l'approuvait d'avoir aidé Célestin à mourir, il aurait fait un vilain garçon et dans le même ciel se retrouvaient également les petits chats de Dôle, Siroco, des rois, des reines, des pots de confitures vidés jusqu'au fond, des lits à colonnes torses où s'endormait un vieux chien galeux, mademoiselle Parnier de Cernogand crucifiée par des Juifs abominables, une énorme poupée qui marchait et parlait, et les hommes capables de tuer les bœufs pour les manger erraient, parmi la bizarre population, avec des carcans au cou et des glaives dans la poitrine.

6

En automne, le 8ᵉ hussards reçut l'ordre de se rendre à Haguenau, en Alsace, petite ville fortifiée, assez noire, qui ne plut pas du tout au colonel Barbe. On prit un logement dans une rue tranquille pas loin des fortifications. Mary fut comme dépaysée et Tulotte ne put se faire tout de suite aux gros nœuds que les bonnes portaient sur leur tête, d'un air naturel. Mais lorsqu'on eut vécu quelques mois de la vie bourgeoise de cette ville, les étonnements se succédèrent. Certainement le ministre s'était trompé et les avait envoyés hors de France, tout le bas peuple parlait un *charabia* effroyable, et entre eux les gens du monde se servaient d'un autre jargon, plus distingué peut-être, mais aussi inintelligible.

Le colonel Barbe, excellent patriote par état, en était abasourdi. Les simples soldats racontaient dans les chambrées que les maisons mal famées possédaient des interprètes et qu'alors ... c'était à se tordre! Pagosson, de Courtoisier, Jacquiat, Steinel, Zaruski, les célibataires enfin, avaient trouvé au café des officiers des notes laissées par le régiment précédent. On leur signalait *une telle* comme sachant parler *un peu* le français, *telle autre* comme «très bien» mais n'ayant jamais su qu'un mot de la langue en question, mot que d'ailleurs elle disait facilement au premier venu.

D'abord, le 8e hussards s'amusa de l'accent du pékin, horrible accent tourné en ridicule sur tous les théâtres, où l'on met en scène un enfant d'Israël, puis on se lassa et il y eut des rixes pour un *b* ou un *p* mal placés. Au 8e, on était peu patient: quand un cavalier entendait son cheval traité de *bovre pête*, il finissait par descendre, histoire de se gourmer réciproquement. La ville, du reste, n'aimait pas les soldats, elle le leur faisait quelquefois sentir. Un quartier entier était consacré aux juifs, une synagogue tenait le milieu; dans ce quartier, un règlement défendait aux hussards l'accès de certaines rues parce qu'ils auraient pu écraser des enfants sous les pieds de leurs montures. Là-dedans grouillaient des familles sordides, parquées au fond de petites boutiques dont la porte en plein-cintre ne s'ouvrait que sur un signe particulier. On avait deux ou trois marches à dégringoler pour pénétrer au sein des mœurs les plus bizarres. Une lampe à bec pendait des solives noircies du plafond, le lit affectait la forme d'une tente arabe très malpropre, les murailles se couvraient de hardes en pourritures et sur un tapis graisseux s'asseyaient en tailleur les hommes de la maison, vêtus de redingotes du temps de Napoléon 1er. Ces hommes avaient de petites barbes pointues mal soignées, les ongles en deuil, les yeux noirs très vifs, le dos légèrement voûté et souvent ils étaient d'un roux flamboyant qui éclairait toute la salle. Tous vendaient quelque chose, on ne savait jamais bien quoi. Ils exhalaient une odeur de vieux souliers particulière à la race. Les femmes se montraient peu: on en concluait, au 8e, qu'elles étaient fort belles, des juives enfin, mais elles ne possédaient aucun attrait, elles avaient seulement la touchante coutume de cacher leurs cheveux derrière un tour de cheveux faux qui les enlaidissait de la manière la plus pitoyable. Aux réjouissances publiques, elles sortaient leurs enfants par douzaine, des enfants roux, sentant l'huile. Peut-être y avait-il des femmes de race plus fine, mais alors il fallait les voir dans les salons de la sous-préfecture et les hussards n'aimaient guère ces sortes de réunions où on n'enlève point les femmes du bras de leur mari. La religion sévère de Dôle était remplacée à Haguenau par l'amour de son intérieur et des berceaux. Quand on entrait dans un salon de bourgeoise, on attendait une heure avant de pouvoir saluer la maîtresse du logis; en revanche, des appartements voisins, on entendait des cris de paons, des éclats de rire, des pleurs de bébés corrigés, et la dame finissait par vous arriver, son dernier sur les bras, souillée de taches de confitures ou de tout autre chose. Il faut dire que ces intérieurs n'avaient point le charme de l'intérieur français dans lequel la coquetterie a toujours son coup de pinceau pour le peintre, son trait d'esprit pour l'observateur, quelquefois sa larme pour le mélancolique. A Haguenau on faisait les enfants sur un unique moule d'enfant gras et stupide; mais on en faisait des tas, fièrement, lourdement, en regardant le prochain du coin de l'œil pour savoir s'il en avait davantage. Les jeunes bourgeoises pondaient, les vieilles débarbouillaient, inutile d'insister sur ce que le mari pouvait ajouter de son labeur. On était assez riche, sans noblesse, avec des préjugés de caste frisant l'insolence des marchands établis de père en fils. On buvait une jolie bière blonde, la bière de Strasbourg fabriquée dans le pays, et autour de la ville se dressait une forêt de perches à houblon du plus monotone effet. La bière produit des griseries épaisses dont le cerveau reste embrouillé pendant des siècles; ces habitants de Haguenau, qui ne riaient pas du tout, chantaient le soir, à travers les rues mal pavées, des complaintes funèbres interminables, puis ils se prenaient les bras par vingtaine pour réintégrer leur domicile, s'accompagnant jusqu'à ce que le plus malade finît le dernier couplet tout seul.

Pour être juste, il faut dire que leur voix ne manquait pas de charme dans les chœurs, mais elle ne nuançait pas. Et toujours ce diable d'idiome revenait semblable à un écroulement de cailloux. Les hussards attardés, pris d'une honte secrète en les entendant beugler leurs monotones chansons, donnaient de leurs bottes le long des portes cochères et avaient mal aux cheveux.

Le journal paraissait rédigé moitié en français, moitié en alsacien pour ne pas dire en allemand.

Une aventure survint au colonel Barbe, en pleine place publique, aventure qui témoignera de l'extraordinaire façon qu'avait le bourgeois de juger les mœurs hussardes. Mary pour s'acclimater eut une petite fièvre chaude et son père dut faire venir un docteur de la ville, n'importe lequel, dont le nom s'éternuait quand on hésitait à le prononcer.

Le brave homme rédigea d'abord son ordonnance en alsacien, ce qui fit faire une atroce grimace au colonel.

—Monsieur, dit-il, affectant un grand air de dédain, nous ne sommes pas des Chinois ici, et je vous prierai de soigner ma fille en bon français!

Le docteur, un jeune savant, à gros yeux bleus faïence, ayant déjà trois enfants, les avait toujours soignés en alsacien et ils se portaient à merveille, pesant le poids voulu de graisse, digérant les plats de nouilles comme les escamoteurs font disparaître des muscades.

—Hein? grogna-t-il avec un rire doux, à qui en a-t-il, ce hussard-là?

—Monsieur, reprit Tulotte exaspérée, mon frère est un Normand, je suis Normande, et nous ne parlons que le français... Moi je n'ai jamais voulu savoir d'autre langue, c'est du patriotisme, comprenez-vous, Monsieur?

Le docteur alsacien ne comprenait qu'une chose, c'est qu'on lui faisait perdre son temps en des subtilités grotesques et il avait à accoucher le même jour la femme du percepteur, la dame d'un marchand, rue de la Synagogue, et une autre jeune mariée de neuf mois.

Mary guérit de sa fièvre; son père la promena sur le Cours, une après-midi de musique. Il était entouré de quelques-uns de ses officiers; madame Corcette, ornée d'une cocarde du pays, produisait un chapeau absolument inédit. De loin en loin les grosses juives passaient toutes de la même couleur: *le Bismarck*, un brun clair, dont les modes de ce temps étaient teintes.

Le médecin sortit d'un groupe pour venir saluer sa jeune malade; il lui pinça le menton, ce que Mary trouva choquant, puis riant de son rire tranquille:

—Mon colonel, dit-il, je crois que ce n'était rien. Vous autres, Français, vous n'avez que des maladies de nerfs!

Le colonel pirouetta sur ses talons pour se trouver en face de son docteur. De Courtoisier devint pâle, Pagosson se dressa de toute sa hauteur en soufflant dans ses joues, Zaruski se cambra, se chatouillant les éperons du bout de sa cravache, et le trésorier, devenu énorme, se planta les poings en avant. Si Marescut n'avait pas permuté et si de Mérod n'avait pas été nommé colonel d'un autre régiment, ils se seraient joints à l'hostilité de tous, cédant aussi à ce mouvement par esprit de corps.

—De quoi, Monsieur? demanda le colonel Barbe, rouge d'indignation terrible, de quoi, s'il vous plaît?

—Je disais, répéta le docteur, à cent lieues de songer qu'il pouvait avoir lâché une énorme bêtise, je disais que vous autres Français, vous aviez les nerfs sensibles...

Le colonel regarda circulairement ses officiers.

—Vous êtes témoins, Messieurs, que ce ventru (le jeune docteur était en effet un peu ventru) a répété la chose.

—Oui, mon colonel, s'écrièrent en chœur les hussards, formant le cercle.

Alors, il faut avouer que Mary, qui connaissait

les fureurs de son père, eut un méchant sourire; elle roula sa corde à sauter autour de sa taille et attendit l'exécution, clignant ses paupières soyeuses avec impertinence.

—Ventru! murmurait le médecin, pesant le mot dans son esprit naïf... Mais pourquoi diable ce colonel maigre m'appelle-t-il ventru?

—Monsieur, voici ma carte! déclara le colonel Barbe, tirant majestueusement une carte de son dolman brodé.

—Mais je sais votre adresse! soupira le pauvre alsacien navré des allures cassantes de ces hussards qu'il connaissait à peine.

—Mon adresse! rugit le colonel, de rouge devenu pourpre, ah! ça, Monsieur! je vois bien que le français vous est de plus en plus inconnu. Mais puisque vous y tenez, je vais vous apprendre le hussard, moi... Non, Messieurs, ajouta-t-il en repoussant toutes les mains qui se tendaient avec joie vers la figure du docteur, je désire vider seul ce petit différend. Les leçons de beau langage me reviennent de droit, au 8e. Monsieur le docteur, vous êtes un drôle.

—Ah! ça, colonel, s'écria l'Alsacien, partant d'un éclat de rire, est-ce que vous êtes fou?... Je suis ventru, je suis un drôle, expliquons-nous, mon Dieu!... expliquons-nous!

Aussitôt de Courtoisier, le plus près, lui monta sur les pieds, Pagosson le poussa du coude en faisant des hum! hum! épouvantables. Quant au colonel, il lui envoya sa carte au nez d'une chiquenaude très réussie. Le docteur pâlit, puis rompant le cercle d'un coup de poing à assommer un bœuf, il s'éloigna, tandis que de Courtoisier, l'épaule démise, sortait de la main gauche son sabre du fourreau.

Il s'ensuivit une bagarre. Madame Corcette s'évanouit, Tulotte emmena Mary qui trouvait cela très amusant, et le docteur continua sa route, la face pâle, sans rien penser de plus.

Cet homme possédait dans la ville des Juifs une petite maison très close, très blanche où une belle plaque de cuivre sur la porte énumérait tous ses titres de médecin, accoucheur, diplômé, et palmé par les instituts. Un gentil perron frotté chaque matin au sable conduisait à la salle à manger toujours emplie de cette douce odeur de noisette, de cette odeur de la bière fraîche qu'on buvait là dans les choppes de verre de Bade. Des vagissements de bambins se glissaient par les fentes des boiseries, il y en avait trois: deux jumeaux et une fille. La mère, une Alsacienne de teint clair, aux cheveux aussi blonds qu'une torsade de lin, les habillait avec un soin patient de femme qui n'a rien de mieux à faire et fera cela toute sa vie. Quand le père parut, il avait retrouvé une mine joyeuse, il s'assit au milieu de la nichée, tapant sur sa cuisse pour leur dire de monter, leur parlant dans cet alsacien baroque qui donne à un cheval de sang l'envie de se cabrer, et un bonheur se dégageait de ces jeux enfantins, bonheur que le ventre du papa ne faisait point trop ridicule, car la mère avait la beauté de la Marguerite de Faust.

—Wilhem, disait la jeune femme tout émue, nous aurons une tarte aux *kouetches* ce soir pour notre dîner. J'ai préparé des nouilles qui sont fines comme des cheveux d'ange! Ah! tu reviens du

Cours ... quelles nouvelles, le maire y était?... Madame Guilher a-t-elle sevré son petit?... et as-tu demandé la recette de sa confiture de myrtil, qu'elle confectionne mieux que moi?

Lui, répondait longuement à ces choses importantes pour eux, sans omettre la vision de son maire, qu'il avait eue quand la carte du colonel s'était aplatie sur son nez.

—Ne serre pas ainsi la brassière de Jacques, ajoutait-il en prenant l'un des jumeaux, énorme, crevant de santé, et il défaisait sa brassière, les doigts experts en cette chose, ne voulant pas qu'il pût se déformer la taille. Sa femme suivait ses moindres gestes, ayant le double respect du médecin qui l'avait accouchée et de l'époux qui l'avait rendue mère. Une bonne vint les prévenir que le dîner fumait sur la table. On mangea consciencieusement des plats monstrueux. Pour que la digestion s'opérât bien, on ne discuta qu'à voix basse le mérite de la tarte dont un coup de feu de trop avait rendu les bords un peu trop croustillants, la bonne fut réprimandée d'une phrase lente, une phrase qui causa une peine extrême à tout le monde. Puis, le soir tombé, le docteur bourra une pipe de porcelaine, baisa le front de sa femme et se retira chez lui. En général, les époux alsaciens ont deux lits, cette disposition du ménage rendant plus solennels certains actes de leur existence. C'est une dignité que d'avoir deux lits.

Ce soir-là, Wilhem, au lieu de se coucher, écrivit son testament. Dans sa tête calme de mari discrètement heureux, il arrangeait sa mort sans se lamenter davantage: reculer, ça ne se pouvait pas, selon toute logique; pour un colonel de perdu, il retrouverait trente-six hussards furieux, et on ne pouvait plus arranger l'affaire. Il ne s'était jamais battu, le courage n'était pas son métier, il accouchait des femmes, lui. Il mettait au monde des hommes et ne les tuait pas. S'il y avait un moyen de se sauver, peut-être l'aurait-il accepté, parce que, c'était sûr, aucune loi humaine ne prescrivait de laisser orphelins des enfants et d'abandonner une femme enceinte (madame Wilhem l'était encore), toute seule en proie à la misère. D'ailleurs, il ne comprenait pas plus maintenant cette histoire de carte qu'il ne l'avait comprise à la musique du Cours! *Français* était chez lui une manière de s'exprimer, et s'il ne les reconnaissait pas comme *amis*, les hussards, il ne leur faisait point d'injure en le leur disant. Il eut peur pendant toute la nuit, sa digestion se fit mal, et pourtant il ne voulait pas appeler sa femme, car dans l'état où elle était ... oh! pauvre femme! comme elle pleurerait son Wilhem. Vers l'heure des témoins, c'est-à-dire dès l'aube, il se lava le visage avec du lait pour effacer les plis que la nuit avait creusés, et il murmura, tranquille: *Allons-y!* Il y allait parce qu'il ne trouvait pas de moyen de faire autrement, il ne réveilla pas madame Wilhem; il mit son testament bien en vue sur un meuble, s'habilla et attendit.

MM. de Courtoisier et Zaruski arrivèrent, le képi un peu incliné sur l'oreille, sanglés, boutonnés, reluisants. Leurs sabres traînèrent contre les chambranles, et doucement le médecin les supplia:

—Vous allez réveiller ma femme!

De Courtoisier se mit à marcher sur ses pointes pour faire le galant.

—Où sont vos témoins? demanda Zaruski, stupéfait de voir le docteur décrocher deux chopes qu'il posa devant eux.

—Tout de suite! répondit Wilhem souriant. Il sonna la bonne, lui donna des adresses; celle-ci partit, ne manifestant pas même sa surprise.

Les amis, deux camarades de collège, se présentèrent béats, Wilhem leur expliqua la chose, on fuma un peu, on but une nouvelle canette, puis tout fût organisé, séance tenante, *à la papa;* il voulait bien se battre, le ventru, il le fallait, eh bien! voilà, il allait mourir, plus tôt ou plus tard!

De Courtoisier n'en croyait pas ses yeux. Quelques minutes après, derrière le talus des fortifications, Wilhem recevait du colonel Barbe un coup d'épée par le travers de son gros ventre, et le lendemain il était mort, en riant à sa jeune femme troublée si malheureusement dans sa gestation.

Le duel fit du bruit. Le 8e hussards rédigea une adresse au colonel pour le remercier de ce meurtre d'un pauvre homme, meurtre qu'on ne pouvait éviter, n'est-ce pas, quand on fait métier de patriote! Il n'y avait de la faute de personne, tout bien considéré. Mais le colonel s'était crânement conduit, les habitants de Haguenau rentreraient leurs: *vous autres Français!* Quel joli peuple et comme on était fier de penser que le reste de l'Alsace ne lui ressemblait pas. On s'attendait aussi à quelques manifestations de la part de la jeunesse. De Courtoisier, exaspéré par le manque de femmes, guettait une nouvelle occasion de raccommoder son bras démis, mais un calme solennel régnait dans la ville de Haguenau. Les cafés demeuraient sourds aux fanfaronnades de Pagosson; chez le sous-préfet, toujours la même réserve, le même charabia dans les coins et les mêmes airs béats. Les bourgeois ne se souciaient pas d'aller voir derrière les fortifications si le colonel y était!

Au petit théâtricule de Haguenau on jouait la *Belle Hélène*, et quand Messieurs du 8ᵉ sifflaient, le pékin ne bronchait pas. Chacun ses goûts! semblaient dire leurs impassibilités. La vengeance était sans doute attendue d'ailleurs, de plus haut, pour le colonel Barbe.

Ce fut à Haguenau que Mary débuta dans les exercices équestres. Son père lui offrit un poney, car il avait été fort content de sa tenue durant la scène de la provocation. Corbleu! elle tenait de lui, la petite! Elle vous lançait un regard impertinent droit à son but... Bien ... bien ... on la récompenserait. Le régiment, pressentant une future héroïne, se mêla de l'instruction. Jacquiat lui donna la prudence, la sûreté de la main, de Courtoisier le galop de chasse qui laisse tout le monde à mille mètres dans la plaine, Pagosson la sûreté de l'assiette, Zaruski le saut des fossés et la façon de se relever quand on a la tête posée à la hauteur de son étrier; pour Corcette, il lui apprit des tours que le colonel ne craignait pas de déclarer du ressort des clowns. Madame Corcette accompagnait leur élève, en amazone verte dont les boutons d'or lui faisaient une étonnante livrée. Tout n'était pas gai, pourtant, le colonel avait souvent le souvenir de son fils qui le torturait, et il le voyait au lieu et place de l'écuyère frêle. Alors il grondait d'un ton d'orage, il tapait sur le cheval innocent, n'osant pas taper sur la fille; plus d'une fois celle-ci vida les arçons sans essayer même de se rappeler le système donné par Zaruski. Puis, comme elle avait des battements de cœur inquiétants, le colonel modéra son enthousiasme, craignant de voir s'évanouir le dernier espoir de sa famille. L'hiver s'écoula triste et froid, coupé des punchs ordinaires. Tulotte ne se grisait plus qu'à huis clos, les soirs où l'on recevait le régiment, mais Estelle roulait au beau milieu de sa cuisine, cassant les verres qu'elle lavait, injuriant les ordonnances et faisant à elle seule un tapage d'enfer.

Tulotte n'osait pas la renvoyer, elle savait trop d'histoires, et ces deux femmes s'agonisaient de sottises dès que le colonel avait le dos tourné.

Pour la Noël il y eut une fête d'enfants chez un gros négociant qui se trouvait être le propriétaire de leur maison. Mary reçut une invitation. Comme elle se mourait d'ennui, elle supplia son père de l'y conduire. On lui prépara une toilette de circonstance en crêpe blanc ornée de nœuds de velours noir, on natta ses cheveux avec un fil de perles et on les enroula autour de sa tête. Elle avait si grand air sous cette couronne que Daniel Barbe faillit oublier que ce n'était pas un mâle! A leur entrée dans le salon du négociant, on murmura:

—Voici le colonel, mon Dieu!... pourvu qu'il n'y ait pas de querelle!

On avait espéré qu'il confierait sa fille à la garde d'une bonne, mais on ignorait qu'Estelle se grisait, et que mademoiselle Tulotte détestait ces corvées-là.

Daniel Barbe, très droit, en uniforme, le sabre

traînant, fronçait les narines d'un air dédaigneux. Sa fille lui faisait honneur, le pékin était enfoncé. Cependant il remarqua que pas une de ces dames ne se détachait pour venir à leur rencontre; le gros négociant avait salué sans lui tendre la main. Daniel caressait sa barbiche grisonnante, mâchant des mots qu'un colonel doit employer quand il flaire une déroute...

Ces fêtes alsaciennes, dont rien à Paris ne peut donner une idée, sont uniquement réservées aux enfants, et les parents n'y ont que le second rôle. Il ne leur est pas permis de se plaindre du bruit, de la gourmandise ou des taches, les plus nabots sont leurs maîtres absolus, et ce que l'on mange est incalculable. De tous les côtés des domestiques poussaient des corbeilles roulantes combles de gâteaux: des pains de Colmar dorés et gratinés d'anis, si légers, qu'on en dévore des masses sans s'en douter, des tartes à la cannelle odorantes et chaudes, des bâtons d'angéliques cuits à l'eau et poudrés de sucre candi, des fruits entourés de pâte molle, soufflée, des tranches de koukloff garnies de leurs grains de raisins bruns, toutes les variétés de beignets, des crèmes cuites au four, très rousses, des œufs durs coloriés. L'on puisait les sirops dans une fontaine de porcelaine flanquée de glace et les boissons chaudes dans des pots de terre appelés «bavarois» hauts comme de vieilles amphores. En attendant l'ouverture du salon mystérieux qui contenait l'arbre de Noël, *le père Fouettard*, si célèbre parmi les gamins de l'Alsace, faisait des discours ténébreux sur la sagesse de ces demoiselles et l'effronterie de ces messieurs. *Le père Fouettard* était masqué, sa hotte pleine de jouets lui servait de tribune, et il brandissait une verge de solides genêts. Ce poste de *père Fouettard* se donnait, entre les parents, avec une gravité à la fois comique et touchante. Tous les ans on devait faire, dans ce discours en pur alsacien, l'éloge de l'enfant le plus raisonnable; des familles austères se disputaient cet honneur précieux d'avoir à élogier leur propre rejeton au détriment de celui du voisin. Innocente manie qui dégénérait en discussions violentes, c'est-à-dire que l'on se disait sur un ton cordial: «Ce n'est pas bien!» quand l'adversaire finissait par triompher.

Le *père Fouettard* disait probablement des choses pénibles cette nuit-là aux nez roses de son auditoire lilliputien, car on apercevait des mamans s'essuyant les yeux d'un geste furtif.

Le gros négociant lui-même toussait très fort. Les petits se serraient les uns contre les autres, regardant à la dérobée la fille du colonel assise dans un fauteuil de présidente et ne comprenant rien du tout à ce verbiage animé.

—Est-ce que tu t'amuses? interrogea le colonel, se penchant sur le dossier du fauteuil.

—Oui, papa, répondit la fillette, ne voulant pas perdre le bénéfice de sa toilette en avouant que l'alsacien lui portait sur les nerfs.

—Tant mieux! sapristi! Mais c'est une véritable gageure!

Il se mit à examiner les murs pour tâcher de se distraire, lorsqu'en face de lui la porte s'ouvrit à deux battants, des cris d'admiration s'élevèrent, et l'arbre de Noël parut flambant de ses mille bougies. Le coup d'œil était vraiment féerique. Le gros négociant vint prendre la main de Mary, la conduisit à la branche où pendait son jouet tout orné de rubans et de noix argentées, on exécuta une ronde folle avec des pétards à fusées de toutes les nuances, et l'on recommença à dévaliser les corbeilles roulantes.

Mary s'amusait maintenant comme les autres, empêchant les plus petits de se battre et distribuant aux fillettes timides les jouets qu'elles n'osaient pas décrocher. Les parents souriaient autour du colonel, un peu ébloui par les merveilles de cet arbre, qui touchait le plafond et comptait autant de lampions que de brindilles vertes.

—Vous les aimez les petits mâtins, vous autres Alsaciens? dit-il, pour dire quelque chose de gracieux.

Le gros négociant souriait, un peu embarrassé.

—Oh! oui ... mais ce n'est pas pour mes enfants à moi que j'ai donné la fête, voyez-vous.

—Vos enfants? interrompit le colonel ahuri ... (il y avait bien vingt-cinq bébés dans la salle), vos enfants? Quelle nichée!

—J'ai trois sœurs, mon colonel, et quatre frères; chacun a sept ou huit enfants, encore ils ne sont pas tous là, mais ... tournez-vous...

Le colonel fit volte-face. Derrière lui il y avait une fenêtre donnant sur une serre, et le long de l'ouverture, comme sur une loge grillée, retombait un ample rideau de mousseline. C'était une loge, en effet, contenant des spectateurs immobiles, deux garçonnets tout pareils. Une vraie paire de gros pigeons. Le colonel ne put s'empêcher de rire.

—Eh! eh! qu'est-ce qu'ils font là, ces troupiers, ils sont punis?... Pourquoi les met-on sous globe?

En cet instant suprême toutes les mères se tournèrent vers le colonel, les yeux bleu faïence de ces Alsaciennes eurent des éclairs de menace, elles formèrent le cercle ainsi que l'avaient fait jadis les officiers de hussards autour de leur chef, sur le Cours, à la musique. Le papa négociant hocha son front chauve, il écarta doucement le rideau et les petits sortirent de l'ombre leurs deux figures bouffies. Ils se tenaient enlacés dans une joie inexprimable qu'on leur permît de voir mieux, leurs boucles blondes comme du lin se mêlaient, ils avaient le même rire d'anges trop nourris, le même mouvement d'admiration muette, les mêmes prunelles fascinées, seulement, au lieu de deux pigeons blancs, c'était une paire de pigeons noirs; ils portaient un costume de deuil si simple à côté des fringantes paillettes de l'arbre, qu'ils faisaient peine.

—Quoi, mes mignons, on a du chagrin? fit Daniel Barbe.

—Ils sont en deuil de leur père, balbutia une des dames, la plus hardie, et les autres poussaient du coude le gros négociant suffoqué, lui marchaient sur les pieds.

—Oui, répéta-t-il, enfin, de leur père ... mort tué en duel, il y a quelque temps et pour que ce soit convenable, nous les cachons là... Notre amie ne peut plus faire la fête chez elle... Hélas! je la leur montre, moi!...

Le colonel reçut un coup au cœur; lui qui se baissait déjà pour les caresser, ces deux petits mâles, il se recula, les moustaches tremblantes. Les dames le regardaient toujours, d'apparence très humbles, cependant effrayantes à présent qu'on les avait comprises. Quelle épée pouvait lutter contre la clarté lumineuse de ces regards de mère allant droit au point faible!

Le colonel lâcha un juron, ses poings se fermèrent, puis se déclarant vaincu, ayant peur de pleurer, lui aussi, il alla chercher sa fille dans les rondes.

—Filons! je suis touché! dit-il à Mary, résumant la situation en une rageuse phrase de bretteur.

Mary ne voulut pas; c'était bête de partir juste au moment de la distribution des joujoux. Le gros négociant retint la fillette sur le seuil du salon.

—Laissez-nous-la, mon colonel, dit-il, insistant sans se fâcher. C'est la fête de tous les enfants aujourd'hui, nous l'avons invitée pour la soigner comme les nôtres, ajouta-t-il d'un accent plein d'une candeur qui valait à elle seule la plus folle bravoure.

Et le colonel la laissa, car il finissait par avoir envie d'accoler ce patriarche. Sacrebleu! Non, il ne se serait jamais attendu à celle-là!

La silhouette de ces deux enfants vêtus de deuil hanta longtemps le cerveau du colonel Barbe, il les revoyait dans ses promenades militaires à travers les perches à houblon qui monotonisaient les routes de la campagne. Il leur prêtait une vague ressemblance avec son fils et cette espèce de double remords le plongeait dans des mélancolies boudeuses. De nouveau, il trouva ridicule d'avoir une fille et eut des alternatives très pénibles pour le 8e hussards; celui-ci, naturellement, s'en prenait à la ville de Haguenau. On ne pouvait plus y tenir.

Pourtant la ville gardait on ne savait quel air d'innocence propre aux filles de l'Alsace, surtout les jours de marché, où elle s'animait de paysannes endimanchées aux regards remplis d'une céleste béatitude. Elles s'échelonnaient, ces paysannes, sur les trottoirs des rues et des places dans leur merveilleux costume, debout en des processions interminables. Il y avait des robes de laine rouge pour les jeunes, verte pour les vieilles, garnies d'un pli en bas et courtes, laissant voir les mollets, des corselets de velours se laçant sur une chemise de toile à coulisse, et des châles frangés s'enroulaient autour du cou, puis les nœuds énormes s'étalaient sur la tête ayant l'aspect de papillons prêts à s'envoler. Il y avait les petits bonnets de satin rouge brodés d'or, les décolletages d'opéra-comique avec des colliers et des devants de chemisettes brodées et ajourées. Il y avait les paletots-mantes en velours, à capuchon de nuances vives, les galoches sculptées de la *Forêt-Noire*, toute proche, les bas de laine assortie au jupon et les enfants vêtus de même, représentant l'exacte réduction des grandes personnes, comme sortant d'une boite à surprise.

La file serpentait le long des trottoirs, sans encombrements, dans une suite paisible de figurant aux costumes fraîchement renouvelés et attendant les bravos du public. Elles vendaient des œufs, du beurre, de la crème, des herbages, des choses proprettes, fleurant bon. Leurs bras et leurs visages montraient une peau ravissante et leurs cheveux blonds, d'un éternel blond de lin, répandaient une clarté de lune pâle. Elles éclataient sur les maisons noires, à pignons déjetés, qui leur servaient de fond. Mais quand toutes ces créatures jolies se mettaient à parler elles auraient mis en fuite un peintre amoureux, tant leur vilain langage contrastait avec leurs charmes reposés de buveuses de bière.

Décidément, c'était à ne pas y tenir et le colonel *influença* pour tirer son 8ᵉ de ce trou empoisonné de choucroute.

Un jour de mai, on partit de Haguenau où on ne devait jamais revenir, hélas!

Le régiment fut envoyé dans l'Yonne, à Joigny, une joyeuse cité bourguignonne où l'on avait le vin français, disait-on.

Joigny grimpe sur le dos des collines avec la gaminerie d'une ville qui a la ferme intention de montrer la vigueur de son sang, elle a des rues en escaliers, des places posées de travers, une église titubante et les vignes, tout aux environs, s'accrochent comme des guirlandes qu'un coup de vent pourrait bien enlever.

Les vignerons, une hotte sur les épaules, vont chercher en bas la terre qui croule d'en haut et, philosophiquement, une cigarette aux dents, la remontent. Ça dure depuis des siècles, l'escalade du gai travail sur des rochers sauvages qu'on recouvre de plantations miraculeuses.

La population a la riposte très leste, les hommes ne craignent pas d'en venir aux mains tout de suite, et les filles, assez hautes en couleurs, ne pensent pas qu'un baiser soit chose défendue.

Le 8ᵉ hussards se détendit les nerfs. Le quartier était bien placé en face d'une rivière charmante et d'une promenade sous les arbres de laquelle il fait nuit en plein jour. Les logements se louaient pour presque rien, le colonel eut une maison face à la promenade moyennant 400 fr. de loyer annuel. Messieurs les officiers mariés se dispersèrent dans de clairs faubourgs où les écuries étaient de petits palais, et deux semaines après une installation des plus bruyantes, car les écoliers de la ville avaient mis du leur en aidant les soldats à déclouer les caisses, on entama des relations amicales. On parlait beaucoup de certaines dames de la meilleure société qui éprouvaient le plus grand plaisir à offrir des punchs aux jeunes lieutenants. Bientôt, ce furent des rumeurs de galanteries de tous les côtés. Avec cela le sous-préfet était un garçon extraordinaire, très riche, important les régates sur l'Yonne et pavoisant la ville à propos du moindre incident. On avait langui à Haguenau, on se rattrapa à Joigny. Il y eut banquets sur banquets, réunions au café, musique devant la mairie, courses de chevaux libres, régates en barques fleuries. Le colonel lui-même se laissa gagner par tous ces bons lurons, il fit quelques infidélités à madame Corcette en compagnie de Corcette, son capitaine instructeur. Madame Corcette agaça le sous-préfet, de Courtoisier pendit une échelle de corde au balcon de la maîtresse du sous-préfet, un chassé-croisé terrible s'ensuivit, et des explications les plus franches sortirent les raccommodements les plus inattendus.

Mademoiselle Tulotte acheta une pièce de vieux bourgogne. Elle n'avait jamais bu une goutte de bière, cependant elle désirait se laver l'estomac. Estelle et les ordonnances, après quelques discussions, prétextant un défaut de la cave, des murailles humides, affirmaient-ils, déposèrent la pièce dans la cuisine et elle fut mise sous la direction de Tulotte, laquelle avait de sérieuses raisons pour fermer les yeux sur les abus. Une fois, Mary les trouva tous armés de grosses pailles, humant le bourgogne comme les poitrinaires hument les brises de Nice. Elle raconta la chose au colonel qui ne put s'empêcher d'en rire de bon cœur.

Le nez de Tulotte, très pointu, rougissait un peu maintenant; elle causait des malheurs de la famille après le dîner, s'étendant sur ce qu'elle aurait dû entrer dans une pension, à Saint-Denis, par exemple, ou perfectionner l'éducation d'une demoiselle noble; elle avait appris tout ce qu'elle savait à sa nièce et elle se demandait ce qu'elle allait faire quand son excellent Daniel s'apercevrait de l'inutilité de sa personne. Mary, d'ailleurs, lui rendait l'existence odieuse, car elle la respectait de moins en moins. Elle chicanait tous ses ordres, avait demandé une chambre à part, faisait sa dégoûtée et repoussait les tentations de fonds de verres qu'elle essayait de lui glisser.

L'époque de la débandade était venue, semblait-il, pour tout le monde, soit que l'air de la nouvelle garnison y contribuât, soit que l'intérieur du colonel Barbe eût un vice de forme, on aurait dit que la machine croulait tout à fait. Les habitudes régulières s'en allaient une à une, le salon était aussi peu ciré que possible, les ordonnances vendaient l'avoine des chevaux et les étrillaient fort mal, la cuisinière laissait les bonnes des voisines s'introduire dans le ménage, on nouait des connaissances pour se dérouiller la langue et oublier le charabia de l'Alsace. C'était des histoires à perte de vue sur les villes qu'on avait habitées, les gens, les monuments qu'on connaissait bien et dont on écorchait les noms. Ensuite, on prenait une goutte de vieux bourgogne pour trinquer à de nouvelles amitiés françaises. Les repas, faits en trois temps, étaient généralement brûlés ou pas cuits, alors on courait au restaurant du coin, un excellent restaurant, pas cher, et on achetait n'importe quoi tout chaud. A ce moment-là, les bruits de guerre se répandaient plus accentués. Les journaux de Joigny, rédigés en belliqueux français, lançaient de fréquentes allusions aux espions prussiens. Le peuple, dans ses bagarres, se traitait d'espion, après avoir employé les injures du dictionnaire bourguignon, assez riche en vocables épicés. Estelle, les ordonnances, Tulotte avaient sans cesse le mot de *sale Prussien* à la bouche. Il résultait de ces désordres intimes et de ce patriotisme de bas étage une effervescence bizarre tenant à la fois d'un énervement féminin et d'une lassitude des choses, grondant sourdement de partout.

Les réceptions du colonel, revenant tous les jeudis, se ressentaient de cet état de fièvre; on y faisait un vacarme frisant le scandale: une exaspération de tous ces pantalons rouges ayant des envies de sauter. Le souvenir des arrêts forcés de Haguenau leur remontait à la tête; ils se payaient du plaisir vite, à bras que veux-tu, parce que du train où marchait l'*affaire* on ne savait pas si on s'amuserait encore demain. Pas un de ces officiers, du reste, ne doutait du succès si on déclarait une guerre quelconque, car ils se préparaient en prévision du grand jour. On exécutait les plus brillantes manœuvres libres sur le terrain préparé pour ces simulacres de batailles. On astiquait ferme ses boutons et puis on faisait l'amour! Jamais on ne prouvera aux cavaliers français que faire l'amour n'est pas la meilleure préparation à un combat meurtrier. Chaque matin on pérorait, au café, sur la belle réponse du ministre: *du même à la même!...* Hein! quelle arrogance! c'était collé, ce mot visant l'Allemagne!...

Pendant que le colonel Barbe, sortant tous les jours à l'heure de l'absinthe, donnait son avis devant Pagosson, Zaruski, de Courtoisier approuvant du geste, Estelle, dans la cuisine, brandissait des fourchettes contre les ordonnances béants; elle voudrait en tuer un de ces cochons de Prussiens! Ah! si on écoutait quelquefois les femmes, il y aurait de jolies victoires. Et il ne fallait pas faire traîner la chose ... les attacher tous à la queue de leurs chevaux! Tulotte, quand elle avait une fiole en main, buvait gravement à la santé des braves comme elle l'avait vu faire la veille par son frère Daniel avec ces messieurs du 8e. Les esprits se montaient rapidement au milieu de cette ville guillerette, pleine de pampres verts et de brunes filles. Il y eut des mariages bâclés en un rien de temps; on s'épousait, prévoyant qu'il y aurait du grabuge mais que ça ne pouvait pas durer, étant donné la capacité du soldat qu'on avait sous ses ordres. Un espoir d'avancement rapide talonnait aussi les plus jeunes. On partirait simple *sous-off* et on reviendrait capitaine. Il pleuvrait des croix, des pensions; une véritable folie de gloriole soufflait dans les rangs du régiment, qui s'imaginait avec une entière bonhomie que toutes les récompenses devaient être pour lui. Et les chevaux caracolaient le long des rues, les femmes ouvraient leurs fenêtres, envoyant des sourires. Le colonel Barbe, se croyant vingt ans de moins, les saluait de l'épée, roulant des yeux amoureux quoique toujours d'une fixité cruelle, tels que les rendait la préoccupation de la consigne.

Vers le milieu de l'été, il sortit de ces perturbations un acte de courage qui mit le feu aux poudres. Le petit Zaruski poursuivit un chien enragé, à pied, le sabre haut dans toutes les rues de la ville. Le chien se réfugia sur le perron de l'église pendant qu'on chantait les vêpres; comme le portail était ouvert, chacun se retourna; le prêtre resta la bouche arrondie et les femmes poussèrent des cris de frayeur. Mais Zaruski, sans se déconcerter, envoya un coup à la pauvre bête qui se prit à hurler effroyablement. Il y eut une mêlée horrible; deux dames furent presque écrasées dans la bousculade. Le sous-préfet, homme de prévoyance, qui assistait aux offices, s'arma d'une chaise. Zaruski se découvrit par respect pour la cérémonie et entra de son côté poursuivant toujours le chien. Enfin on le tua sur les marches de l'autel.

Cet événement fit un bruit de tous les diables. Les journaux *belliqueux* le commentaient de cent façons. L'un déclarait que le sous-préfet avait été plein de noblesse; l'autre ne savait trop louer la délicate attention de l'officier qui n'oubliait pas de se découvrir, malgré le danger, en présence d'une cérémonie religieuse; celui-ci ajoutait que les deux dames se portaient mieux; celui-là insinuait que le courage des hussards était proverbial. On en causa tellement qu'un beau jour le sous-préfet dit à Zaruski, devenu son inséparable depuis l'aventure:

—Pourquoi ne ferions-nous pas un carrousel? Notre ville aime tant les distractions militaires?

Il serait peut-être bien difficile d'établir la relation qui existe entre la fin d'un chien atteint d'hydrophobie et le commencement d'un projet de carrousel; pourtant la phrase du sous-préfet jaillissait d'une discussion au sujet de la rage, voilà le fait.

Tout de suite on alla trouver le colonel Barbe et le commandant du dépôt des chasseurs qui se trouvaient aussi à Joigny. Le colonel se caressa la barbiche. En effet, il y avait *de quoi* faire un joli carrousel, là, du côté des promenades, près de la rivière; on demanderait l'autorisation à la municipalité. Les femmes des notables s'en mêlèrent; on discuta la chose pendant une semaine, puis il fut arrêté que ledit carrousel coïnciderait avec la fête de la ville. Une noce complète de hussards fraternisant avec les Bourguignons.

Le plan du combat, dû, en partie, à l'imagination de Pagosson et de Courtoisier, était de mettre aux prises les défenseurs du drapeau avec l'ennemi. (L'ennemi se recruterait parmi les chasseurs.)

Corcette, saisi d'une inspiration sublime, ajouta qu'au-dessus du drapeau planerait le génie de la guerre. Le sous-préfet renchérit en demandant que le génie de la guerre fût une femme, ou plusieurs femmes. Cette proposition eut un réel succès. Le sous-préfet, un peu *rapin*, tenait aux idées allégoriques. La question était de trouver une femme assez digne pour représenter le génie de la guerre sans donner lieu à de vilains propos, et assez courageuse pour se mettre en spectacle parmi des chevaux galopants.

Le trésorier indiqua ses fillettes; à elles six, elles feraient un gentil génie de la guerre n'ayant pas peur des chevaux. On ne savait plus à quel génie de la guerre on aurait affaire lorsque, dans une soirée chez le colonel Barbe, Jacquiat s'écria:

—Que nous sommes donc écervelés! Le voilà, notre génie de la guerre! et il désignait Mary Barbe.

Le colonel fronça d'abord les sourcils. Ce n'était pas convenable! Mary gagnait ses douze ans; une demoiselle qui se respecte se déguiser! Mais une telle unanimité se produisit qu'il fallut céder. Au fond, cela le flattait qu'on appelât sa fille à jouer un rôle dans un carrousel comme au temps de la vieille chevalerie française.

L'âge ingrat avait forcé les traits de Mary. Elle était plus élancée de taille et plus brune encore de cheveux. Son nez se détachait davantage, ses yeux bleus avaient pris un reflet métallique singulier et sa bouche, plus dédaigneuse, tranchait très rouge sur la chaude pâleur de son teint mat. Il y avait déjà de la panthère dans ses allures de grande fille indomptée; elle parlait d'un ton bref et hautain qui désespérait les gens; quand elle allongeait la main on se demandait si des griffes ne dépasseraient pas les doigts et rien ne demeurait moins calme que son humeur. Les attendrissements du bourgogne ne prenaient pas sur sa nature sauvage; elle désespérait Tulotte qui ne se reconnaissait pas du tout dans sa nièce.

La question du costume fut agitée le lendemain en conseil militaire. Pour la fille du colonel ils étaient d'avis de faire largement les choses. On écrivit même à un couturier de Paris en lui envoyant des mesures. Le génie de la guerre, après maints orages, se décréta comme il suit: une robe de soie violette et blanche, une cuirasse d'argent rehaussé de verroteries éclatantes, un casque d'argent serti de petits aigles d'or; le sceptre serait une lance effilée. Les détails de ce costume se trouvèrent, *par hasard*, indiqués dans le journal de la localité, ce qui rendit Mary assez fière.

Les manœuvres préparatoires du carrousel marchèrent d'un train d'enfer; on se donnait un mal de chien pour se procurer tous les accessoires; il y aurait des têtes de turc à figures grotesques, des oriflammes de soie rose, des gradins à crépines et des coussins de velours. Jacquiat s'était mis au régime du vinaigre et du pain rassis afin de maigrir convenablement; il avait réenfourché son dada, l'avancement par les bonnes grâces de Mary et avait eu la pensée de son succès pour travailler un peu au sien.

Pendant les exercices des militaires, le pékin, lui, ne restait pas inactif; on organisait une joute sur l'eau avec transparents autour des barques illuminées; le sous-préfet avait rapporté de Paris un nouveau modèle de lanternes chinoises d'un effet décoratif merveilleux et les dames de Joigny gourmandaient leurs couturières.

Le matin du grand jour, il tomba une telle averse que l'on fut sur le point de tout décommander. Les Bourguignons furieux s'empilèrent dans les cafés pour noyer leur chagrin, les dames eurent des attaques de nerfs, on faillit arrêter un cent et unième espion prussien derrière le théâtre lisant une affiche de la fête d'un air goguenard. Estelle cassa un carreau de dépit; Tulotte renversa sur sa robe neuve un bol de *brûlot* qu'elle avait allumé pour se remonter avant les émotions de l'après-midi; le colonel cravacha le *Triton*.

Puis, brusquement le soleil reparut, sécha les pavés, les arbres touffus de la promenade se secouèrent un brin, on sortit des cafés, le maire donna l'ordre de placarder des avis très rassurants. Chez le colonel Barbe on déjeuna à la hâte pour pouvoir sonner sa grande tenue.

Mary s'habilla avec l'aide du couturier parisien qui avait créé un chef-d'œuvre. La robe, relevée à la grecque sur le côté, laissait voir un maillot de soie violet sombre broché de camées d'or; le cothurne, en lacet d'argent, rejoignait les camées tandis que les pans de la jupe très bouffants et très longs retombaient en arrière dégageant la hanche un peu indécise de l'adolescente. La cuirasse serrait exactement son buste frêle, grossissant ce qu'elle avait de trop frêle et le cou sortait nu d'une torsade de faux rubis comme d'une cuvette de sang.

Les splendides cheveux de Mary, dénoués sous le casque mignon, fouettaient les épaules de leurs mèches rebelles, se mêlant aux plis de la robe de soie et allant presque au bas de sa traîne de cour. Quand Mary parut dans le cirque elle fut accueillie par des bravos frénétiques. Elle donnait la main à son père; tous les deux descendaient de cheval et allaient saluer le sous-préfet. Mary reçut du galant fonctionnaire un énorme bouquet de violettes qu'elle ficha au bout de sa lance avec un petit rire si crâne que l'on n'en revenait pas. Où cette enfant de douze ans avait-elle pu apprendre la fierté de ses allures? Elle semblait née pour jouer ce rôle de jolie cruelle avec ses yeux rapprochés comme ceux des félins, sa lèvre dédaigneuse et ses dents pointues férocement blanches.

Au centre de l'arène on avait dressé un fort en miniature. Sur un rocher de mousse étoilé de fleurs, s'étageaient des banderolles roses tenues par les six filles du trésorier (il avait été impossible de les éviter) vêtues de taffetas rose; le sommet du fort, piédestal du génie de la guerre, s'ornait d'un étendard français à hampe de velours. Mary s'assit sur un trône à l'ombre de l'étendard et remarqua qu'elle serait admirablement placée pour jouir du coup d'œil. Ses demoiselles d'honneur pétrifiées ne disaient rien, elle les apostropha:

—Eh bien! petites, tenez-moi ça un peu ferme, vous savez que la consigne est de ne pas bouger, jusqu'à la prise du drapeau! C'est Zaruski qui le prendra; il sautera de son cheval sur la mousse, escaladera le fort où on a planté des crampons exprès, vous inclinerez vos bannières et moi je lui donnerai le drapeau pour que ce soit plus vite fait. N'oubliez pas le signal, Zaruski aura un cheval blanc pour qu'on le reconnaisse de loin.

Les six demoiselles du trésorier répondirent *oui* toutes ensemble et redressèrent leurs têtes blondes avec timidité.

La première partie du programme s'exécuta dans un ordre parfait; les gradins du grand cirque pavoisé étaient combles de bas en haut; les toilettes fraîches se mêlaient heureusement aux habits noirs; çà et là, un uniforme jetait une note claire parmi ces gammes de nuances tendres; la musique alternait avec les salves d'applaudissements, et on se montait la tête parmi les citadins, on lançait des couronnes de feuillage, on vociférait des encouragements.

Le colonel, immobile, devant la tribune des autorités, sur son cheval s'ébrouant, jugeait des lances rompues et des turcs enfilés. Les chasseurs avaient d'abord paru beaucoup plus calmes que les hussards, mais, peu à peu, échauffés par les regards de toute une ville qui leur préférait les hussards, ils s'emballaient, abattaient des masses de turcs, sautant les barres fixes, voltant, valsant, y mettant du leur, en tant qu'ennemis. On forma une roue gigantesque qui faillit manquer à cause de leur ardeur soudaine à vouloir tourner. Le colonel retroussait les narines, et le sous-préfet, qui avait assisté aux répétitions, ne comprenait plus.

Mais quand vint le morceau sérieux du carrousel, la prise du drapeau, voilà que les gredins de chasseurs eurent tous à la fois l'idée de ne pas laisser prendre l'étendard du fort et que les coquins de hussards, d'ailleurs dans leur droit, ne voulurent pas leur céder le pas. Les chevaux, entraînés aux sons de la musique et des applaudissements depuis deux heures, envoyaient des ruades ne présageant rien de bon. Madame Corcette se pencha à l'oreille du sous-préfet pour lui murmurer:

—Je crois, Anatole, que cela se gâte!

Une femme d'officier ne devait pas s'y tromper. Cela se gâtait, seulement le bon peuple ne devinait pas, lui, et applaudissait toujours.

Mary s'était levée de son trône, les yeux dilatés par l'odeur de la poudre. Un bras enroulé à sa lance d'or, le profil tourné vers la bataille, elle souriait d'un orgueilleux sourire de femme qui ne doute pas de la victoire. Elle attendait Zaruski; Zaruski c'était son régiment, son *corps*, et elle se moquait des autres. Piètres ennemis ces chasseurs sans brandebourgs sur la poitrine!

Des tourbillons de poussière environnaient par instant le rocher de mousse, les spectateurs ne voyaient plus que la fillette debout dans la gloire du drapeau, sa tête dégageant une lueur d'astre. Le vent agitait ses cheveux noirs, lui donnant l'aspect d'une petite furie antique, et elle était aussi belle que comique dans son attente d'une victoire qu'elle croyait assurée.

Tout à coup, la mêlée devint brutale. Zaruski voulait passer, un capitaine de chasseurs, l'ennemi, se cabrait, à moitié désarçonné devant lui, barrant la route comme un homme qui perd son point d'appui.

—Eh! Monsieur, cria le lieutenant impatienté, on voit bien que vous n'êtes pas à Saumur, ici!

La phrase était vive, mais on avait positivement le diable au ventre, ce jour-là.

—Parbleu, Monsieur, riposta le chasseur, un maigriot très rageur, je suis en pays conquis, et c'est pour cela que je m'empêtre.

—Farceur, fit Zaruski, si vous voulez tomber, faites-le avec plus de grâce, les dames nous regardent.

Et il poussa le cheval de l'ennemi, sentant que derrière lui on poussait le sien avec violence. Des cris s'élevèrent de la foule, un cavalier d'attaque avait roulé à terre.

—Si vous ne me laissez pas aller au drapeau,

Monsieur, dit Zaruski, je vais vous passer sur le corps pour éviter un accident.

Soudain le chasseur exécuta une volte très habile, se remit en selle et courut droit au fort pendant que Zaruski emporté par son élan le suivait, bride abattue.

Les demoiselles du trésorier abaissèrent les banderolles sans voir qu'il y avait deux vainqueurs au lieu d'un. Zaruski sauta, ainsi qu'il était convenu, à bas de sa monture, mais il demeura coi en présence du tour incroyable de l'ennemi qui avait dressé son cheval debout, les deux pieds de devant sur le fort dont il enfonça les créneaux de carton.

—Ah! la bonne plaisanterie! hurla Zaruski, les bras ballants de stupeur, et ne pouvant en aucune manière gagner le trône de Mary par le même chemin.

L'émotion de la foule était à son paroxysme. On trépignait de joie, et, là-bas, sur la piste, on ramenait des cavaliers couverts de contusions. Le colonel mâchait de formidables jurons. Le sous-préfet pinçait les lèvres.

—Le drapeau, Mademoiselle! réclama le chasseur, riant de la voir si jolie de près.

—Jamais! rugit-elle, et soudain, transfigurée par un intraduisible sentiment de haine, elle arracha l'étendard qu'elle précipita dans le vide. Le chasseur eut de la peine à tirer son cheval de sa périlleuse situation; tout confus, il rejoignit son escadron; quant à Zaruski il avait relevé le drapeau qu'il agitait frénétiquement pour en secouer la poussière.

On se disputait sur les gradins. Qui avait gagné? Personne, à en juger par les mines déconfites. Cependant Zaruski remonta à cheval pour saluer les tribunes; en passant près de son colonel, il l'entendit grommeler:

—Il fallait le rattraper au vol!

—Pas moyen, mon colonel, votre fille était si vexée de la sottise du chasseur qu'elle a fichu le drapeau en bas sans regarder où je me trouvais!... Oh! une crâne enfant! mon colonel, mademoiselle Mary!

—Oui, mais elle devrait savoir qu'on ne fait pas tomber un drapeau dans la poussière, sacrebleu et en présence d'un front de bataille...

Zaruski riait. Mary, elle, ne riait plus. On lui avait volé sa victoire des hussards, elle ne le pardonnerait jamais aux chasseurs...

Et elle descendit lentement les degrés fleuris de son trône, des larmes dans les yeux, souffrant d'une blessure reçue en plein esprit de corps, ne daignant pas consoler les petites filles roses qui avaient eu une peur folle.

Seule, sur la piste des jouteurs, la robe flottante, le casque étincelant, elle revint au poney harnaché de violettes qui l'attendait.

—Zaruski est un imbécile, dit-elle, les dents serrées.

—Tu as raison! répondit le père, n'osant rien dire du drapeau parce qu'on était près des tribunes.

Elle suivit le défilé d'un regard distrait, effeuillant son bouquet sur les hommes et sur les chevaux avec une vague inclination, semblant leur dire que rien ne l'intéressait plus puisqu'on était si lâche. Elle aurait voulu la mêlée pour de bon avec les sabres au clair, les têtes vraiment coupées, les vaincus vraiment morts. Quelque chose de sinistre tout en restant drôle... Un combat acharné pour une de ses violettes s'envolant, des cris d'agonie, un champ de carnage et du sang ruisselant à flots. Cela faisait pitié de voir de quelle allure ses soldats s'amusaient! Pour un beau chiffon de soie ils n'avaient pas eu le courage de se tuer un peu. Quand les enfants se battent, ils tapent sérieusement, à poings fermés.

Une semaine après les fêtes qui avaient fait à la jolie ville de Joigny comme une apothéose, la guerre était déclarée aux Prussiens. Le colonel partait avec le gros du régiment, ne laissant dans sa garnison que le dépôt des officiers non désignés, sa sœur et sa fille. Avant de partir, il fit un discours à son dernier punch; le brave homme, sans varier la traditionnelle allocution, y ajouta seulement une scène digne des temps anciens. Il prit la main de Mary, la plaça sur celle de Jacquiat et leur dit:

—Mes enfants, vous êtes bien jeunes, mais cependant je désire vous fiancer en ce jour solennel. Il se peut que je ne revienne pas, Jacquiat aura de l'avancement, lui; il reviendra, j'en suis sûr. Il servira de père à ma fille: c'est ma volonté; ensuite, quand elle atteindra ses seize ans on les mariera et ... morbleu! souvenez-vous qu'il faut beaucoup de mâles pour servir le pays!

Certes, rien ne faisait prévoir une telle conclusion. Jacquiat crevait d'orgueil dans son dolman trop étroit, il prépara une phrase ronflante et ne trouva qu'un «oui, mon colonel» suffoqué. Tous les camarades se poussaient du coude ayant l'air de se dire: «aux innocents les mains pleines». Mary, elle, gardait un sérieux glacial. Épouser celui-ci ou celui-là, que lui importait, à son âge? D'ailleurs il pouvait ne pas revenir non plus. Tulotte donna l'accolade au futur, elle promettait de lui servir de mère. Un instant chacun eut comme une larme et fit des hum! hum! de circonstance, puis on causa des succès extraordinaires qu'on entrevoyait par delà le Rhin. Le 8ᵉ hussards ferait son devoir, car «le poil brillant de ses chevaux, les gloires de ce règne et les destinées de la France» l'y invitaient. On se sépara sur ce cri: «Vive le colonel!»

Un matin, on vint apprendre à Mary que son père était en route pour la frontière; elle fut stupéfaite. La veille encore il l'avait embrassée en lui répétant qu'elle devait ne point s'attendrir. Alors, elle retint ses pleurs. Jacquiat, le fiancé, avait envoyé un bouquet blanc, elle le mit dans l'eau fraîche et chercha des nouvelles dans les journaux de la localité.

Son imagination de petite fille qui se raconte des histoires lui montrait la guerre sous des formes brillantes, un peu le carrousel et un peu son costume d'amazone constellé de bijoux très rouges. Elle pensait qu'on pavoiserait et qu'on tirerait le canon pour annoncer les victoires. Elle prêtait l'oreille quand une rumeur de la rue lui arrivait. Les premiers temps, ce fut une douce émotion à chaque coup de sonnette. D'abord son père serait nommé général, Jacquiat passerait commandant, et le chasseur qui avait voulu lui voler le drapeau serait tué.

Madame Corcette, devenue veuve inconsolable, venait attiser ce beau feu; elle jurait à Tulotte que nous aurions toutes les dames de Berlin pour cuisinières; elle leur ferait payer cher les probables infidélités de son Corcette, car ces messieurs du 8ᵉ avaient *des intentions* sur les femmes de là-bas! Estelle rêvait de ne plus se servir du torchon, et des impatiences naissaient de ces racontars féminins.

Enfin, un jour, les murs de Joigny se couvrirent des affiches si désirées. Une grande bataille, un succès prodigieux! A peine les ennemis avaient-ils paru que les nôtres les avaient démolis. Les mitrailleuses fonctionnaient à merveille, nos hommes étaient remplis d'ardeur. On s'embrassait dans les rues, le sous-préfet donna des ordres pour illuminer.

—Quand je vous le disais! murmurait madame Corcette: ils vont nous apporter les Berlinoises.

Les commentaires les plus extravagants suivaient les dépêches. Quelle guerre que celle-là, débutant par une telle victoire!

Et, désormais bien tranquilles, les habitants de Joigny attendirent la marche sur la capitale prussienne, en pointant des masses de petits drapeaux à travers des cartes spéciales.

Ce fut ainsi jusqu'à l'invasion: un enthousiasme fou secouait de dépêche en dépêche la pauvre population bourguignonne. On croyait tout ce qui était écrit sur les papiers bleus et il en pleuvait de ces papiers bleus! Les officiers partis n'osaient pas découvrir les horreurs qu'ils devaient faire, selon leurs consignes.

Une heure vint, terrible, durant laquelle on apprit les désastres de l'armée et ceux du gouvernement. Il y eut un mouvement de stupeur indicible, puis on se révolta avec fureur. Brusquement, de tous les patriotes de la ville, il ne resta plus que des gens qui enterraient leurs objets précieux, comme des avares, au fond des jardins. Des hommes inconnus sortirent des recoins les plus sombres pour proférer des menaces contre le sous-préfet, les notables, les femmes à toilettes. Le dépôt des hussards fut pris à partie dans les cafés, sur les places; des soldats durent dégainer contre un ouvrier sans travail qui leur reprochait d'avoir vendu tout un pays que ces malheureux ne connaissaient même point de nom. On ne traitait plus son adversaire d'espion prussien, mais bien de *failli,* de *vendu,* de *traînard,* de *lâcheur.*

Ensuite, sans que rien pût le faire prévoir, le bruit courut que les ennemis étaient dans la forêt de Joigny. Le propriétaire du colonel Barbe arriva chez Tulotte, et, devant elle, il décrocha de vieux rideaux de soie jaune garnissant les fenêtres du salon: il ne voulait pas que ses rideaux pâtissent de la guerre, cet homme.

—Mais, balbutiait Tulotte, on les défendra, vos rideaux! Ça ne pressait pas, mon Dieu! Il aurait mieux valu décrocher votre fusil de chasse pour le nettoyer en cas de bataille sous la ville!

Personne ne releva la remarque de Tulotte.

Les rideaux de soie jaune furent enfouis derrière les cloches à melons, dans le bout du jardin qu'avait le propriétaire.

Les bruits s'accentuant, la situation empira et l'on finit par enfouir les draps de lit. Il y avait des familles entières qui couchaient sur de simples paillasses, attendant le jour néfaste où l'ennemi entrerait dans la ville.

Tulotte se laissa gagner, car rien n'est contagieux

comme ces sortes de paniques, elle emballa tout leur mobilier, décidée à se replier sur Paris; d'ailleurs le dépôt avait reçu des ordres de départ, ce n'était qu'une question de temps. Et la population, ne s'expliquant pas l'intelligence de ces retraites devant le vainqueur, clamait qu'on voulait la livrer, l'abandonner. Les récits des atrocités prussiennes leur inspiraient des épouvantes intraduisibles; à part les dames employées aux ambulances et quelques jeunes élégants regardant les choses du haut de leurs chevaux de luxe, tout le monde songeait à la fuite du côté du Midi.

Une nuit, Mary Barbe, qui dormait peut-être seule dans toute la cité, fut réveillée par un chant étrange montant de la rue. La fillette se leva, les cheveux hérissés, la sueur aux tempes. Elle s'approcha de la fenêtre, cela lui venait véritablement de la rue et n'était pas un cauchemar. Elle ouvrit avec précaution et risqua sa petite tête pâle en dehors. La rue semblait déserte; pourtant, une masse confuse se vautrait dans le ruisseau, devant leur porte, une espèce d'animal, marchant à quatre pattes, couvert de boue.

—La vilaine bête! s'écria Mary.

L'ivrogne continuait son interminable refrain; il déclarait, sur le ton le plus faux d'ailleurs, que l'*ennemi errant dans ses campagnes égorgeait ses filles et ses compagnes!* Jamais Mary n'avait encore ouï rien de pareil.

«Attends!» murmura Mary qui avait le dégoût de l'ivrognerie... Elle saisit une carafe, la vida en riant sur le pochard; celui-ci parvint à se remettre en équilibre, un peu dégrisé, et hurla beaucoup plus fort:

—*Aux armes, citoyens! Marchons!... marchons!...*

Mary avait fait la connaissance de la *Marseillaise* et telle est la puissance de cet hymne terrible et grandiose que le lendemain, obsédée par le refrain, elle, se surprit à hoqueter, comme l'ivrogne de la nuit.

—*Aux armes, citoyens! Formez vos bataillons!...*

Tout d'un coup, la cousine Tulotte se précipita, sanglotante, se tordant les bras, vers sa nièce pour l'empêcher de chanter.

C'était avant leur déjeuner, le moment des nouvelles de la guerre.

—Qu'y a-t-il encore? demanda l'enfant prévoyant une autre bataille perdue.

—Ton père! Ils l'ont tué!

Et machinalement, pendant qu'elle pressait Mary contre elle, la pauvre demoiselle répétait:

—Non! non!... ne pleure pas!... Est-ce que la fille d'un brave militaire doit pleurer?

7

Le savant docteur Célestin Barbe dut, bien malgré lui, recueillir sa nièce après les désastres de la guerre de 1870. Il lui fallut, sans témoigner son irritation, bouleverser un peu sa demeure pour y introduire cette petite inconnue et, par-dessus le marché, Tulotte, une sœur qu'il ne supportait pas. D'ailleurs, il était déjà si accablé, si désorienté, qu'il ne prenait plus la peine de compter ses ennuis. Il avait soutenu le siège, mangé du pain détestable, entendu les fusillades des insurgés, il avait surtout vu détruire des monuments, de chers monuments qu'il aimait, et l'adoption forcée de l'orpheline mettait le comble aux catastrophes, il ne pouvait plus que se résigner!...

Cependant trois longues années ne lui suffirent pas à s'habituer à son nouveau genre d'existence. Il avait beau interdire sa porte, les reléguer dans les appartements d'en haut, il lui tombait toujours une femme du ciel quand il traversait son corridor.

Le frère de Daniel Barbe habitait, depuis qu'il avait fait fortune, une tranquille maison de la rue Notre-Dame-des-Champs, entre cour et jardin. Parisien pur sang, il était resté au centre des luttes scientifiques au lieu de se retirer en province comme le lui conseillait souvent le pauvre colonel défunt.

Antoine-Célestin Barbe, homme d'action, d'une rare intelligence, se sentait lié par ses plus secrètes fibres au monde savant. Là, on l'avait suivi dans ses théories, on avait applaudi ses audaces, couronné ses découvertes. Professeur à l'École de médecine, grand amateur de sciences naturelles, botaniste enragé, diplômé de tous les congrès, ayant publié un traité d'anatomie fort en honneur, il possédait des amis et des élèves respectueux; puisque tout n'avait pas sombré dans les derniers désastres, il espérait bien voir luire encore de beaux jours pour les débats de ces questions ardues qu'on ne peut résoudre qu'après de longues années. Or, voici que des femmes... Célestin Barbe, le grave professeur de soixante ans, n'aimait guère les femmes. Aux époques passionnées de sa vie, il avait su borner ses aventures galantes à de simples relations hygiéniques. De tempérament calme, il ne comprenait que pour les autres la nécessité du mariage, prétendait même qu'il vaut mieux subir l'amputation d'une jambe que de se faire une maîtresse et répondait en ricanant, quand on lui indiquait une jolie femme sur un trottoir: «Croyez-vous qu'elle ait eu quelque maladie honteuse? Vous ne le croyez pas? Eh bien! ou elle en a une ou elle en aura deux! Cela est à peu près certain.»

Le docteur Barbe plaisantait parce qu'il ne craignait pas le nuage de sang qui, montant aux yeux, les trouble et transforme un laideron en beauté idéale. Il ignorait donc, sachant tout ce qu'on peut savoir des choses sérieuses, la douceur des parties fines, et il avait, durant sa carrière d'accoucheur célèbre, tant palpé, tant retourné, tant respiré de belles créatures répugnantes, qu'il haussait les épaules dès qu'on vantait devant lui ce fameux sexe faible.

Ainsi son frère avait eu grand tort de se marier. Maintenant qu'il reposait sur un lointain champ de bataille, pourquoi sa fille, pourquoi ce morceau de sa personne, errait-il autour de son cabinet? Ce morceau vivant, ni bon à disséquer, ni propre à se conserver en un bocal d'alcool! La reproduction, dont il parlait publiquement trois fois par semaine, était une merveille très attachante en ses développements, mais pas quand elle vous jetait en travers de votre existence et de votre corridor une jeune fille nattant ses cheveux ou mangeant des cerises! Il avait divisé la maison de la rue Notre-Dame-des-Champs en deux camps: Mary aux mansardes avec son institutrice, et lui au premier avec sa vieille cuisinière et son valet de chambre, un ancien garçon d'amphithéâtre que Célestin regardait comme une perle, parce qu'il ne disait jamais un mot de trop.

Tulotte, sortie de ses affolements prussiens, avait recommencé à boire pour se consoler, sans y parvenir. La cuisinière, qui ne ressemblait pas du tout à Estelle, de légère mémoire, tournait le dos à la plus gracieuse de ses invitations bachiques. Tulotte vieillissait de dix ans tous les mois. Mary, dépaysée, bien quelle fût habituée aux changements de garnison, devinait qu'on était dans un autre monde qu'on ne connaîtrait jamais. Elle avait l'envie ridicule d'appuyer son oreille contre les murailles pour savoir si quelqu'un ou quelque chose viendrait.

Comme les voitures faisaient une peur atroce à sa tante, elle sortait le moins possible, et quand le besoin de courir la prenait, elle descendait au jardin de l'hôtel, un jardin immense, étant donné les ressources de Paris, mais qu'elle trouvait beaucoup plus étroit que ceux des villes de province. Alors, en descendant, elle croisait parfois son oncle, elle s'arrêtait, tremblante, devant celui que la tradition de la famille lui avait toujours représenté sous un aspect de grand personnage, directeur de la vie des femmes et des enfants. Elle se collait derrière un battant de porte, s'enveloppait d'un rideau, le cœur oppressé.

—Te voilà, petite! disait-il pour ne pas l'effrayer davantage. Ne fais pas de bruit! Sois sage, étudie tes leçons!...

La phrase, depuis trois ans, ne variait guère et il s'éloignait suivant une pensée compliquée au sujet de son livre: *Les Diatomées*, ou se demandant quelle nouvelle théorie il aurait à propos des *abcès sous-périostiques aigus*. Célestin Barbe n'était pas méchant, il aurait volontiers ajouté une réflexion à son éternelle phrase, seulement cela lui prenait du temps; les réflexions et le temps, pour parodier le mot des Anglais, c'est la science. Mary continuait sa descente, marchant sur ses pointes, retenant son souffle, ahurie encore par les malheurs de la famille que venait de lui remémorer Tulotte, elle errait dans les allées avec la mine d'un chien perdu en quête d'un maître.

Le jardin, lui aussi, l'impressionnait singulièrement.

A part un bosquet de petits arbres à l'écorce noirâtre, aux feuillages maigres, le reste des plates-bandes était encombré de plantes fort bizarres, d'odeurs suspectes, toutes les herbes médicinales que le savant cultivait lui-même avec un soin jaloux.

Il y en avait dans des pots, sous des châssis, en pépinière, en fossé, toutes ornées d'étiquettes latines qui troublaient l'imagination de Mary. Du banc de pierre adossé au bosquet, elle contemplait la série de cartes blanches, les seules fleurs épanouies de ce jardin de sorcier.

Elle n'avait aucun animal autour d'elle, les chats étaient sévèrement interdits, car ils auraient cassé des ustensiles dans le cabinet, il ne fallait même pas penser aux chevaux, l'unique traîneur du coupé de M. Célestin était un demi-sang brun, maussade, qu'on n'avait jamais apprivoisé et qui ruait quand la jeune fille entrait dans l'écurie. Le valet de chambre, cocher à ses heures, n'aimait pas ses visites, il le laissait bien voir en ôtant la clef.

Mary, lorsqu'elle avait longuement joui de la perspective de toutes ces étiquettes rangées sur quatre lignes, remontait chez elle, puis se plongeait dans la lecture. Ceci était une compensation, elle n'avait plus besoin de se raconter des histoires, on lui permettait d'ouvrir la bibliothèque des voyageurs illustres, et pourvu qu'elle ne détériorât point les volumes, elle avait le droit de dévorer les récits extraordinaires de ceux qui reviennent du pôle

Nord en rapportant la boussole ou le compas rouillé du voyageur précédent.

A ce régime, Mary prit des maladies de langueur, elle passa par toutes les fièvres de croissance, et, un matin, elle se réveilla nubile, ayant quinze ans révolus, bonne à marier, revêtue de la pourpre mystérieuse de la femme. Son oncle, instruit de cet événement, songea tout de suite à l'excellente occasion qu'il pourrait avoir de s'en débarrasser. Jacquiat, le fiancé du 8ᵉ hussards, était bravement mort, comme son colonel, l'idylle commencée n'avait pas eu de suite; il fallait chercher un prétendu sans pantalons rouges. Un savant? Ils étaient tous assez âgés, aimant leur tranquillité. Parmi ses élèves? Ils étaient trop jeunes, avec des situations mal assises. Quel tracas nouveau cette enfant allait lui donner! Il exprima ses opinions à Tulotte; celle-ci pleura tellement sur les deuils passés qu'il finit par l'envoyer au diable. On ne pêcherait pas cependant un mari sur les dalles de leur cour, et les gens qu'ils recevaient n'avaient pas la prétention de s'enamourer d'une fillette de quinze ans, même avec sa jolie dot.

La conduire dans le monde? Tulotte ne voudrait pas se charger d'une pareille corvée, et leur monde, très restreint, se composait de gens à l'image du docteur, ennemis de la femme, désintéressés au point de vue de l'argent.

Célestin Barbe eut à ce sujet une telle tension de nerfs qu'il oublia de soigner son jardin botanique et qu'il rudoya terriblement Charles, son valet dévoué. Enfin un soir il trouva une idée au milieu d'une dissection intéressante, il lâcha le scalpel tout d'un coup.

—Parbleu! se dit-il, elle est catholique, pourquoi n'aurait-elle pas eu déjà l'envie de se faire religieuse? Si je l'interrogeais une bonne fois? Je tourne comme un imbécile autour de la difficulté. Tranchons ça, mon ami, avec plus de franchise. Il se peut qu'elle fasse ma volonté sans une observation. Elle me semble bien élevée. Quand elle mange à ma table elle se tient droite et elle répond «merci». Je la trouve moins ennuyeuse que Tulotte, et n'étaient ses jupes, ses cheveux, elle ne manquerait pas d'une certaine allure ascétique. Excellente idée! Parbleu! je ne veux pas la violenter ... non!... non!... je lui donnerai jusqu'à ses seize ans!... Mais ... il faut que je liquide cette situation. Je me sens responsable de ma nièce et je ne peux pas tout planter là pour m'occuper d'une gamine... Eh! après tout! est-ce ma faute si Daniel s'est marié?...

En se résumant de la sorte, le docteur tira le cordon de la sonnette; Charles apparut.

—Allez chercher ma nièce! ordonna-t-il d'un ton bref. Charles, pétrifié, n'en croyait plus ses oreilles. Aller chercher mademoiselle! Mademoiselle qui depuis trois ans vivait dans les appartements du haut sans se douter que le cabinet de monsieur était juste en dessous de sa chambre! Quelle perturbation! Il aurait offert un flacon d'anisette à Tulotte que le silencieux valet n'eût pas été plus déconcerté. Il partit, le pas traînant, pour que son maître, s'il revenait de sa distraction, comprît bien l'offense qu'il lui faisait et se faisait à lui-même. Introduire cette petite dans le cabinet de travail! Un jour, la cuisinière avait reçu un charbon allumé sur la cornée lucide (Charles se servait des expressions choisies) et le docteur, pour lui retirer ce charbon, l'avait fait asseoir au salon, ne voulant pas qu'une créature encombrante pénétrât dans le cabinet de travail!...

Les femmes, ça ne respecte rien! Et la fille de l'officier verrait le sanctuaire, elle? Un malheur qui se préparait, bien sûr!

Mary fut abasourdie par l'invitation, mais elle descendit très vite, se doutant qu'une crise, n'importe laquelle, serait plus agréable que leur perpétuel mutisme. Elle avait, de son côté, des choses à confier à son oncle. Tulotte la combla de recommandations du haut de la rampe.

—Souviens-toi de lui demander du bordeaux pour tous nos repas, je t'en prie, criait-elle; moi, je me délabre l'estomac à boire de l'ordinaire...

Mary ne répondait pas, elle courait à la lutte avec une sorte de courage sauvage.

Quand elle se présenta sur le seuil du cabinet, elle demeura tout interdite à cause des choses nouvelles qu'elle aperçut. Ce cabinet, tendu de drap vert myrte, aux rideaux et aux portières en verdures flamandes, exhalait on ne savait quel relent fade, une odeur très désagréable. Le fond de la pièce était occupé par une grande bibliothèque à colonnes torses. Les livres s'entassaient dans un désordre pittoresque, les uns ouverts, les autres posés de champ, majestueux, reliés d'or et de cuir fin. Une petite forge, installée à côté de la bibliothèque, montrait son ouverture comme un trou dont on ne doit pas voir l'issue. Puis, deux fourneaux, d'aspect compliqué, des tas de fioles aux goulots tordus, des instruments de chirurgie, des écrins en velours contenant les plus artistiques bijoux d'acier, luisants et mystérieux. Trois ou quatre consoles de marbre noir portaient encore des objets étranges: un squelette criblé de numéros comme d'une vermine, de longues peaux d'animaux avec leurs nerfs détaillés, des bocaux remplis de bêtes innommables, et, dominant ce chaos, une Vénus anatomique s'étendait endormie dans l'angle d'un mur, au-dessus de la bibliothèque, reléguée là comme une poupée devenue inutile.

Antoine-Célestin, penché sur sa table de travail, examinait à la loupe un morceau d'étoffe rougeâtre, il avait recouvert d'une toile quelque chose devant lui d'un geste furtif. Il se redressa lorsque la jeune fille eut murmuré, moins brave qu'elle voulait le paraître:

—Me voici, mon oncle, que désirez-vous?

Une habitude médicale lui fit lever un peu l'abat-jour de la lampe, il regarda sa nièce d'un regard clair et perçant.

—Ne t'effraye pas, ma chère enfant, dit-il avec un sourire bienveillant. On ne peut guère causer en présence de ma sœur, elle est devenue sensible et elle me fait perdre mon temps en récriminations absurdes. Voyons! allons droit à la question qui nous intéresse tous les deux. Assieds-toi!

Il lui désignait un escabeau près de sa table, mais elle resta debout, les mains appuyées au dossier sculpté, la tête inclinée sur l'épaule, anxieuse.

—Tu t'ennuies peut-être chez moi, mon enfant, reprit-il, la maison n'est pas gaie, il ne passe personne dans notre rue et nous sommes loin des centres bruyants. Ton éducation est terminée, je crois, tu sais lire, écrire, compter, coudre et puis, que diable! tu es une demoiselle, aujourd'hui, une demoiselle à marier. Je pense plus que je n'en ai l'air à ton avenir. Mon pauvre frère t'a léguée à moi...

Il s'arrêta court, saisit sa loupe et la braqua de nouveau sur son lambeau rougeâtre. Il comprenait maintenant que l'histoire du couvent allait être dure à faire avaler. Aussi, il avait mal débuté en lui rappelant ses deuils nombreux et la tristesse de la vie qu'elle menait chez lui. Comment se tirer de là? Il lui demandait si elle s'ennuyait dans une rue où il ne passait personne; la perspective d'un couvent était bien pire.

—Mary, continua-t-il après un silence de plusieurs minutes, je ne suis pas un croquemitaine comme ton papa, seulement j'ai besoin de calme, besoin de solitude. Mes travaux exigent une indépendance absolue d'idées... Si je ne me suis pas donné les soucis d'un ménage, c'est que je me dévoue à la cause de tous... Mes livres et mes actes le prouvent. On me consulte, on me croit nécessaire, je ne dois pas enrayer la marche de certains projets pour m'occuper d'un intérieur de femme... Tu m'écoutes, mon enfant?

Elle l'écoutait, le dévisageant de ses yeux fixes qui avaient des scintillements d'astres bleus. Mary, dans une vision douloureuse, le revoyait au chevet de sa mère et cet homme lui disait: *Elle est morte!* Le docteur, assez maigre, se tenait roide, boutonnant hermétiquement son habit, sa physionomie sévère reflétait une glaciale indifférence. Mais sa bouche, encore fraîche sous sa barbe châtain, prenait des expressions douces quand il voulait. Presque chauve, il avait la coquetterie de cette barbe ondulée qu'il caressait, en montant en chaire, d'une main blanche, une main merveilleuse d'accoucheur habile... Non, il n'avait pas la mine d'un croquemitaine; pourtant, elle lui avouerait crûment la vérité.

—Mon oncle, je vous écoute!... répondit-elle fronçant les sourcils, et je vous comprends: je vous gêne parce que je ne suis pas un garçon.

Stupéfait, M. Barbe lâcha sa loupe. En effet, c'était cela, lui-même ne le pouvait mieux définir. Un garçon, il en aurait fait un médecin ou un botaniste, tandis que le sexe de Mary empêchait ce rêve. La petite avait du sens commun.

—Oui! je ne te cache pas que je t'aimerais mieux un homme! fit-il de mauvaise humeur.

Toujours l'éternelle passion de la famille pour les mâles! Mary se révolta.

—Eh bien! puisque je suis une femme, chassez-moi donc de chez vous, mon oncle, car c'est un crime que je ne veux plus m'entendre reprocher. Je serai libre de courir et de chanter, au moins. J'ai quinze ans, je ne vous ai pas fait de peine, je m'applique à vous obéir en tout et vous me traitez comme une prisonnière qui serait coupable. Je n'ai ni le droit de causer ni le droit de cueillir un brin d'herbe. Votre maison est une belle maison, c'est vrai, mais il faut que je marche sur la pointe des pieds, il faut que je prenne des précautions pour les meubles, pour les livres. Quand je veux sortir, Tulotte me dit que vous le défendez; quand je demande à rencontrer des figures humaines qui ne soient pas la vôtre ou la sienne, vous prétendez que je deviens une demoiselle et que les demoiselles ne reçoivent pas de visites. Vous ne vous demandez pas, vous, si j'ai fini de lire les voyages des explorateurs célèbres? C'est la dixième fois que je les recommence! Vous ne pensez pas que j'aimerais à apprendre autre chose que la botanique de Van Tieghem, Tulotte n'a pas le courage de me l'expliquer. Je vous suis étrangère et le peu de bruit que font mes bottines dans le corridor vous impatiente. Voyez-vous, mon oncle, je vais vous le déclarer franchement: je ne vous aime pas. Vous ne m'aimez pas, donc chassez-moi, je me moque de tout, désormais. Ici, je ne trouve pas le soleil, j'irai le chercher ailleurs.

M. Barbe était ahuri; elle lui débitait ces phrases les dents serrées et l'œil grand ouvert, très hautaine, surtout très belle dans sa modeste robe noire, diadémée de ses cheveux opulents avec une frange droite, coupant son front, elle avait une bizarre tournure de fille décidée qui devine le néant des protestations.

—Mon Dieu, ma chère Mary, comme tu es exagérée! murmura le savant; et selon la coutume, s'imaginant qu'il avait affaire à quelque hystérique, il s'approcha d'elle, lui prit le poignet.

—Tu n'as pas la fièvre, hein?

Elle n'avait aucune fièvre, sa main allongée, aux doigts souples, se crispa dans la main de Célestin.

—Ne t'emballe pas, petite!... je n'ai pas envie de te chasser ... tu es ma nièce.

Soudain il s'interrompit pour examiner le pouce de la jeune fille.

—Tiens! tiens! ajouta-t-il, voilà une curiosité, ce pouce!... Proportion gardée, il est aussi long que l'autre.

Oubliant tout à fait son idée à propos du couvent, il l'amena contre la table; d'un mouvement rapide, il ôta la toile qui cachait un membre humain. C'était un bras d'homme; les nerfs mis à nus saillaient sur son épiderme exsangue, les doigts, rigides, se tendaient comme dans une récente angoisse.

—C'est drôle! dit-il, prodigieusement intéressé, et il accoupla le pouce vivant au pouce mort. Celui de Mary était presque de la même longueur quoique beaucoup plus mince, et celui de l'homme se faisait déjà remarquer par une dimension anormale. Le savant se caressait la barbe.

—Curieux! mais pas flatteur! Hum!... marmottait-il. Mary n'avait pas eu un frisson. Elle contemplait le bras, dédaigneuse, peut-être supposant qu'il était *en faux*.

—Qu'est-ce que vous voulez dire? interrogea-t-elle.

—Ah! tu n'as pas eu peur ... bien ... je te félicite. Ce bras est celui d'un assassin qu'on a décapité hier.

La jeune fille se pencha.

—Pauvre homme! dit-elle, la voix un peu altérée ... et ce fut toute son émotion.

—Mon oncle, reprit Mary sans détourner les yeux de la chair morte, que me reprochez-vous? Rien? Pour ma récompense donnez-moi ma liberté. Tulotte et moi nous pourrons vivre avec la pension de papa. Elle boira ce qu'elle voudra, moi je sortirai quand il me plaira... Nous séchons de chagrin ici, je ne tiens pas à vous gêner davantage. Vous serez délivré. Tulotte dit que je dois hériter de vous... Faites, à partir de ce soir, votre testament pour qui vous aimez, si vous aimez quelqu'un.

Le docteur l'écoutait, hochant le front.

—Alors, tu ne te plais pas chez moi?... Voudrais-tu te marier?

Elle eut un rire moqueur.

—Pas avec vous, toujours! riposta-t-elle en retirant sa main.

Il réfléchissait, la scrutant de son regard clair.

Elle lui semblait une autre créature depuis la découverte de son pouce, il lui venait le désir de l'étudier de plus près.

—Si on s'occupait de te meubler la cervelle pour que tu ne lises pas les mêmes histoires dix fois de suite, hein? demanda-t-il d'un ton conciliant.

—Mon oncle, vous n'avez jamais le temps, et je suis une femme!

—Mary, je réponds de toi, comprends-tu, j'ai la frayeur de l'avenir. Tulotte est une créature tellement extraordinaire... Ah! je te marierai de bonne heure, va, le plus tôt possible. En attendant, ne te monte pas l'imagination, je te prêterai de nouveaux livres.

Mary hésitait.

—Aurai-je la permission de parler haut?

—Oui!... tu causeras avec moi, tu me conteras tes peines, si tu y tiens!

—Irai-je me promener en voiture, le dimanche?

—Soit, je te promènerai!

—J'ai encore une chose à vous demander ... et elle s'arrêta, rougissant de honte ... pour Tulotte, ajouta-t-elle.

—Demande.

—Je désirerais lui acheter de mon argent du vin de Bordeaux, car...

—Car, fit-il en dissimulant une expression railleuse, elle t'a chargée d'insister là-dessus... Allons, nous sommes une demoiselle très digne tout en n'aimant pas nos parents; ton caractère me plaît. Je t'avais mal jugée! viens m'embrasser.

Elle s'approcha de bonne grâce, et mettant ses bras fluets au cou de son oncle qui dut s'incliner, elle l'embrassa.

—La paix est signée! déclara-t-il gaiement, nous laisserons Tulotte boire, ce qu'elle voudra, pourvu qu'elle ne se grise pas devant mes domestiques.

Tout en la soulevant du sol jusqu'à ses lèvres, il s'aperçut qu'elle sentait le réséda d'une manière fugace et délicieuse, comme certaines brunes lorsqu'elles se portent bien.

A partir de ce soir-là, l'existence de Mary changea peu à peu; elle eut régulièrement sa place au dîner de son oncle, dans la grande salle à manger meublée des antiquités qu'il avait achetées à Dôle. Elle descendit de sa mansarde à la fameuse chambre dont le lit s'ornait de la devise: *Aimer, c'est souffrir!* Elle secoua les vieux brocarts, épousseta les bahuts et mit des plantes vertes sur les tables massives. Puis, Tulotte eut son bordeaux favori. Le dimanche, la jeune fille s'habillait avec soin; elle faisait elle-même appeler le valet Charles pour lui dire d'atteler le coupé, le docteur endossait sa redingote neuve, et ils partaient tous les deux soit pour Meudon, soit pour Vincennes. La promenade, d'abord silencieuse, s'égayait dès qu'on se trouvait en plein bois, et quand on rencontrait des couples d'amoureux, le docteur pinçait les lèvres en l'entendant faire des réflexions naïves.

Cependant son pouce lui trottait par la tête. Comment diable avait-elle le pouce aussi long que celui d'un assassin? Ensuite il se prenait à méditer sur la lâcheté de ses concessions. C'était cette petite qui avait dicté des lois. Au lieu de lui tracer une ligne de conduite aboutissant au couvent, il s'était laissé brusquement mener hors de sa propre voie. Et cela s'était fait sans qu'il pût s'en plaindre; elle avait l'air si tranquille! D'ailleurs il travaillait tout autant à côté d'elle. Un remords lui venait même de l'avoir négligée comme une pauvre mendiante. N'avait-elle point vécu, trois hivers rigoureux, dans les combles, se chauffant au méchant poêle de la cuisinière? Maintenant, elle rangeait discrètement son cabinet, lui copiait ses notes d'une écriture fort nette, et classait les pages de l'herbier avec une méthode étonnante. Par exemple, chaque fois qu'il arrivait un ami ou un élève, il la priait de se retirer.

C'était bien assez d'avoir à traverser Paris en voiture sans qu'elle eût à entendre les échos de la ville perverse. Il voulait conserver la plus grande pureté dans leurs mœurs pour la marier à la première occasion, selon ses principes. Une fois seulement il survint un nuage. Mary, libre de soigner les plantes de son jardin, s'appropria une très belle sensitive, l'installa chez elle, dans une jardinière de Sèvres et, là, s'amusa à l'épuiser sous ses coups d'ongle. Elle éprouvait un indicible plaisir en voyant le grêle feuillage en forme de mignon trèfle, se refermer dès qu'on l'effleurait, et elle finit par tuer la plante. Son oncle se fâcha, toujours froidement, mais il demeura songeur durant une semaine, ne voulant plus lui adresser la parole.

—Tu ne ferais pas de mal aux animaux? Pourquoi tourmentais-tu cette sensitive? demanda-t-il.

—Cela m'amusait de lui voir des tressauts parce qu'elle ressemblait aux ramifications des cerveaux humains qui sont coloriés sur vos gravures anatomiques, mon oncle! J'avais l'idée de torturer une tête en fleur, mais je ne recommencerai plus!

Antoine-Célestin Barbe ne trouva rien à lui répondre... Mary, douée d'une bonne mémoire, s'instruisait pour se distraire, ne se doutant pas le moins du monde qu'elle était à Paris, au sein de toutes les distractions possibles; elle se croyait fort heureuse quand elle avait saisi le mystère de l'insensibilité des centres nerveux, alors que la peau est sensible à l'attouchement d'une pointe d'aiguille, se piquant en conscience sous la direction de son oncle; ou surveillé de patientes expériences ayant pour but la cristallisation de l'acide carbonique, une marotte de chimiste. Ils causaient comme deux hommes du même âge en choisissant des sujets à faire dresser les cheveux d'une demoiselle à marier: les terrains dévoniens, par exemple et l'idée qu'ils étaient composés de la roche qu'on appelle *la vache noire* (Grauwak) la remplissait d'une respectueuse admiration. Elle savait le difficile avant d'avoir appris le facile et il résultait, de cette instruction développée en serre chaude, les incidents les plus drôles. Célestin était obligé de s'interrompre pour s'écrier:

—Ah! j'oublie que tu ne sais ni la chimie, ni la géologie, ni l'anatomie, mais ce serait si long à t'expliquer ces choses que, d'ailleurs, tu n'as pas besoin de savoir! Je perds mon temps.

Cependant il se surprenait à les lui expliquer, cherchant les termes les plus doux, les images les plus gracieuses. Comme l'adolescente, avide de chimères pour sa pensée, l'écoutait, bouche béante, il était intérieurement flatté. Le sourire étonné de Mary trouvait peu à peu le chemin de son cœur mort et l'électrisait. Elle puisait dans la nouvelle instruction un mépris des hommes, ces grains de poussière, et aussi des arguments pour sortir au soleil quand elle avait mis le savant de bonne humeur.

Tulotte bénissait ce regain d'étude; la vieille fille passait quelques moments heureux dans des dîners plus fins, arrosés des vins qu'elle préférait, entre la nièce et l'oncle désormais réconciliés, point gourmands, lui abandonnant les meilleurs plats.

Une maladie de Mary vint augmenter l'intérêt de M. Barbe pour la jeune fille. Un été, elle eut la petite vérole. Laissant subitement ses cours et ses études, il demeura près de la patiente comme une mère. Peut-être bien ne fut-il pas tendre, il s'offrit même certaines expériences *in animâ vili* qu'il n'aurait pas osé risquer sur le corps de ses clientes de jadis, mais enfin il la sauva, et quand il fallut préserver le charmant épiderme d'une grossière flétrissure, il accomplit des miracles à l'aide d'un masque de caoutchouc rose point désagréable à voir dont il avait fait un chef-d'œuvre. Durant la convalescence, il la promena dans le jardin où il planta des rosiers en fleurs, parce qu'elle répétait toujours qu'elle préférait les roses à la plus belle herbe médicinale. Ils s'asseyaient tous les deux sur le banc de pierre, s'entourant de livres, avec Tulotte, au coin du paysage, tricotant une couverture de coton extrêmement compliquée. On échangeait des propos du genre de ceux-ci:

—Pensez-vous, mon cher oncle, que lors des époques tertiaires les arbres eussent la forme du palmier ou celle du chou?

—Quand on songe, Mary, que le Plésiosaurus avait la queue du lézard, de ce joli lézard qui court là, sur le mur!

Et Tulotte, l'œil abruti par ses nombreuses libations de la veille, se grattait la nuque du bout de son aiguille à tricoter.

Pourtant, l'âge des amours était proche, le médecin ne devait pas se faire illusion. Mary, plus développée et plus belle après sa convalescence, gardait au fond des yeux une mélancolie mystérieuse; elle s'ennuyait de nouveau, comme elle s'était toujours ennuyée chez ses parents. Elle avait des insomnies terribles et quand elle respirait les roses plantées pour elle, on la surprenait en de vagues rougeurs, les lèvres tremblantes. Célestin s'amusait à cette délicate transformation d'une nature bien pure et bien conditionnée; il notait la marche des aspirations ardentes comme un avare compte son or. Hier elle riait sans savoir pourquoi, aujourd'hui elle pleurait, demain elle casserait une potiche d'un mouvement brusque. A part son pouce et une tache noire au cerveau (qu'il ne devinerait jamais car elle datait de trop longtemps), il la trouvait d'une superbe structure. Sa taille avait une moyenne finesse, sans le secours du corset qu'il lui interdisait absolument; ses épaules tombaient gracieuses sur des bras nerveux d'un dessin mièvre mais solide; ses pieds étaient étroits, à souhait cambrés; ses hanches s'arrondissaient élégantes et félines. Son visage doré s'illuminait du reflet suave de ses yeux.

M. Barbe s'inquiétait de l'avenir, seulement il n'avait plus le chagrin d'être un étranger pour *ce morceau de son frère*, il l'apprivoisait ainsi qu'on apprivoise les oiseaux rares en mettant une glace devant eux; il lui disait qu'elle était une belle femme, prête à la maternité, prête au bonheur, et sans lui parler de l'homme futur, il s'attardait, un peu déridé, à lui détailler médicalement les joies d'une nourrice allaitant un bébé. Mary écoutait, le sourcil froncé, car elle détestait les enfants d'instinct et n'osait pas témoigner sa répulsion. Une fois elle lui demanda d'un ton très calme:

—Mon oncle, puisque vous m'apprenez tant de choses, qu'est-ce que l'*Amour physique*, le grand livre que je ne peux pas lire, celui qui m'expliquerait, selon vos propres aveux, tout ce que je ne saisis pas dans la science?

Le médecin resta un instant étourdi. Diable!... Il aurait mieux aimé qu'elle le suppliât de la mener au théâtre. Il se moucha, caressa sa barbe, puis, ne trouvant rien, il leva la séance sous le plus petit prétexte.

L'oncle Célestin n'était pas un homme à faux préjugés, le lendemain il risqua une épreuve décisive; il résolut d'aller chercher l'ennemi au lieu de l'attendre, et, posant le majestueux bouquin sur les genoux de sa nièce, il lui ordonna de lui faire tout haut la lecture de ses secrets.

Mary lut de sa voix brève et claire des pages assez brutales, mais valant mieux, de l'avis du docteur, que les romans dédiés aux demoiselles dans les journaux de modes. Lorsque Mary ne saisissait pas, il lui expliquait, choisissant les termes techniques de préférence aux mots voluptueux, et bientôt cette vierge eut l'expérience d'une matrone. Ils discutèrent de ces choses des semaines entières, d'abord tranquillement, puis le docteur finit par s'animer; il s'emporta contre les jeunes hommes qui font de l'amour, physique ou platonique, le but de leur vie. Lui, il n'avait jamais ressenti ces ardeurs-là. A la vérité, il existait bien une seconde de plaisir, mais pour cette seconde que de malheurs et de sottises ensuite! Du côté des femmes, toutes mentaient effrontément la plupart du temps. Les vertueuses concevaient des êtres sans le savoir; les libertines erraient de passions en passions, dévorées de désirs, souvent d'ulcères épouvantables. Ah! l'amour, une fière attrape, sacrebleu!

—Alors! pourquoi dois-je me marier? demanda Mary, dissimulant un sourire railleur au coin de sa lèvre dédaigneuse.

—Parce que c'est mon devoir de chercher ton bonheur où les autres croient le trouver. On n'a rien inventé de mieux pour le bonheur de l'homme.

—Et celui de la femme? Je vois, mon oncle, que vous parlez toujours de l'homme! ajouta Mary un peu boudeuse.

Cette fois-là, soit que l'atmosphère—on était au mois d'août—fût saturée d'électricité, soit que Mary répandît autour d'elle une véritable odeur de réséda, l'oncle Barbe devint nerveux. Il se fâcha en songeant qu'elle pouvait épouser un sauteur. Il avait déjà jeté son dévolu sur un certain baron de Caumont, qui lui avait été présenté par un ami sincère. Un monsieur de quarante ans, ne paraissant pas son âge, du reste bien en point, assez expérimenté, presque fat, ce que ne détestent pas les jeunes filles. Il avait quelque fortune, il aimait les sciences, suivait ses théories, et lui recommandait le fils de son garde-chasse, un mauvais drôle dont il voulait faire un médecin, par charité.

—C'est un baron authentique, murmura Célestin en caressant sa barbe, qu'en dirais-tu? Hein! je te voudrais un petit tortil, moi, pour poivrer la situation, car cela te donnerait l'entrée des salons en vogue. Ce monsieur est bien élevé, il cause de tout ce que j'ignore: le monde, la mode ... mais ... mais... Tiens, si tu me croyais, tu ne te marierais pas!... Nous resterions chez nous: Tulotte finirait sa couverture de coton; tu classerais mes herbes, tu deviendrais une savante. Il y a eu des savantes très belles qui choisissaient le célibat et restaient auprès de vieux froids comme ton oncle.

Pris d'une irrésistible tentation, il la souleva de terre pour l'embrasser; elle renversa sa tête avec une gaieté d'écolière. Ah! elle était loin, l'époque maussade durant laquelle son oncle, l'égoïste, la reléguait sous les toits de sa maison!

Tulotte, attendrie, les examinait se disant qu'on aurait peut-être une liqueur d'extra au dessert du soir.

—Vous avez l'air de deux amoureux, cria-t-elle en pouffant. C'est ça, ne vous gênez pas ... voulez-vous que je sorte?

Les lèvres de Célestin rencontrèrent, par un singulier hasard, les lèvres de Mary, comme dans un rêve mal défini. Une tiédeur inexplicable envahit tous les membres du froid vieillard. Il lui sembla que son cœur, écrasé depuis un siècle sous un glaçon, éclatait hors de sa poitrine et qu'une pluie d'un sang nouveau le rajeunissait, une pluie aux intimes parfums de réséda.

8

On recevait à l'hôtel de la rue Notre-Dame-des-Champs. Oui, une réception avec des fracs, des gilets ouverts. Charles n'en revenait plus et Tulotte se croyait au temps heureux des punchs du colonel Barbe. Le savant docteur, maté par une espèce de vertige qui le tenait depuis des mois, avait tout à coup décidé qu'on donnerait une grande soirée. On allumerait les lampes Carcel du salon, immenses comme des amphores, ornées de guirlandes en bronze; les housses de l'ameublement retirées laisseraient voir le velours jaune, un velours frappé, très convenable, s'encadrant de bandes de tapisserie Louis XV. Dans la cour, sous la marquise de verre, un globe à gaz se balancerait, les voitures pénétreraient par le sombre portail fraîchement nettoyé; la cuisinière avait l'ordre de préparer un thé fort chinois qui se servirait dans des tasses de Japon riches, cannelées et dorées au feu.

C'était un anniversaire scientifique, d'ailleurs, un

jour de découverte précieuse, on la fêterait à la manière des mondains, en échangeant des banalités, en mettant des habits neufs. Célestin voulait bien, lui, il voulait ce qui *lui* faisait plaisir, surtout.

Oh! l'apaiser, maintenant, serait-ce en lui sacrifiant plus que sa vie, c'est-à-dire son repos de vieil homme jusque-là demeuré digne! Oh! la voir, lui sourire, l'entendre murmurer un seul mot de pitié! Mon Dieu! il aurait ajouté un piano pour danser, quitte à se brouiller avec tous ses amis, si elle avait voulu cela comme le reste. Ensuite, il devait la fiancer en public à ce baron Louis de Caumont. Elle désirait devenir baronne, très vite, une drogue d'oubli qu'elle lui demandait, impérieusement, sans lui permettre de réfléchir.

Il allait par les corridors, se heurtant contre les massifs de plantes qu'un fleuriste renommé avait arrangées dans les embrasures. Il étouffait au milieu de ce luxe de chaleur, de lumières et de fines odeurs. Sa pauvre maison! était-elle bouleversée!

Pour entrer dans son cabinet, il avait dû tourner derrière un paravent; la porte avait été enlevée; des rideaux masquaient l'ouverture du côté du corridor, et du côté du salon tout s'étalait à la clarté crue des lampes. Lui qui conservait une pudeur religieuse pour ses instruments, chacun les irait manier avec des regards curieux; il ne défendrait pas sa *Vénus anatomique* des plaisanteries de ces jeunes sots dont il y a tant parmi les carabins. Quant à ses livres, on les gâcherait si on ne les lui empruntait pas! Un martyre qui variait, enfin!... Après les vibrations inutiles des sens, la profonde irritation des nerfs, ses habitudes le fuyant, ses chères habitudes avec lesquelles il vivait depuis si longtemps. Cette femme, à peine échappée de son enveloppe d'adolescente, se souvenait des branle-bas de garnison qui avaient ballotté son berceau; la fille du hussard reparaissait, la cravache de son père à la main, se vengeant d'une atroce façon, par des inventions de soldat ivre. Il voulait le calme pour essayer d'endormir sa torture; elle, réclamait une fête, des lampes allumées, des petits gâteaux sur toutes les tables et des fleurs à en être asphyxié. Il s'assit à l'écart, se cachant le visage derrière ses doigts tremblants, se répétant qu'elle avait raison, mille fois raison. Lorsqu'un vieux fou comme lui se mêle de roucouler, il est puni et n'a que ce qu'il mérite. Un moment, il écarta les doigts ayant peur de sa venue, mais il n'aperçut que lui-même dans une psyché qu'on avait plantée juste à la place de son bureau. Il eut un tressaut d'horreur, car il voyait là un vieillard. Antoine-Célestin qui à soixante-huit ans portait haut le front, et caressait sa barbe, encore châtain, d'une main ferme, avait depuis un an des mouvements nerveux, répandant quelquefois le vin sur la nappe. Il était complètement dépouillé de ses derniers cheveux, sa lèvre inférieure commençait à pendre, ses joues flottaient, sa barbe blanchissait, et, un peu à gauche, il ressentait des palpitations étouffantes. La décrépitude sénile, la hideuse décrépitude arrivait, le foudroyant au milieu de ses désirs irréalisables. A son cours, il avait de fréquentes distractions que les gens remarquaient bien. On chuchotait, malgré le respect qu'il imposait par sa science et sa situation. Une rage absurde le tenaillait quand il songeait que, sans elle, il serait encore solide. Sans cette fille désespérante, personne n'oserait se moquer de lui. Est-ce qu'il n'allait pas finir par baver aussi comme les gâteux qu'il soignait jadis avec des réflexions moqueuses? Mieux vaudrait mourir tout de suite. Il se leva d'un brusque mouvement de colère, ouvrit un tiroir de sa bibliothèque, le tiroir des choses nuisibles où il serrait les poisons. Là, se trouvaient en des fioles mignonnes, les unes cerclées d'argent, les autres d'un cristal bleu lapis, l'acide prussique, fluide et incolore, le *curare* épais, crémeux, jaune, puant, et des poudres bizarres brunes et blondes, de l'arsenic, des cantharides... Là était la prompte délivrance, une fuite lâche qu'on ignorerait.

Soudain, un bruit d'étoffe de soie, étonnant froufrou pour ce lieu austère, emplit la pièce. Mary descendait des appartements de Tulotte.

—Mon cher oncle, dit-elle de sa voix mordante, je crois que vous êtes en retard.

—Oui, balbutia-t-il, repoussant à demi le tiroir, j'ai oublié de mettre mon habit. Il ne faut pas m'en vouloir, je suis si malheureux, ce soir, Mary! Oh! mon Dieu! s'écria-t-il, saisi de ce frisson sénile qui effrayait son expérience médicale, mon Dieu! quelle robe as-tu donc?

Mary, debout, dans la splendeur de ses dix-huit ans, portait une singulière toilette, sa création des fiançailles.

«Je veux une robe couleur de souffrance,» avait-elle déclaré à la couturière stupéfiée. Cette robe incarnait parfaitement l'idée qu'elle avait eue, la cruelle fille! Sur la jupe de satin vert émeraude, arrachant les yeux, se laçait une cuirasse, mode inconvenante de l'époque, une cuirasse en velours constellé d'un paillon mordoré à multiples reflets ou pourpres ou bleus. Ce corsage était montant et cependant s'ouvrait par une échancrure inattendue entre les deux seins, qu'on s'imaginait plus roses à cause de l'intensité de ce velours vert.

La cuirasse laissait les hanches comme nues, et le long des plis de la jupe, très collante, couraient des branches de feuillage de rosier sans fleurs, criblées de leurs épines. La perverse coquetterie de Mary avait fait explosion avec une assurance frisant la naïveté. Jamais elle ne s'était souciée de ses chiffons avant ce soir-là, et d'un seul effort elle atteignait au sublime.

Ses cheveux tordus derrière la nuque s'ornaient d'une épingle en métal nuancé, pareil aux broderies du corsage. Et la pointe passait, menaçante, tandis qu'un oiseau pourpre, qui semblait traversé, étendait sur la noirceur de ses magnifiques cheveux ses ailes implorantes de pauvre petit tué. La couturière contrariée avait avoué que si c'était original, ce n'était guère de mise pour une jeune fiancée. Mary aimait le vert, il éclairait son teint de brune et donnait à son regard voilé de cils épais un scintillement humide comme les regards de femme en ont au bord de l'eau. Elle n'écouta donc pas les réflexions de celle qu'elle payait pour accomplir des tours de force. Un peu de dentelle blanche atténuait la crudité de l'échancrure près des chairs; encore cette concession devenait-elle un raffinement de plus, en rappelant, dans les hardiesses du costume, la chasteté orgueilleuse de la vierge.

La traîne fuyait, doublée de neigeuses mousselines rendant plus délié le bas de sa personne svelte, s'effilant en un corps d'insecte miroitant et fabuleux. Tout ce vert était, pour les pauvres yeux fatigués du docteur Barbe, comme une décharge électrique.

—Je t'assure, murmura-t-il s'appuyant contre la bibliothèque, cela n'est pas une toilette de jeune fille!

—Oh! je ne suis plus une ingénue, mon cher oncle grâce à vous! riposta la fille du colonel en le tenant cloué sous la dureté subite de ses prunelles.

Il joignit les mains, prévoyant encore une scène odieuse.

—Écoute, Mary, je t'ai proposé mon nom, ma fortune, tout le reste de ma vie, et je te répète que je suis prêt à me faire ton esclave. Oui, j'ai été coupable, j'ai abusé de ton abandon d'enfant, je me sens digne de tes plus cruels reproches, mais aussi j'ai voulu réparer mes torts, et puisque tu as repoussé la réparation, ne continue pas à m'accabler. Louis de Caumont est beaucoup moins riche que je ne le pensais. Ce n'est guère le parti qu'il te faut, si tu dois prendre goût à de semblables toilettes; ce viveur, car il a fait de nombreuses folies, dit-on, ne t'aimera pas comme je t'aime, c'est impossible, vois-tu. As-tu pesé mes raisons? Réfléchis-tu quand je te parle?... Mon enfant, je t'en prie...

Elle haussa les épaules.

—Je ne veux pas épouser mon oncle. Est-ce qu'on épouse son oncle? Quel singulier médecin vous faites! «Remonter le cours des descendances familiales...» rappelez-vous un peu les phrases de vos livres sérieux. A mon tour de vous prier de ne pas m'accabler de vos ridicules déclarations. Devenir la belle-sœur de Tulotte qui a cinquante-cinq ans! Non!... mon oncle, j'épouserai le baron de Caumont parce que ce viveur, sans me plaire, a pour moi l'avantage de ne pas être mon parent, et je brûle du désir de sortir de la famille, vous m'entendez!

En scandant cette dernière phrase, elle avait déployé son éventail en plumes de lophophores, fixant toujours sur lui son regard étrange, inquiétant comme celui d'un oiseau de proie.

Le malheureux était retombé dans son fauteuil, la tête basse.

—Pitié! dit-il d'un ton sourd.

—Allons donc! pitié, s'exclama-t-elle; est-ce qu'on a eu pitié de moi, depuis que je suis au monde? Je ne demandais pas à naître, n'est-ce pas?... Quelle rage a-t-on eue lorsqu'on m'a jetée sur terre? La belle chose que la tendresse de nos parents qui nous font quand nous ne voudrions pas être faits?... Aujourd'hui, tout changera, je vous en préviens; les sciences que vous m'avez si libéralement données tourneront contre vous, le savant!... Et quand vous vous plaindrez, je vous dirai de vous souvenir de certaine soirée... Estimez-vous heureux que je n'aille pas crier vos hontes devant tous ceux qui vous croient respectable. Je me marierai avec le baron, je vivrai ici parce que j'aime cette maison, et que je la dirigerai malgré vous. Il est temps que je descende tout à fait du grenier où j'ai grelotté trois hivers, mon cher oncle. Tulotte m'obéira, et si vous n'êtes pas content, je lui expliquerai des choses, à votre sœur ... des choses qu'elle pourra ressasser tout à son aise entre deux bouteilles de votre vin de Bordeaux!

Célestin Barbe ne remuait plus, son grand corps étendu avait l'air mort.

Elle dirait à Tulotte, cette Tulotte qu'il méprisait jadis pour ses passions abrutissantes du boire et du manger! Et il revoyait, dans une terrible vision, les moindres détails de la soirée néfaste: Mary, assise à ses côtés, tout près de lui, lisant le chef-d'œuvre de Longus qu'il lui semblait ouïr pour la première fois, vêtue d'un peignoir de blanche batiste, sans corset, un peu ouvert et ses cheveux sombres se répandant le long de ses hanches, de ses hanches qui, devenues très dures, tendaient l'étoffe. Avant la lecture il s'était amusé comme un collégien malicieux à démonter pièce à pièce sa Vénus, joyau merveilleux et mécaniquement obscène. Aucune idée de dépravation pendant ce travail que le professeur laissait respectable, mais par hasard elle avait ri, montrant ses petites dents de louve tourmentée des sens, elle avait ri, et lui, fort ému, il avait voilé d'une serge les charmes de cire, songeant aux charmes vivants. Une obsédante pensée lui était venue en l'écoutant raconter la touchante idylle païenne, l'histoire chaste la mieux faite pour fouetter les sens des pauvres vieux, et avait pensé qu'il devait avoir eu tort de négliger les joies contenues en ces délicatesses si vite flétries de la femme. Un moment elle s'arrêta, le regardant du coin de son œil étrange; le livre glissa, il la prit sur ses genoux: alors, c'est là que ses souvenirs s'enveloppaient d'une espèce de folie. Certes, elle irait vierge au bras de l'époux qu'elle se choisirait, mais... Mon Dieu! lui qui aurait voulu créer une nouvelle spécialité de jeune fille, sachant tout et impeccable par cela même qu'elle posséderait l'explication de tous les dangers!

Le docteur Barbe se leva avec un geste de résignation:

—Soit, dit-il, ce que tu veux est juste, je le reconnais, mon amour t'offense et tu as le droit de te révolter. Je vais m'habiller, Mary, je tâcherai de garder ma dignité vis-à-vis d'eux. Quant à Tulotte, j'espère qu'elle ne saura rien.

Il sortit du cabinet en s'accrochant aux meubles, ayant peur d'une faiblesse nouvelle, les paupières battantes conservant entre le blanc des yeux et la peau l'éclair brûlant de sa robe verte.

A minuit, heure très indue pour la vieille maison de la rue Notre-Dame-des-Champs, une trentaine de personnes entouraient le vieux savant dans son salon brillamment illuminé et on discutait avec rage des questions extraordinaires. Il y avait là: Victorien Duchesne, le vivisecteur encore à l'aurore de sa gloire, causant, d'un ton bref comme un coup de cisailles, des nerfs de ses chiens qu'il empêchait de mordre, mais pas de crier à cause de l'humanité; le petit Slocshi, tenant pour la crémation et détaillant l'auto-da-fé de sa belle-mère dans un four bien aménagé, avec double et triple courant d'air rebrûlant la fumée du corps, injectant à travers les chairs des dards de flamme qui le trouaient de part en part; il avait suivi l'opération à travers une lentille et il en avait les cils tout brûlés; seulement, sa femme, la fille de la morte, s'était refusée à la distraction de la lentille. Il s'en étonnait.

Marscot, décrivant son système miraculeux du coup de tam-tam, qui plus tard, si on le laissait expérimenter, arriverait à renverser comme des capucins de cartes des tas de filles nerveuses que d'ailleurs il ne se chargerait jamais de guérir, se contentant des manifestations curieuses de la catalepsie, sans songer à autre chose; filles et chiens étaient là pour servir de vulgaires mannequins à souffrance. Les plus tranquilles, botanistes et chimistes, se montraient réciproquement des articles du *Bulletin de la Société de géologie*, des *Annales des sciences naturelles*, entamaient des récits de l'époque quaternaire, ne s'étant peut-être pas vus depuis une année et réunis à l'occasion solennelle de cette fête, ne se demandant même pas de leurs nouvelles, mais constatant, non sans plaisir, que cette époque quaternaire prenait des phases inattendues grâce à la découverte récente d'un crâne. Il y en avait un, maigre, d'aspect maladif, ayant son plastron mis tout à l'envers, aux manchettes fripées, aux gants dépareillés, qui allait de groupe en groupe, les cheveux droits comme une corne de tarasque, répétant qu'il avait enfin un oursin que personne ne pouvait définir, son *oriolampas*, quoi! Cet oriolampas le mettait hors de lui depuis des mois. Il y rêvait la nuit et le contemplait le jour. Quelques jeunes, très brutaux, s'abordaient en se demandant:

—As-tu vu son ours... hein?

L'oriolampas était la scie favorite et le bonhomme charmé, n'ayant jamais fait un jeu de mots de son existence, se cramponnait à ses jeunes pour leur montrer son oriolampas, d'une petitesse surprenante.

A cinq ou six, d'autres poussaient un patient dans une embrasure pour lui faire sentir la nécessité de la *Société contre l'abus du tabac*, et le patient, pris de colère, déclarait que ça lui était bien égal, il fumait une boîte de cigares par jour, et il se portait admirablement.

M. Munas Chalmier pérorait à voix haute, s'étendant en des phrases de beau causeur, toujours sûr de finir par un mot à sensation, embrassant toutes les connaissances à la fois de son auditoire qui hochait des fronts de mauvaise humeur, parce que plus on sait de choses et plus il devient difficile de les expliquer, de l'avis des anciens. Et l'astronome Flammaraude allait et venait, le pied impatient, la tête renversée, dans une chevelure de comète, lançant des paradoxes, affirmant des histoires folles et pourtant d'une clarté éblouissante, comme baignées par les rayons cherchés là-haut. Ce diable d'homme les entortillait de son accent câlin: pourquoi pas ceci, et pourquoi pas cela?... Aristocrate de la science, lui, quand il avait trouvé une vérité, elle était jolie. Des bourgeois ahuris lui envoyaient des palais d'été, sous pli recommandé, contre un livre à propos de la lune. Savant du merveilleux, plus merveilleux écrivain encore. Surtout, charmant de physionomie.

Autour de la table à thé, derrière un paravent, des vieux complètement finis devisaient à propos de l'inconséquence de certains élèves qui veulent tout avaler, géologie, botanique, anatomie; de leur temps on étudiait plus à froid, et se cantonnant dans le terrain dévonien, affectant de ne pas savoir ce qu'on racontait au delà, ils discutaient, en cassant leur petit cube de sucre en deux pour éviter un excès de douceur, sur des mots effroyables, tout un troupeau de Ganoïdes qui défilait au dessus des tasses japonaises: les Cocosteus, les Ptéraspis, les Céphalaspis avec les flots des déluges partiels, horribles aquariums de monstres. Les élèves, au nombre de trois seulement, choisis parmi les plus intéressants du docteur Barbe, écoutaient sérieusement les professeurs qu'ils n'avaient pas envie d'interrompre.

Félix de Talm riait quelquefois d'un mot, puis se regardait dans la glace du cabinet d'histoire; son habit neuf lui allait bien, il était content. Le second, Maurice Donbaud, débitait, avec une terreur cocasse des farces d'amphithéâtre, au troisième, Paul Richard, un blond, imberbe, timide comme une jeune fille.

—Je te dis que c'est *chic*, l'idée de l'oreille au cocher. Je lui ai fourré ça dans sa poche au moment où elle descendait de voiture, elle a cru que c'étaient des louis, parbleu!

Et Félix de Talm approuvait d'un signe dans une décision féroce de faire des femmes à l'œil pendant que le narrateur anxieux cherchait si on l'écoutait parmi les maîtres...

—Elle est bien étonnante! répondait Paul Richard qui étudiait la robe verte de mademoiselle Mary Barbe.

Celle-ci, accoudée au socle d'une statue égyptienne, droite comme elle, ayant la finesse de ce corps glauque, un problème de deux mille ans, buvait du thé, son vague sourire aux lèvres. Le baron Louis de Caumont, un bel homme, prenant ses premières privautés de fiancé, se penchait dans son cou pour lui dire une fadeur. Louis de Caumont tranchait sur ce monde de gens peu soucieux de la toilette. Il avait une élégance discrète, point de breloques, point de bottes, de petites perles au plastron; le tortil brodé en violet au fond du claque doublé de satin noir, une senteur douce de benjoin et un habit qui le faisait paraître le seul habillé, au milieu des autres.

Ni beau ni laid, il conservait cependant une allure si correcte en faisant des choses insignifiantes qu'il plaisait extrêmement; mais il avait les larmiers très creusés, d'une couleur citrine indiquant un passé rempli d'excès de toutes sortes. Par instants, quand il regardait Mary, ses yeux ternes flambaient de lueurs.

—Nous irons souvent dans ma maison de Fontainebleau, n'est-ce pas? demandait-il.

—L'été, oui; l'hiver nous resterons chez mon oncle, il me promet de nous abandonner son hôtel. J'ai hâte de faire certains changements, vous savez, je transporterai son laboratoire dans les appartements d'en haut. Son cabinet sera mon boudoir.

—Je ne suis malheureusement pas assez riche pour vous proposer d'acheter mieux que vous avez ici, chère petite amie. Hélas! il y a des heures où l'on voudrait être roi!

—Bah! dit soudain la jeune fille, sûre de ce qu'elle avançait, tout ce qu'il a est à sa nièce...

Alors, Louis de Caumont baisa sa main. Il n'en revenait pas: cette fille de dix-huit ans calculait comme une vieille femme tout en demeurant affolante de beauté. Dès leur première entrevue, lorsqu'il était venu pour recommander le fils de son garde-chasse à M. Barbe, elle lui avait paru gauche;

depuis un an elle s'était épanouie en une floraison mystérieuse, et chaque visite chez le savant l'avait rendu plus amoureux. Malgré l'intérêt pécuniaire qu'il avait à ce mariage, il ne pensait qu'à la possession de la belle créature, sa découverte, à lui, l'expert en matières féminines, son oriolampas unique. Ce n'était pas une banale parisienne, mais une petite doctoresse jouant avec les traités de son oncle comme elle aurait joué avec des bracelets. Son éducation lui assurait sa vertu en même temps qu'elle lui promettait des surprises pour le coin du feu. Elle n'avait jamais eu le temps d'aller dans le monde, donc elle était chaste.

—Mary, comprenez-vous que je vous aime? répétait-il.

Elle se tourna sans rougir.

—Vous ne me déplaisez pas, répondit-elle.

—Je suis bien plus âgé que vous, Mary.

—Oh! vous l'êtes beaucoup moins que mon oncle!

—Adorable candeur de petite fille! Est-ce que je dois être un oncle pour vous?...

—Sans doute! murmura-t-elle avec un rictus railleur dont il ne pouvait saisir le sens.

Antoine-Célestin Barbe, venu derrière eux, s'essuyait les tempes, n'écoutant pas un enragé qui voulait lui développer sa théorie sur la cristallisation de l'acide carbonique.

«Mon Dieu! songeait-il, pourvu qu'il ne sache jamais cela!... Car je le trompe, cet homme, après tout, et le médecin sait mieux que le viveur quel genre de confiance il faut accorder à une femme de cette espèce. Elle ne l'aime pas, elle n'aime rien, elle a la cruauté de vouloir en torturer deux au lieu d'un... Aveugle! imbécile qui se croit fort!...»

Et le vainqueur de l'acide carbonique se démenait furieux.

—Mary, dit Célestin chancelant sur ses jambes, va donc t'occuper des gâteaux: on ne mange ni on ne boit, ce soir, et on a besoin, ce me semble, de se reposer!

Ce qu'il n'osait pas s'avouer à lui-même, c'est qu'il était jaloux de les voir causer à voix basse si près de lui.

—Un trésor! bégaya le baron quand elle fut partie, et il lui serra les mains avec effusion.

—Vous ne pensez plus à maigrir? riposta ironiquement le docteur, incrustant ses ongles dans son gilet.

—Est-ce que vous trouvez que ce ventre?... et de Caumont s'examina à la dérobée. Son naissant embonpoint, pour lequel il consultait tous les médecins, le rendait de temps en temps rêveur. Il n'avait encore que l'allure d'un député, mais bientôt il friserait le marchand enrichi dans les denrées coloniales, cela nuirait à son aristocratie parfumée de benjoin.

—Le mariage diminuera ça! dit-il riant d'un air convaincu.

Exaspéré, le savant s'éloigna sous prétexte de gourmander Tulotte.

Celle-ci, pétrifiée par la sobriété de tous ces gens, cherchait fièvreusement un carafon de rhum. Il n'y avait que du thé, des gâteaux, très fins à la vérité, mais aucune liqueur forte.

—Mon cher frère, dit-elle aigrement, je ne pense pas que notre Charles aille les boire à la cuisine? Où sont donc vos fameux digestifs? Le thé, c'est de l'eau chaude, une boisson bonne pour des Chinois... Je voudrais bien trouver quelque fiole plus réconfortante.

—Juliette, répondit le docteur avec un mouvement de colère qu'il ne put réprimer, allez donc vous coucher!

—Hein? me coucher! moi votre ... ta sœur!... quand tu reçois et qu'il n'y a pas d'autre femme pour tenir compagnie à mon élève?

—Allez vous coucher! vous dis-je, et Célestin lui serra le poignet en la poussant vers la porte.

—Oh! c'est dur! s'écria Tulotte à demi suffoquée, n'osant pas faire une scène devant les invités.

Celle-là payait pour Mary. Il passa dans son cabinet et aperçut les trois étudiants qui inventoriaient ses instruments. Il n'y tint plus.

—Messieurs, dit-il prenant son accent de professeur, vous êtes libres ... j'ai besoin d'être seul.

—Qu'est ce qu'il a donc? interrogea Paul Richard, tremblant de tous ses membres..

—Il a que le besoin de ronfler le lancine, parbleu! risqua Félix de Talm, et Maurice Donbaud affirma que ce serait une vraie ganache avant deux ans.

En traversant le salon, Paul Richard mit le pied sur la traîne de la robe de soie verte.

—Grand maladroit, fais donc attention! murmura le baron de Caumont, puis il le présenta à sa fiancée.

—Mademoiselle Mary, permettez-moi de vous nommer ce coupable. C'est un assez mauvais carabin que je protège parce que son père fut jadis mon garde-chasse, du temps où je possédais des bois. Votre oncle en tirera le parti qu'il pourra. Voyons, tiens toi mieux que ça, Paul. As-tu fini de regarder tes pieds? Ce n'est pas la peine quand on les met sur la jupe des dames: Monsieur Paul Richard.

Le jeune homme salua gauchement; une vive rougeur envahissait sa peau de blond, toute tendre encore sur le cou et dans les cheveux taillés en brosse; il avait un œil gris foncé, large ouvert comme par une stupeur perpétuelle, une jolie bouche meublée de dents très saines, le menton d'un homme entêté. Des mains qu'on devinait calleuses malgré le gant blanc, la carrure d'un ouvrier.

—Mademoiselle! excusez-moi, dit-il, comme s'il allait pleurer.

Il aurait préféré recevoir une gifle que d'être présenté à cette femme dont la robe lui faisait peur.

—Mais, Monsieur, il n'y a pas de quoi vous désespérer, dit Mary avec une forte envie de rire.

Elle le trouvait drôle et surtout d'une tournure bête à plaisir. Elle s'éventa pour cacher ses lèvres. Alors, Paul Richard perdit contenance tout à fait; une rougeur plus intense lui grimpa au front, ses narines s'ouvrirent brusquement, un flot de sang inonda le devant de sa chemise et son gilet.

Félix de Talm pouffa, tandis que M. de Caumont lui mettait son mouchoir sous le nez.

—Oh! décidément, s'écria le baron très dégoûté, tu es un rustaud que je renonce à dégrossir, voilà l'émotion qui s'en mêle, et nous en avons pour une heure!

Les médecins de l'assistance apportèrent des flacons d'hyperchlorure de fer; on entama des récits de circonstance; les uns voulaient essayer des remèdes radicaux, les autres disaient que cela lui passerait avec la jeunesse et on bousculait l'étudiant afin de vérifier l'épaisseur de son cartilage nasal. Mary ne riait plus, elle effaçait du bout de son doigt une gouttelette purpurine qui tremblait, pareille à un rubis, sur les broderies de son corsage.

—Je crois que c'est fini, dit le baron, revenant près d'elle; cet imbécile a gagné au jeu de ses hémorragies d'être réformé pour faiblesse de constitution et il est plus solide que la tour Saint-Jacques. Rien ne le guérit. Une infirmité assommante. La première fois qu'il a pénétré dans l'amphithéâtre, la vue des cadavres lui a donné la même secousse. Voulez-vous que nous allions du côté des tasses, chère mignonne? vous êtes émue!

—Non, seulement je suis peinée pour lui.

Et ils se sourirent de nouveau, pensant à sa pauvre figure bouleversée.

La soirée se termina dans une rageuse décomposition de l'albumine, des globules. On se chamaillait en brandissant des mouchoirs tachés de rouge; les botanistes et les géologues étaient partis avec Paul Richard. Leur élément naturel surgissant, les médecins pressaient Célestin Barbe de leur donner un fin mot qu'ils ne trouvaient pas.

Quand Louis de Caumont sortit, Mary lui glissa un adieu mélancolique.

—Je vais me retirer aussi, dit-elle, car leurs conférences me rappellent un abattoir que j'ai vu dans ma petite enfance... Avouez donc, Monsieur Louis, qu'il est triste, l'intérieur que je vous prépare au milieu de tous ces savants sans pudeur.

—Mais vous êtes là, vous, la pudeur même! soupira le galantin, lui baisant les cheveux à la faveur des ombres du corridor.

Mary eut un imperceptible tressaillement d'épaules.

Lorsqu'elle s'endormit, cette nuit-là, mademoiselle Barbe se demanda si elle ne faisait pas une grosse faute en épousant le prétendu que son oncle lui avait choisi. Puis, elle pensa qu'elle ne pouvait guère agir autrement: des murs étaient entre elle et la vie qu'elle brûlait de connaître; pour démolir ces murs il lui fallait un nom de dame, il lui fallait le tortil de baronne, cette machine mince comme un fétu de paille, qu'elle avait examinée durant la fête au fond de ce chapeau d'homme élégant. Ensuite, l'amour était une chose bien sale qui ne la séduirait jamais.

Le lendemain, dans la débandade des tasses japonaises et l'affolement des domestiques, une scène éclata. Mary avait trouvé Tulotte ivre d'alcool, étendue de tout son long sur le velours jaune d'un canapé du salon. Elle la réveilla en lui lançant des pots d'eau.

—Eh bien! quoi? grogna Tulotte, ton oncle n'a pas voulu me donner un digestif ... et j'ai bu ce que j'ai déniché, là, dans un godet en argent.

Le godet, c'était la lampe du samovar.

—Vous voyez, rugit la jeune fille à son oncle qui entrait, la mine soucieuse, votre sœur n'a pas même une ivresse convenable à s'offrir! Elle boit de l'esprit-de-vin pour s'empoisonner. J'entends que vous lui laissiez la clef du cabaret aux liqueurs ... je le veux!

Tulotte, dégrisée, écoutait sa nièce, l'œil larmoyant. Il y avait un rude changement! Voilà qu'on flattait son vice. Déjà il lui semblait que Mary, tout en la malmenant, lui faisait la part plus belle... A présent elle demandait la clef du cabaret.

—Je te remercie, ma petite, grogna-t-elle, tu défends la déshéritée, toi, et c'est un juste retour des choses d'ici-bas. Tiens! oui! pourquoi que monsieur mon frère ferait son Caton?... il se met à festoyer, donc il faut qu'il cesse d'être pingre. Je ne suis pas une gamine, peut-être! je sais me conduire! Ah! du temps de notre Daniel ce n'était pas ça, je dirigeais la barque, les officiers aimaient le rhum, et toute la ribambelle de *fines*. Mais ici c'est le cabinet de la mort. Si on touche à une bouteille, il y a du poison. Et leur thé ... ils me font rire! Sans doute qu'ils ont une rude terreur de se griser, les carabins. Mon frère, tout baisse, jusqu'aux sacrées lampes Carcel, qui n'éclairaient pas plus que des coquilles de noix, hier!

Célestin éleva la voix:

—Ma sœur, dit-il brutalement, tournant le dos à Mary, je vous chasserai si vous continuez à nous couvrir de ridicule. Vous êtes chez moi, dans une maison sérieuse, et je déteste les disputes.

Mary lui saisit le bras qu'il avait levé en signe de menace.

—Moi, fit-elle avec hauteur, je suis chez moi ainsi que vous, et je vous déclare que je ne crois pas l'honnêteté de la maison en péril parce qu'elle boira du cassis au lieu de boire de l'esprit-de-vin.

Elle souligna à dessein le mot *honnêteté*. Célestin

essaya de se révolter contre cette dénomination fatale l'envahissant de plus en plus.

—Non, Mary, non ... calme-toi! Te céder pour une chose qui tue ta tante, je ne le dois pas... Juliette, sors ... je te l'ordonne, suis-je l'aîné?

Tulotte, abrutie, allait sortir, mais Mary la retint.

—Ma foi, dit-elle, riant d'un rire cruel, quand un oncle veut courtiser sa nièce, il commence par chasser les témoins, naturellement. Tulotte vous gêne et vous espérez qu'en lui rendant l'existence impossible, elle vous abandonnera, un beau matin!

Le docteur devint pâle. Ses traits se convulsèrent, il bégaya:

—Mary, je te maudis!...

Tulotte s'affaissa sur un fauteuil, les dévisageant l'un après l'autre.

—Hein! la courtiser? C'est trop fort! Son oncle... mon frère ... un vieux barbon?

—Oui, reprit Mary avec violence, je garde mes défenseurs, moi, j'y tiens! Tulotte, tu resteras et tu auras les clefs de tout. Quand je serai mariée, nous verrons.

Le prestige, la gloire de la famille s'évanouissait. Ah! c'était bien la peine d'avoir mis trente ans à découvrir, parmi des tas de remèdes pour les femmes en couches, le mal d'amour!... Il était propre, leur aîné! Qu'en pensait le hussard, là-bas, sur le champ de bataille? S'amourracher de sa nièce, une petite fille vis-à-vis de lui, un grand-père!... et c'est qu'il ne réclamait pas contre cette énormité crachée à sa face de professeur estimable! Joli, l'honneur d'Antoine-Célestin!... Non! il ne disait rien, il pleurait dans ses mains sautillantes, le gâteux.

—Sacrebleu! s'exclama Tulotte redressée, prenant l'aplomb de jadis, quand elle morigénait son cadet. Qu'est-ce que tu as dans les veines, toi, Monsieur le docteur? On te confie une enfant, tu la fais pourrir au grenier pendant trois ans, puis, sans crier gare, il te la faut toute la journée autour de toi ... et tu lui apprends à lire des livres qui me font rougir malgré mon âge... Tu es digne des tribunaux, mon bonhomme!

Elle se campa devant lui.

—Réponds un peu, Monsieur le docteur, a-t-elle menti?

Il écarta ses mains.

—Je veux encore l'épouser. Elle refuse. Tulotte ... ne me dis pas que je la pervertissais, je l'aimais. Je ne la touche pas, je ne l'embrasse pas ... mais ... elle va trop loin, ma bonne Tulotte, elle me tuera. Quelle honte!

Mary le regardait pleurer. Une indicible satisfaction éclairait sa brune physionomie. Tulotte hochait la tête, grimaçant une moue de dédain.

A partir de cet instant, l'intimité de la famille fut rompue. L'enfer s'ouvrit pour le docteur Barbe; elles s'entendirent au sujet des cruautés à lui faire. Tulotte, lâchée dans toutes les bouteilles de la cave, affichait son vice, disant qu'il lui fallait bien boire pour oublier les scandales de son frère qu'elle n'appelait plus que le *vieux*, tout court. Mary l'excitait, lui laissant rabâcher leur malheur à son aise. Aux repas, dès qu'il ouvrait la bouche, on lui rappelait ses faiblesses par des allusions tellement transparentes qu'elles devenaient odieuses. Durant ses cours à l'École de médecine, il lui arrivait de se tourner d'un air anxieux pour s'assurer si Tulotte n'allait pas entrer ivre et lui reprochant de vouloir violer sa nièce.

Il finit par s'estimer très heureux de déménager du premier étage pour s'installer dans leur ancienne mansarde, très vaste, très nue, solitaire comme le haut d'une église.

Là, du moins, il ne les rencontrait plus avec leurs yeux brillants de haine. Mary renvoya le valet Charles et mit la cuisinière au pas. Un jardinier traça des ronds et des ovales dans le jardin botanique dont on jeta les herbes au fumier.

Le fiancé venait tous les jours apportant des bouquets blancs; alors le docteur descendait, se composant un visage impénétrable, souriant à ses nouvelles mondaines: c'était l'heure de la comédie paternelle.

Mary, entre eux, surveillait les mots et les gestes, déployant une grâce merveilleuse pour l'homme qui la posséderait bientôt.

Célestin, le dos voûté, les doigts tremblants, les écoutait avec un regard humide.

—Est-elle adorable, cette enfant! murmurait le baron éperdument épris, ne pouvant deviner tout ce que l'oncle endurait.

—Une excellente petite femme, balbutiait le vieillard se sentant agoniser, l'aimant toujours d'un amour de pauvre qui mendie. D'ailleurs, elle lui permettait encore de ne pas déménager son cabinet, cela sauvegarderait un dernier lambeau d'honneur.

Humblement, il acquiesçait à tous leurs projets. Ils recevraient, ils iraient dans le monde, on promènerait le tortil, et lui, l'avare dépouillé de son trésor, il resterait transi près de la cheminée en songeant que c'était, selon l'expression de Tulotte, le juste retour des choses d'ici-bas. Maintenant il n'aurait plus le courage de se tuer.

Le mariage eut lieu à Notre-Dame-des-Champs, sans trop de faste. Quelques gommeux de la société du baron, quelques savants du cercle de l'oncle Barbe y assistèrent. On était au printemps, il y avait beaucoup de fleurs naturelles. Le vieillard eut une syncope pendant la cérémonie, des dames le virent tomber roide et crurent que la mariée allait hériter le soir de ses noces. Lui, revenu à la raison, affirma que les fleurs lui faisaient cet effet quand il les sentait de près. On dîna chez lui, un dîner de quarante couverts auquel il se dispensa de prendre part à cause des grosses gerbes de roses ornant la table. Les époux annoncèrent le départ ordinaire pour l'Italie, mais ils gagnèrent tout simplement leur chambre. Le docteur dut passer devant cette chambre pour gagner la sienne, il s'arrêta brusquement secoué de sanglots pitoyables. Oh! c'était un martyre que de savoir qu'elle le méprisait au point de ne pas lui avoir tendu son front d'épousée en ce jour solennel. Pourtant, que demanderait-il de plus? Il lui avait donné, par contrat, la moitié de sa fortune, trois cent mille francs, son hôtel avec la seule charge d'y laisser Tulotte à sa mort et la permission d'agir publiquement à sa guise chez lui. Certes, il se reconnaissait coupable, mais il avait si longtemps expié une seconde d'égarement, qu'il espérait enfin le repos, il se remettrait à ses chères études, il soignerait le protégé du baron pour se distraire, ce paysan qui travaillait comme un forçat pour tâcher de paraître moins ridicule. Ce serait bon de se dévouer encore, mais pour un homme, sans les dangers effroyables que l'on risque auprès de ces femmes décevantes. Oublier? non, mais effacer et se réhabiliter par la fin de sa vie cachée, pénitente.

Adieu toutes les gloires, toutes les brillantes discussions. A quoi tout cela sert-il quand on n'a pas su se défendre d'un désir sensuel? Et ensuite il s'éteindrait tranquille en bénissant le petit enfant qui naîtrait d'elle....

—Monsieur, disait Mary, debout au milieu de leur chambre nuptiale et détachant son voile de tulle, une jeune fille élevée par un militaire, formée par un médecin, en sait plus long qu'une vieille femme; je me dispenserai donc de rougir ou de me sauver, comme doivent le faire, à ma place, les demoiselles de mon âge. J'ai tout lu, tout compris, et mon cher oncle m'a donné des explications par dessus le marché. Physiquement, je suis vierge; moralement, je me crois capable de vous apprendre des choses que vous ignorez peut-être. Trêve de préambules mystiques. Ce que vous voulez, je vous le donnerai tout à l'heure. Auparavant, j'ai des conditions à vous poser.

Le baron Louis de Caumont, qui avait mis un genou en terre, leva le front, stupéfait. Elle parlait d'un ton calme et résolu.

—Mary! dit-il, quel est ce langage? Ne m'aimeriez-vous point?

Elle haussa doucement les épaules.

—Voilà une grande phrase, mon cher ami. Je vous aimerai davantage demain, ce sera mon devoir, mais ne comptez pas sur une passion désordonnée, j'ai l'horreur de l'homme en général, et en particulier vous n'êtes pas mon idéal. Lorsque j'avais dix ans, je m'imaginais qu'un jardinier pieds nus et en chapeau percé serait le mari de mes rêves. Il m'aurait fallu, je crois, un mari amusant comme un petit saltimbanque pour développer en moi les belles folies dont vous m'entreteniez aujourd'hui. Si je vous accepte sans attendre mon bohémien, c'est que je tiens à m'affranchir de la tutelle de mon oncle. Vous êtes ma liberté, je vous prends, les yeux fermés... Vous seriez un voleur, que cela me laisserait indifférente.

—Mary, vous me glacez... Comment deviendriez-vous plus froide qu'en cette minute que j'espérais si délicieuse?

—Attendez, Monsieur, je voulais vous demander une grâce, moi qui raisonne durement parce que les réalités de la vie me sont familières. Je sais ce que je vaux, voilà pourquoi je ne m'attarde point à caqueter avec vous avant le pacte. Louis, je suis décidée à ne pas vous donner d'héritier, et, comme il faut être deux pour ces sortes de décisions...

—Mary, vous êtes ou un monstre ou une petite fille de mauvaise humeur. Cessez cette plaisanterie, elle est cruelle! dit le baron devenu livide, redoutant de deviner des choses atroces.

—Répondez-moi, Louis, car je ne veux ni enlaidir ni souffrir. De plus, *je suis assez*, en étant, et si je pouvais finir le monde avec moi, je le finirais.

En prononçant ces paroles, elle avait reculé jetant le voile derrière elle, splendide, les yeux ardents, le sourire féroce, grandie d'une implacable haine de l'humanité.

Louis, épouvanté, mais cherchant à retrouver son aplomb de viveur mondain, se mit à rire du bout des lèvres.

—Exquise, vraiment, cette chère doctoresse, qui sait tout; est-ce votre saltimbanque ou votre oncle qui vous a appris ce dilemme nuptial? Elle est charmante. Pas d'enfant, Monsieur, sinon je me précipite par la fenêtre.

D'un mouvement brutal, il voulut la saisir, mais elle se dégagea et, lui montrant le lit:

—Ma mère est morte là, Monsieur, en mettant mon frère au monde; moi je ne veux pas mourir de la même manière, et, en supposant que je ne meure pas ... je ne veux pas subir la torture d'un accouchement, ce serait une joie qu'il me semble inutile de fournir à mon bon oncle, le plus habile accoucheur de Paris. Oh! j'ai des théories bizarres, mais il faut vous résigner, Monsieur. Il ne me plaît pas, moi, de faire des êtres qui souffriront un jour ce que j'ai souffert, ce que tout le monde souffre, prétend-on. La maternité que le Créateur enseigne à chaque fille qui se livre à l'époux, moi, j'épuise son immensité de tendresse à cette minute sacrée qui nous laisse encore libre de ne pas procréer, libre de ne pas donner la mort en donnant la vie, libre d'exclure de la fange et du désespoir celui qui n'a rien fait pour y tomber. Je vous dis cyniquement: je ne veux pas être mère, d'abord parce que je ne veux pas souffrir, ensuite parce que je ne veux pas faire souffrir. C'est mon droit aussi bien que le vôtre est de ne pas me comprendre. Je ne connais pas de puissance humaine capable de me faire fléchir; mais si vous abusez de votre titre d'époux, ce que je ne puis empêcher, si, vous ayant loyalement demandé l'abstention, vous vous moquez de mes prières...

Elle s'interrompit pour aller prendre dans un meuble antique un coffret ciselé.

—Tenez, dit-elle en l'ouvrant, il y a là de jolis flacons que mon oncle m'a offerts après m'en avoir raconté les histoires. Asseyez-vous près de moi, je vous ai dit que je vous apprendrais ce que vous ignoriez; je commence, Monsieur: ceci (et elle éleva aux lueurs de leur veilleuse d'albâtre, ronde et pâle, leur lune de miel, un des flacons de cristal teinté de bleu), ceci est la *cocaïne*, la fameuse *cocaïne* qui coûte 10 francs le gramme, introuvable dans le commerce, la *cocaïne* qu'il suffit de respirer une fois pour mourir tout d'un coup, foudroyé, sans un cri, sans un geste. Cela (et elle agita un autre flacon en or bouché avec la cire et cerclé de platine), cela c'est l'*acide osmique*, plus prompt encore, qui vous conserve votre attitude après son effet produit, tellement qu'on peut s'imaginer la rupture d'un anévrisme. Voici le *curare* (et elle ouvrit une boîte d'ivoire où se trouvait une aiguille d'argent très fine sur une crème épaisse), le *curare*, pas détestable au goût, puisqu'on le prend en piqûre. Voici le *cyanure de potassium*, le *bichlorure de mercure* et enfin, la *morphine pure*, le plus violent de tous...

Elle avait vidé le coffret sur ses genoux, les fioles étincelaient comme des joyaux.

Elle eut un rire subitement espiègle en s'apercevant que le baron s'était, éloigné, saisi d'une horrible répulsion.

—Monsieur de Caumont, n'ayez pas peur, je voulais vous avouer mes faiblesses avant d'encourager les vôtres. Ce sont mes poupées, ces jolis poisons-là ... et je désire (elle appuya sur sa phrase) ne pas en avoir de plus curieuses!

Il s'empara de son claque, la salua profondément.

—Madame, murmura-t-il d'une voix étranglée par l'indignation, je ne pensais pas avoir épousé Locuste, je me retire dans la chambre voisine où je crois qu'il y a un lit; ce sera le mien désormais Votre humble serviteur chère Madame!

Et il sortit.

Mary se coucha, riant toujours. Elle trouvait sa retraite digne, mais il avait eu peur, cela se sentait. Elle le tenait à sa merci et sûrement elle n'avait aucune envie de le tuer, ce grand seigneur qui la conduirait au bal. Elle avait le positivisme de l'opérateur qui vient de réussir proprement une désarticulation difficile et qui a développé en même temps une théorie douloureuse aux oreilles du patient, mais pleine de justesse. Pourquoi auraient-ils fait des enfants? De quelle absurde loi cela dépendait-il? Se doit-on à la chose encore latente? Non, et elle voulait chercher d'autres problèmes que celui des larmes d'un nouveau-né! Elle qui avait voulu la mort de son frère, elle ne voudrait pas la vie de petits monstres à son image ou à l'image de cet homme déjà stigmatisé par ses excès de jeunesse.

Élève d'un docteur, elle agissait en docteur. Quant à l'amour, elle persistait à le rêver d'une façon vague avec des gens pieds nus qu'on peut jeter dehors dès qu'ils vous gênent.

9

Dans le cabinet du savant, Paul Richard étudiait penché sur un énorme livre. La croisée était ouverte, une bouffée de vent tiède pénétrait, toute parfumée de rose, jusqu'à ses papiers qu'il feuilletait. Il était seul.

Durant les vacances, lui qui n'avait ni ami ni parent pour l'inviter aux ébats de la campagne, il travaillait avec M. Barbe, flatté intérieurement de ce que le vieillard le tolérait chez sa nièce. Tout le monde, à présent, savait que la baronne était la maîtresse, et s'il avait déplu à Mary, M. Barbe l'aurait prié de se retirer. Peu *carabin* de sa nature, Paul n'aimait guère à courir: quand il quittait l'amphithéâtre, c'était pour rentrer dans la mansarde de l'hôtel, située derrière les chambres des domestiques. Depuis quatre mois il habitait là, entouré de livres, s'absorbant comme un alchimiste. On était vraiment bon pour lui, le baron payait ses inscriptions, M. Barbe lui glissait de petites bourses ou récompenses du professeur à l'élève. Une fois, avec 27 francs, il avait eu une jolie fillette du boulevard Saint-Michel, pas fière, sachant son métier et qui lui avait déclaré qu'il *marquait bien* pour un étudiant campagnard. Avaient-ils assez ri tous les deux de son nom de Richard, alors qu'il se trouvait si pauvre en pleine vie luxueuse, à Paris! Il pensait à la fillette, ce matin-là, mais comme elle était vulgaire!

Mon Dieu, elle valait ses 27 francs, pas un centime de plus. Elle s'était moquée de ses saignements de nez périodiques avec des plaisanteries dégoûtantes, et un jour, au lieu d'aller la retrouver au jardin de Cluny, il l'avait lâchée pour se souvenir d'une robe verte, demeurée au fond de son cerveau, dans un éblouissement de féerie. La fillette, pourtant, représentait une femme possible, tandis que cette robe!... Paul, la tête pesante—il faisait chaud—recula le livre. Soudain, il entendit retentir le timbre de la porte d'en-bas, il n'y avait personne, le docteur reposait et il grognait quand on dérangeait sa sieste. Paul descendit rapidement l'escalier en arrangeant le col de sa chemise.

—Madame la baronne! murmura-t-il effrayé.

C'était elle qu'on croyait à Bade avec son mari et qui revenait au mois d'août, la mine mécontente, dans une avalanche de malles.

—Payez le cocher, dit-elle, lui lançant sa bourse, je n'ai pas le temps.

Elle monta, mais ne trouvant pas son oncle, elle frappa la table de son ombrelle.

—Ah! cela ne va pas se passer ainsi, s'écria-t-elle, il me faut de l'argent, de l'argent tout de suite. Sous prétexte que c'est mon mari, il tient la clef de la bourse quand nous sommes loin, et ici il tremble devant mon oncle. Attendez, baron, je vais vous abandonner à l'amour platonique. Nous verrons si cela vous suffit. D'ailleurs, je suis lasse de cet homme, il est usé, il est bête; je crois, Dieu me damne, qu'il est plus révoltant encore que mon oncle!

Mary était devenue la maîtresse du baron au lieu de devenir sa femme et cela fatalement, un soir, qu'enragé d'amour, quelques semaines après leur singulière nuit de noces, il lui avait juré tout ce qu'elle avait bien voulu lui faire jurer. Peut-être même, le vœu bizarrement impie de l'épouse lui assurait-il la réalisation d'un de ses projets à lui, très secret, dont il ne pouvait pas parler. Le viveur, au hasard, écrivit son testament en détaillant le genre de mort que procuraient les jolis poisons de mademoiselle Mary Barbe, sa femme! Il possédait, outre une cinquantaine de mille francs, débris de ses splendeurs, la *Caillotte*, une maisonnette de Fontainebleau, sous des branches de hêtres; puis, il l'aima sans l'avoir du reste instituée son héritière. Ce fut un délire. Mary, ravissante en ses printemps de neige, réellement vierge, était une coupe pleine du plus grisant breuvage. Elle n'eut avec lui ni les pudeurs des jeunes filles, ni les goûts des prostituées, mais une nonchalance indifférente, tolérant beaucoup, jointe à la beauté d'une statue grecque. Dès qu'il voulait, elle ne voulait plus; sa science tenait toute dans ce refus perpétuel de son être qu'elle abandonnait pourtant à de certaines heures, quand le mari épuisé par des luttes successives se mordait les poings, rageur et impuissant. Alors, comme un camarade un peu railleur, elle avouait que son mépris de l'homme s'accentuait davantage.

Oui, elle avait pensé juste en pensant que l'amour était un sentiment ridicule! Et l'amour qui finit est trop court! A la place des mâles, elle ne se serait pas vantée d'être amoureux, quand une minute venait qui les rejetait vaincus pour une résistance relativement légère.

Sans son oncle, et elle n'expliquait pas tout à fait cette cause, elle aurait ambitionné de demeurer à jamais la vierge glaciale, imprenable.

—Mais tu finiras par m'aimer?... répétait-il ivre de son regard froid qu'elle lui lançait comme une aumône.

—Non ... seulement je n'aimerai personne, je le crois.

—Ah! si tu me trompais, je te tuerais, Mary... Sur mon honneur de gentilhomme, je jure que je te tuerais!

—Bah! vous juriez que vous ne céderiez pas à mes petites volontés. Vous avez eu peur, hein?...

Il la prenait à plein bras, ayant l'idée folle de la briser contre les colonnes de leur lit; elle riait de son rire aigu de faunesse, montrant ses dents d'émail, et il l'embrassait, demandant pardon, suppliant...

—Oui, j'ai eu peur ... ça t'amuse de me sentir lâche! tu es un monstre, je t'aime mieux ainsi ... tu as raison; les femmes ordinaires sont des bêtes, je les déteste; toi, tu es l'idéal de nos passions, la créature qu'on désire d'autant plus qu'elle est dangereuse, tu me ferais tout le mal imaginable que je ne me plaindrais pas.

Il la couvrait de caresses, lui sacrifiant ses dernières forces de beau lion et n'en obtenant que ce regard froid signifiant que rien, pour elle, n'était un plaisir.

Ils allèrent courir les stations balnéaires, au début de l'été, puis ils se fixèrent à Bade parce que brusquement elle avait été prise du désir de jouer. Elle perdit. Il voulut lui faire une observation, déclarant que c'était ridicule cette fantaisie de jouer, lorsqu'il souffrait mille tourments de la sentir à ses côtés scellée comme une tombe. Elle s'emporta, et il brava ses colères, retrouvant ses dignités d'époux devant l'argent perdu. Elle avait déjà dépensé des sommes relativement énormes pour ses toilettes de nouvelle mariée. Elle avait acheté une victoria et un meuble de salon artistique chez le tapissier du *high life*.

—Mary, déclara-t-il, vous dilapidez notre fortune!

—Qu'importe, puisque nous n'aurons pas d'enfants?

Elle le cinglait de cela, brutalement, en plein visage.

—Voyons, Mary, tu oublies trop que je peux me venger!

Le jour où il lui répondit par une menace, elle quitta Bade, le laissant désespéré, croyant qu'elle avait fui avec un croupier quelconque....

Paul Richard, très surpris de ce retour inopiné, l'examinait les yeux fixes. Elle avait ôté son chapeau et se débarrassait de son manteau de voyage.

—Madame, demanda-t-il, voulez-vous que j'appelle votre oncle? il dort.

—Non, je le verrai toujours assez tôt.

Elle s'assit dans le fauteuil voltaire du professeur, et retira ses gants.

—Monsieur le baron se porte bien? fit le jeune homme feuilletant son gros livre pour essayer de lui paraître moins gauche.

—A merveille!

Ils demeurèrent un moment silencieux; les roses du jardin envoyaient des odeurs enivrantes.

—Les malles sont dans la cour, si je les rentrais? ajouta-t-il pris du besoin de lui être utile.

—Je m'en moque! A propos, et vos saignements de nez?

—Ça va mieux, je vous remercie.

—Qu'est-ce que vous étudiez là?

—Madame?

Il n'osait pas lui dire que c'étaient des descriptions de squelettes et il cachait les planches coloriées, mais elle passa derrière lui et, se contentant de lire un titre, elle détailla toute la leçon d'anatomie; avec une sûreté de maître elle nommait sans effort chaque pièce de cet ossuaire, lui rappelant les positions des membres et le nombre de leurs muscles; elle n'hésita point quand elle descendit à certaines parties intimes, décarcassant la pauvre nature telle qu'elle est, beautés et hontes.

Il en frissonnait dans sa chair, se croyant fouillé aussi jusqu'aux moelles.

—Ah! vous êtes une savante, vous, malgré vos robes vertes! s'écria-t-il, dans un élan naïf.

Elle le regarda, souriante.

—Je suis une femme qui s'ennuie, Monsieur Paul, et je crois que c'est de ne plus travailler.

Elle se tenait appuyée contre le dossier de sa

chaise, adorable dans sa robe de pongée havane, une étoffe d'apparence mouillée, dessinant son être aux merveilleuses formes. Un bouquet un peu fané, acheté durant son voyage, se plaquait à sa poitrine; en se penchant, elle avait laissé une mèche de ses cheveux noirs se mêler aux cheveux blonds du jeune homme.

—Monsieur Paul, pourquoi vous appelez-vous Richard? demanda-t-elle, tandis qu'un nouveau sourire entr'ouvrait ses lèvres.

Elle aussi voulait savoir pourquoi on l'appelait Richard. Est-ce que toutes les femmes s'entendaient pour se moquer de lui? Il arrangea les livres et les papiers, indiquant qu'il prendrait congé bientôt afin de lui céder le cabinet où elle était la maîtresse comme partout, dans l'hôtel.

—Voilà, Madame la baronne: je suis un orphelin sans père connu, répondit-il tristement; on appelait ma mère—une paysanne—la Richardière, par ironie, comme on aurait dit la Pauvresse, elle avait une petite laiterie et elle vendait son lait de porte en porte, à Fontainebleau. Lorsque Monsieur votre mari s'est occupé de moi, de Richardière j'ai fait Richard, pour me présenter dans le monde.

—Mon mari s'est occupé de vous? à quelle époque? fit-elle encore, l'examinant de la tête aux pieds.

—J'avais dix ans; je vagabondais dans les rues des villages, montrant des rats blancs que j'avais apprivoisés. Un jour, le curé de Fontainebleau me fit venir chez lui: depuis la mort de ma mère, il me donnait toujours des habits et un peu de monnaie. Le prêtre, ce jour-là, me remit une lettre de recommandation pour un monsieur demeurant à la *Caillotte*, route de Paris. Je trouvai votre mari, il lut la lettre, je crois qu'il n'était pas fort content de ce qu'elle contenait, car il la déchira en petits morceaux. Puis, le lendemain, après un excellent déjeuner, nous partîmes tous les deux pour un collège où il me fit admettre... (Paul s'interrompit brusquement.) Madame, dit-il avec une vivacité boudeuse, je comprends bien ce que vous ne me demandez pas, moi et vous auriez grand tort de suspecter M. le baron. Sur l'honneur, je ne suis pas son fils, il a été généreux simplement; car si j'avais été son fils, quand je pleurais, n'ayant rien à aimer que de méchants camarades qui me rudoyaient, il me l'aurait avoué. Non! M. de Caumont est un loyal gentilhomme, il n'a pas une pareille faute dans son passé, j'en réponds. Madame, songez que ma mère, la laitière, est presque morte de faim ... il ne l'aurait pas laissée mourir. Vous pouvez adorer votre mari, il le mérite, Madame la baronne.

Paul, les yeux humides, le teint rouge, ne pensait pas que ces confidences le mèneraient si loin. Après tout il disait la vérité pour qu'elle ne lui déclarât pas la guerre à cause de la protection du baron. Un homme est libre de faire le bien sans doute! Il passait pour le fils de son garde-chasse justement pour éviter des histoires stupides. Mary fit un mouvement de joie.

—Alors, vous ne croyez pas que mon oncle ait eu un soupçon à votre sujet?

—Non, Madame, je ne le crois pas... Cependant si je vous gêne ... et il fit un pas vers le corridor. Mary le retint par le poignet.

—Grand fou! dit-elle en mettant dans ces mots une intonation remplie d'une soudaine tendresse.

Il s'arrêta. Elle riait.

—Je puis donc adorer mon mari?

—Oh! oui! balbutia-t-il envahi par une atroce angoisse. Oui, adorez-le ... il doit vous aimer tellement, lui!

A cet instant Tulotte entra comme une folle.

—Les malles, devant le perron ... ma nièce!

Elle se jeta au cou de la jeune femme.

—Mais, sacrebleu, on prévient les gens! Moi, j'étais chez la fruitière, là-bas, au coin de la rue. Figure-toi, le vieux sale qui ferme tout depuis votre départ! Tu as bien raison de revenir. Je crève ... il me fera mourir de soif. Et ton mari, où est-il?

—Je l'ai laissé à Bade. Il me refusait de l'argent pour jouer. Tu me connais, n'est-ce pas? J'ai pris le train, me voici!

Tulotte éclata de fureur. Oh! ces hommes! hurla-t-elle brandissant son chapeau avec une indignation tragique.

M. Barbe, réveillé par les appels formidables de Tulotte, descendit, les jambes molles, tout désorienté; elle revenait toute seule: un malheur qui se préparait pour lui. Il l'embrassa sur le front, timide comme un écolier.

—Tu auras de l'argent ici, mon chat, bégaya-t-il, tout ce qu'il te faudra ... mais tu ne me brutaliseras pas, hein?... J'ai offert l'hospitalité au petit Richard, il est si tranquille ... il ... ça ne tire pas à conséquence, il dîne à ma table ... au bout, tu sais ... il ne parle jamais... Je le renverrai d'ailleurs, dès ce soir ... il m'est si dévoué cet enfant, et si respectueux!

Elle fit un signe gracieux d'acquiescement.

—Vous êtes bien libre, mon oncle!

Et elle sortit pour aller se faire préparer un bain à la menthe, son délassement favori. Le dîner fut gai. Mary, quand elle le voulait, savait mettre chacun à son aise; elle ne taquina pas trop le pauvre carabin, probablement elle avait les renseignements qu'elle était venue chercher. Elle cajola son oncle qui finit par sangloter de bonheur sur son assiette, elle offrit à Tulotte une bouteille de crème des Barbades qu'elle lui rapportait exprès pour ses petites soifs solitaires, et elle leur déclara que son mari, malgré leurs cinq mois de ménage, lui plaisait encore, mais qu'elle ne tolérerait pas qu'ayant de son côté la fortune, il serrât les cordons de leur bourse.

Paul Richard pétrissait la mie de son pain, songeant que cette femme devait fièrement aimer le baron de Caumont, puisque sur une idée de jalousie rétrospective, elle était arrivée à lui poser des questions redoutables. Lui, il ne se payait pas de ses airs de dégoût. Toutes les filles de dix-neuf ans font leurs dégoûtées et elles sont amoureuses de l'époux comme des chattes. Il s'agissait d'une querelle d'oreiller, il sentait cela, et la baronne ne l'aveuglerait pas aussi facilement qu'elle aveuglait ses parents un peu gâteux.

—Monsieur Paul, dit Mary après le dessert en passant son bras familièrement sous le sien, si nous allions au jardin? On étouffe ici.

Ils descendirent au jardin, lui, retenant à grande peine son hémorragie qui regrimpait au cerveau, elle, d'allures indifférentes, arrachant les roses par-ci par-là, se baissant pour contempler un caillou.

L'honneur était si grand que l'étudiant enrageait de ne pas être mieux habillé; il avait dû aider le professeur dans une analyse chimique, et il était couvert de taches.

—Madame, demanda-t-il très anxieux, je voudrais bien me changer; je suis fait comme un voleur. Nous autres élèves, nous ne restons jamais propres, voyez-vous!...

—Vous êtes un cérémonieux, Monsieur Richard. Je vous trouve superbe, moi!

—Oh! Madame... Il n'osa pas ajouter un mot, car très décidément son infirmité du diable lui revenait, il avait des picotements précurseurs au fond du nez, à l'endroit où s'attache à l'os frontal la plus importante des lignes du profil.

«Je suis perdu. Ce qu'elle va rire!» se dit-il désolé.

—Le beau soir! murmura-t-elle pesant davantage sur son bras.

—Oui, Madame!

Il eut l'idée de pencher la tête en arrière, le sang retomba dans sa bouche, et, courageusement, il se mit à l'avaler, ne pouvant plus le dissimuler d'une autre façon.

—Ce n'est pas la peine, continua la jeune baronne, d'aller loin pour découvrir des fleurs, la fraîcheur, la tranquillité. Ici j'ai des roses magnifiques, une pièce d'eau presque limpide; on n'entend même plus de voitures. Un coin de province, la rue, et un paradis, le jardin. Mon mari a tort de se moquer de notre vieille maison. Qu'en pensez-vous, Monsieur Paul?

Paul ne répondait rien; il étouffait. Une expression douce erra sur la bouche cruelle de la belle créature, elle tira de son corsage un flacon et le déboucha.

—Allons! pas tant d'émotion, mon pauvre ami, murmura-t-elle, respirez-moi ceci, ne vous étranglez pas.

Il tomba au milieu du banc vers lequel ils s'étaient approchés.

—Madame, que vous êtes bonne ... et comme je dois vous paraître bête!

—Mais non, mon cher enfant.

Elle l'appelait *son cher enfant*, elle qui avait deux ans de moins que lui. Il lui sembla que le ciel de ce Paris maudit s'ouvrait, faisant pleuvoir des roses pourpres.

—Ah! Madame la baronne! je ne suis pas son fils, vous savez!

Il était poursuivi de cette affreuse idée qu'elle aurait pu le haïr si vraiment il avait été le fils de son mari...

—J'en suis sûre, Paul Richard... Est-ce que je serais là, en croyant le contraire?

—Et moi, s'écria le jeune homme entre les gorgées de sang qu'il crachait dans son mouchoir, est-ce que j'oserais vous trouver belle si je ne pouvais pas vous le dire, à vous, la femme de mon bienfaiteur?

Tout d'un coup il pâlit, le sang reflua violemment à son cœur.

—Mon Dieu, dit-il, ivre de ce parfum d'amour qu'elle épandait autour d'elle, je deviens fou!

—Et vous êtes guéri? ajouta-t-elle avec une caresse le long de son épaule.

—C'est vrai!

Ils restèrent immobiles l'un devant l'autre, saisis de la même émotion. Pour la première fois Mary s'attendrissait à propos de la misère d'un homme. Lui, la dévorait de son regard large, curieux comme un regard d'enfant et hardi comme toutes les passions. Oh! ce peignoir de dentelles si mal attaché qu'on l'aurait crue roulée nue dans des écheveaux de fils fins, s'écartant sur la gorge pour lui donner un éclair de sa peau vernie d'or! Ce peignoir s'entortillant à ses membres pour lui jeter l'impérieux désir de la détortiller, de les trouver un à un comme de petits oiseaux dans un nid. Oh! oui, elle avait l'air d'une tourterelle blanche, et c'eût été si facile de lui arracher ses plumes pour essayer de voir dessous!

Elle embaumait la chair toute jeune, toute saine, toute chaude! Elle tenait du gâteau, des petites colombes, aussi des petits chats avec ses yeux phosphorescents dans l'ombre du bosquet.

Il joignit les mains, ayant peur d'y toucher et de lécher son doigt ensuite.

—Madame, soupira-t-il, vous vous moquez de moi, je comprends! Vous êtes trop polie pour me chasser de chez votre oncle, et alors, en me poussant à dire une grosse bêtise...

Il s'interrompit, faisant un geste de colère.

—Non!... je ne dirai rien du tout! Vous ne saurez rien! Le jour de votre mariage j'ai pleuré là-haut, dans ma chambre et puis je me suis déclaré que je me casserais la tête dès que je sentirais que je souffrirais trop. Le mal vient de la soirée des fiançailles, je vous assure! Et moi je ne m'en doutais pas quand je pleurais... Imbécile que j'étais!

Est-ce que ça s'arrache, ces épines-là, et vous en aviez tant sur votre robe verte! Aujourd'hui, quand vous êtes entrée, j'ai eu l'explication ... parce que le petit bouquet de votre corsage a glissé dans mon livre. Je l'ai pris, vous étiez partie sans le ramasser, j'avais le droit ... et je l'ai mangé de caresses. Regardez-le! aurez-vous la méchanceté de me le refuser?

Il le lui montra écrasé sous sa veste de coutil.

—Paul! dit-elle avec un rire malicieux, je croyais que vous ne vouliez rien dire?

—Faut-il que je m'en aille? demanda-t-il. Et une larme brûlante coula de son œil assombri.

—Non!... qui vous a dit de partir?

—Madame, vous me tuez!

Il était secoué par des frissons de fièvre. Elle l'excusait, elle, la femme du bienfaiteur, la femme de celui qui, généreux comme un père, l'avait sorti du ruisseau pour en faire un étudiant en médecine, plus tard un homme honorable reçu chez les gens riches et gagnant sa vie! Peut-être bien qu'il eût mieux valu pour lui ne jamais savoir certaines choses, par exemple que les filles à 27 francs la nuit ne suffisent pas au cœur de qui a faim d'amour véritable. Mais comme il se voyait odieux en présence de sa femme!

—Vous me tuez! répéta-t-il en se raidissant contre la folle tentation qu'il avait de lui baiser les bras.

Elle éclata de rire. En vérité, il lui rappelait le petit Siroco de Vienne, l'enfant trouvé au bord du Rhône, dans un tourbillon de vent.

L'odeur des roses ajoutait une illusion de plus,

elle redevenait la fillette frêle et câline qu'on berçait encore pour l'endormir.

—Paul, vous êtes amoureux: on n'en meurt pas!

Il bondit, debout, ébloui de ses audacieuses coquetteries.

—Madame, c'est un crime de vous aimer, puisque votre mari me donne du pain! Madame...

—Eh! tais-toi donc, Paul, répondit-elle en glissant autour de ses robustes épaules ses bras nerveux, félinement tordus, tu vas faire accourir Tulotte. D'abord, je n'aime pas mon mari, je ne l'ai jamais aimé, il m'a offensée à Bade en me traitant de *courtisane*. Oui! cet homme a osé, parce que je lui réclamais de l'argent qui est le mien! Je ne lui pardonnerai pas, je ne pardonne pas, moi. Je me suis souvenu de tes yeux, je savais que tu m'aimais, car tu es devenu amoureux le soir de la robe verte, hein?... Je suis arrivée pour te voir ... je ne veux pas te chasser ... tu es si drôle avec ton beau sang toujours prêt à jaillir et qui est d'un si beau rouge!

—Vous m'aimeriez, vous? demanda-t-il d'un ton rauque, et je peux espérer?...

Elle lui ferma la bouche.

—Tu te trompes, il ne faut rien espérer du tout.

Il ne comprenait plus. Il voulut réagir bravement, comme un honnête garçon qui doit lutter pour l'honneur d'un bienfaiteur.

—Écoutez, Mary, ce sont les roses, la fatigue du voyage... Moi, je suis un pauvre ignorant des grandes dames et je n'ai pas bien parlé... Nous oublierons cela!... Vous êtes en colère, votre mari vous a brutalisée, vous cherchez une vengeance ... je devine, il vous aura fait une scène pour le jeu!... Mon Dieu! que je souffre!... Mais ... je me rappelle ce qu'il a eu de bonté vis-à-vis de moi, un abandonné... Je ne peux pas aimer sa femme, je serais la pire des canailles. Ah! c'est impossible! je vous aime ... je t'aime... Ah! que tu es belle!

Et, oubliant ce qu'il avait eu l'idée généreuse de lui dire, il la pressa sur sa poitrine, haletant, couvrant ses cheveux de baisers éperdus.

—Laisse-moi, fit-elle riant toujours, nous sommes des enfants, et les hommes auraient le droit de nous gronder, s'ils nous surprenaient... Adieu ... je me sauve..

Elle s'enfuit à travers le jardin sans se retourner. Lui, les bras encore tendus, chancelait, ivre d'une volupté irritante.

—Sa femme! balbutiait-il, c'est sa femme, il m'a tiré de la misère et moi je l'aime, je la veux.

Cette nuit-là, Madame de Caumont reposa heureuse dans toute l'acception du mot sur ce lit monstrueux où se lisait la devise: *Aimer, c'est souffrir*. Elle aimait sans souffrir, car on souffrait pour elle. Durant son paisible sommeil de pécheresse, Paul Richard se roulait sur le parquet de sa mansarde en proie à une épouvantable crise de nerfs. Il avait espéré qu'elle lui ferait un signe, qu'elle lui dirait: *je t'attends*, et il était demeuré une heure à genoux, caché dans les portières de son seuil, mais elle n'avait pas bougé, la cruelle, qui savait même si elle ne l'avait pas déjà oublié après avoir bien ri de ses saignements de nez ridicules, devant la glace qui lui renvoyait le reflet de sa suprême beauté?

Trois jours s'écoulèrent. Paul travaillait avec M. Barbe, n'osant plus paraître à table. Il sanglotait la nuit, tremblait en écoutant des pas de femme de chambre, puis il se jurait que l'honneur l'empêcherait de la prendre si elle venait s'offrir. Le matin d'un dimanche il trouva un petit billet très laconique dans un de ses livres d'études, sur les pages marquées.

«Venez au jardin du Luxembourg, fontaine Médicis, deux heures.»

Il y alla à une heure, et connut, durant son attente, tous les tourments de l'honnête garçon qui va sombrer. Que lui dirait-il, là, devant ces promeneurs indifférents? comment lui crierait-il: «Je vous aime et je ne vous veux pas!»

Elle vint enfin de son allure froide, impérieuse.

—Monsieur Richard! lui dit-elle en souriant, mon mari doit revenir ce soir et j'ai tenu à causer encore avec vous.

—Madame, répondit-il en la saluant d'un air gauche, je suis bien heureux de vous rencontrer!

Quelques minutes avant, il s'était promis de la fuir sans l'écouter.

—Paul, allez me chercher une voiture fermée, nous irons n'importe où.

—Oui, Madame.

Ils montèrent dans un fiacre, tous les deux examinant les environs, puis Paul murmura à l'oreille du cocher:

—Au Bois!

Ainsi cela se réaliserait fatalement comme la plus banale intrigue.

Ils avaient été au Bois du même train, lui et la fillette de 27 francs! Son cœur se serrait. La baronne de Caumont s'installa dans le fond, relevant sa voilette et ôtant ses gants.

—Mon ami, dit-elle l'enveloppant de son regard tout limpide comme une eau tranquille, moi, je vous aime, c'est décidé. J'ai bien réfléchi et j'ai constaté que vous étiez mon premier, mon seul amour. Avez-vous eu beaucoup de maîtresses?

—Mon Dieu! balbutia-t-il, je crois que vous me mentez; c'est plus fort que moi! Est-ce que vous expliqueriez cela de ce ton si vous m'aimiez?

Elle eut un rire muet, puis passa son bras autour de ses épaules.

Paul tressaillit.

—Oh! Mary, je souffre horriblement. Non, je n'ai pas eu de maîtresse; qui songe à se donner à moi? Personne! et je suis pauvre. L'étudiant Richard est un petit joujou qu'il vous faut, n'est-ce pas? C'est drôle pour une mariée de six mois de tromper son mari. Alors, vous le trompez? Un homme d'honneur de moins! Qui le saura? Vous apprendrez ce rôle avec celui-ci pour le jouer avec celui-là. Et vous oublierez le cœur jeune que vous aurez brisé!... Mary, tu es belle, tu es infâme, oui, je t'aime, oui, j'en mourrai!

Mary l'embrassait sur le cou, tout doucement.

—Vous vous moquerez, après une minute d'amour, de mon amour que vous trouverez bête, et je pleurerai toute ma vie... J'étais malheureux hier, demain je n'oserai plus rien demander et mon malheur augmentera... Vous sentez si bon, Mary!

Il laissa tomber sa tête dans son sein, se cachant sous les dentelles d'une écharpe brodée de jais. Une voluptueuse douleur le tenaillait en lui faisant peu à peu oublier son crime.

—Paul, dit-elle, qui vous a permis de croire que je me donnerais?

Il pensa qu'elle plaisantait,

—Mais tu viens de faire un aveu, Mary!

—Je t'aime ... et voilà tout!

—Que tu es folle! Merci! chère femme de mon cœur, de me rendre lâche et de me rendre vil. Je n'ai jamais mieux compris la joie de s'enivrer. Quand on se réveille, on se tue ... à mon tour d'ajouter: et voilà tout!

Il voulut embrasser sa bouche, elle recula.

—Paul, j'ai besoin d'un être de mon âge pour lui causer, lui sourire, me blottir dans ses bras... Nous n'irons pas plus loin; veux tu?... Une idée que j'ai parce que mon mari est un maître et que je n'aime pas les gens sérieux. Nous ferons une école buissonnière de notre tendresse. Tu me diras tes peines, je te dirai mes joies. Nous nous presserons les mains nos têtes à côté l'une de l'autre. Je rêve de l'amour très impossible fait de mystères enfantins et que l'on n'ose pas mettre en action. Paul, je t'aime comme t'aimerait une petite sœur libertine!

—Moi je t'aime comme un amant qui te désire! rugit-il tout d'un coup en la broyant dans une étreinte insensée, car décidément elle se moquait de lui.

Mary se dégagea.

—Paul, dit-elle, me prenez-vous pour une fille du quartier latin?

Il éclata en sanglots. Mais qu'est-ce qu'elle voulait donc? Puisqu'elle se donnait comme une fille, fallait-il la respecter au risque d'être traité de sot?

—Madame, bégaya-t-il, vous m'avez demandé si votre mari était mon père; auriez-vous encore un doute?

—Non, répondit-elle avec un énigmatique sourire, je n'ai plus aucun doute à ce sujet, mon cher enfant.

Cette expression: *mon enfant*, exaspérait le pauvre étudiant. Et elle prononçait cette mauvaise parole si délicieusement que, malgré lui, il se sentait tout entier son bien.

—Mary, ajouta-t-il en s'essuyant les yeux et se mettant à genoux, amusez-vous de moi, je jure de ne pas me plaindre.

Elle lui saisit la tête à deux mains pour lui effleurer les lèvres et ils demeurèrent une grande heure ainsi étreints, ne parlant plus, ne s'inquiétant guère du chemin qu'ils faisaient; lui, se tordant sous les caresses perfides; elle, jouissant du spectacle de l'homme, enchaîné par sa science du baiser. Un moment elle eut un frisson de femme vaincue, ce fut une hésitation si courte qu'il ne s'en aperçut pas.

—Mary, disait-il à son oreille, dans combien de temps?

—Oh! répliqua-t-elle, peut-être tout de suite, peut-être jamais ... je veux savoir de quelle force mon corps dispose vis-à-vis de toi!

—Mon Dieu! à quoi bon? Soyons coupables sans tant de préméditation! Crois-tu réserver quelque chose à ton mari en me plongeant dans cet enfer de voluptés décevantes! Qui es-tu, méchante femme?

—Je suis le véritable amour, celui qui ne veut pas finir!

Et elle passait sur sa bouche ardente l'extrémité de ses ongles rosés, jouant le long de cette chair vive comme sur un clavier, montant et descendant la gamme du plaisir sans aboutir à l'accord.

«Je crois que je vais mourir!» songeait le jeune homme en essayant de fuir la délicate torture; mais elle rapprochait sa tête de son corsage un peu ouvert d'où sortait un parfum bizarre de fleurs chauffées, un parfum de résédas.

Paul sauta hors de la voiture quand ils furent arrivés au plus profond des taillis.

—Je préfère marcher, dit-il, aspirant l'air et chancelant comme un blessé. Tu n'as pas pitié de mes vingt ans, toi, tu ne sais pas que j'étouffe. Faut-il t'aimer pour ne pas avoir l'envie d'abuser de mes droits? Et tu me répètes, je t'aime? Est-ce possible, Mary?

Elle se promena à côté de lui toute joyeuse, en écolière, le tenant par un doigt et balançant leurs bras. Elle lui confiait ses projets pour l'hiver. Elle laisserait son mari libre d'aller au Cercle ou dans le monde, et eux ils iraient courir des coins de ce Paris qu'elle voulait connaître, du Paris des étudiants et des filles. Ce serait bien drôle, ce ménage d'amoureux innocents.

—Ton mari te possède! répondait Paul frémissant d'un désespoir qui le rendait presque imbécile; moi, je n'ai rien eu, je n'aurai jamais rien, cruelle!

—Je ne l'aime pas, mon mari! s'écriait-elle dans un élan de sincérité fougueuse, et elle se suspendait à son épaule, le regardant en face, la bouche tout près de la sienne; puis, quand il se penchait, elle s'éloignait armée de ce rire à la fois doux et effrayant des sirènes qui se refusent. Devant un ruisseau il dut s'arrêter pour se baigner le visage, le sang lui étant revenu aux narines. Elle demeura debout derrière lui, délayant du bout de son ombrelle dans l'eau verte le flot rouge qu'elle avait appelé de toutes ses caresses menteuses.

—Tu es bien avancée, maintenant! fit-il honteux, montrant son mouchoir complètement pourpre.

—Oui, j'ai un bonheur à le voir couler, je t'assure. Peut-être je t'aime à cause de cela! murmura-t-elle tandis que cet homme pâli, exténué, s'étendait à ses pieds, n'ayant même plus de désir.

Ils rentrèrent rue Notre-Dame-des-Champs vers l'heure du dîner. Paul prétexta une migraine et monta se coucher. En réalité, il était malade, son amour avait fourni une trop longue carrière, il s'abattait fourbu, esclave.

«Elle me tue, mais si je veux mourir, moi!» se disait-il, le front dans le traversin, semblant défier ses propres révoltes d'orgueil.

Le baron de Caumont arriva quand on sortait de table. Il se débarrassa de toutes les questions en affirmant qu'il avait conseillé la fugue de sa femme.

—Elle perdait au jeu, ma foi, mon oncle, j'ai dit à la petite enragée de rompre la veine, de se sauver!

Dès que la porte de leur chambre fut refermée sur eux, il la saisit à bras le corps.

—Écoute, gronda-t-il, j'ai failli me brûler la cervelle. J'ai cru que tu avais déjà un amant et j'ai cherché partout ton complice. On m'a donné une fausse piste là-bas: une jeune dame avec un officier qui paraissaient se cacher dans tous les hôtels des environs de Bade... Voilà pourquoi je n'osais plus écrire ici. Tu es calme, mais avoue que tu ne m'aimes guère, toi, ma femme chérie, ma petite maîtresse intrépide!

Et le viveur, près de pleurer, l'asseyait sur ses genoux, couvrant de baisers fiévreux ses cheveux noirs qu'elle dénouait avec une froide tranquillité.

—Je ne vous ai jamais aimé, Monsieur! répondit-elle en se levant.

—Oh! je sais! tu dis toujours des choses pareilles ... qui aimeras-tu alors?

—Personne, Monsieur!

—Tiens! couchons-nous ... tais-toi! je m'y habituerai peut-être. D'ailleurs, je suis le seul, je suis ton mari... *je t'ai!*

—Qu'importe, Monsieur, si mon cœur est loin de mon corps? Rappelez-vous que vous m'avez appelée *courtisane*. Je ne vous pardonnerai jamais.

—Et quelle sera ma punition?

Pour toute réponse elle se dirigea vers le lit, se déshabilla et se coucha, lui tournant le dos, parfaitement inerte.

—Mary, moi qui reviens humble comme un pénitent, je te supplie, mon ange, est-ce que je n'avais pas raison de craindre tes vengeances, dis?... Tu es si volontaire, si horrible dans tes représailles de femme expérimentée! Mary, regarde, je me traîne au chevet de ton lit et il est aussi le mien, pourtant.

Il joignait les mains, elle éclata d'un rire clair.

—Monsieur, vous êtes grotesque, ne vous donnez plus la peine de jouer ce rôle de jeune; vous prenez du ventre, baron, vous êtes ridicule.

Elle le comparait au bel enfant blond, sa conquête de la journée.

—Encore, dit-elle d'un ton plus railleur, si vous pouviez être votre fils!

Louis de Caumont se dressa, le sourcil froncé.

—Vous me feriez regretter l'aveu du testament! murmura-t-il.

A partir de ce retour, Mary redoubla ses rigueurs et ses caprices. Entre son oncle tout chevrotant et son mari tout aveugle, elle agaçait de ses signes d'intelligence l'étudiant qui, la mine sombre, tâchait de se dissimuler au bas bout de la table. Elle ne voulait pas aller à la *Caillotte* et leur disait qu'elle était reprise d'une folie scientifique. De fait, elle restait des jours sur un livre barbare, expliquant en camarade des choses absolument monotones, et dès que le professeur leur laissait une seconde de liberté, ils se rapprochaient, au-dessus des analyses chimiques pour se tendre leurs lèvres.

—Tu es bonne quand même! soupirait Paul Richard alangui par son regard magnétique.

—C'est si charmant de le tromper sans te permettre d'aller plus loin!

Elle savourait ces voluptés comme les chattes savourent le lait, la paupière mi-close et la griffe en arrêt, heureuse mais n'attendant qu'un prétexte pour lancer l'égratignure. Lui songeait souvent qu'elle finirait par user sa cruauté à ces jeux-là. Il espérait une faiblesse, un cri, une larme de pitié, alors il se saoûlerait de la victoire pour oublier remords et martyre. Oh! il l'aimerait tant en une seule nuit d'abandon qu'elle comprendrait enfin que le plaisir c'est d'être doucement naïf, non de torturer une pauvre chair innocente.

—Richard, lui dit une fois le docteur Barbe, vous êtes pâle depuis un mois, je vous trouve l'aspect fiévreux, les pupilles dilatées. Vous travaillez trop, mon garçon.

Et, ce disant, le professeur offrit une petite enveloppe blanche à son élève, elle contenait cinquante francs. Paul hocha la tête:

—Merci, cher maître; seulement je n'ai pas besoin de courir le guilledou, je vous assure, je suis triste, ça se passera!

—Hum! vous mentez, Paul, et j'avertirai le baron. Mon neveu s'intéresse toujours à vous, il aura peut-être la chance de vous tirer des confidences.

—Je ne crois pas! riposta le jeune homme avec un geste de colère.

Paul devenait follement jaloux. Le mari de Madame de Caumont n'était plus pour lui le bienfaiteur, c'était le mari, le monstre, l'homme heureux, celui qui s'endormait dans ses bras quand il sanglotait sous les combles, lui relégué comme un domestique dont on ne peut pas vouloir, par dignité. Il s'imaginait qu'il était heureux.

De son côté, le baron rudoyait cet étudiant inutile, plus beau que lui, surtout très jeune, plein de sève. Sans être jaloux, il se croyait le devoir de le morigéner à propos de ses manières gauches. Durant les repas, il glissait d'un accent hautain des remarques de grand-père qui a fait la noce, mais qui n'admet pas les expressions vulgaires. On ne pouvait pas prononcer: *grue, carabin, le boul-Mich, le singe, le macchabée*, dans les salons où Paul n'irait jamais, bien entendu. On s'habillait de telle façon, il fallait marcher de telle manière. Un médecin qui n'a pas de chic ne peut pas compter sur une clientèle choisie, il ne réussit pas. Jean aurait dû se faire garçon d'amphithéâtre, une destinée plus appropriée à sa tournure.

—Tu es un animal, ajoutait-il pour terminer ses harangues de monsieur à bonnes fortunes et authentiquement blasonné.

Une haine sourde s'emparait de ces deux hommes dont l'un profitait de toutes les occasions pour mettre en relief l'infériorité de l'autre. Mary les examinait à la dérobée, marquant les coups. A la fin des vacances, le baron lui déclara qu'il n'était pas fâché de le voir retourner à l'École de médecine au lieu de le garder à fainéanter dans le cabinet du docteur. Elle eut un sourire mystérieux. Le lendemain elle se rendait à la sortie de l'École, montait en voiture avec Paul et dînait au restaurant.

—Quelle raison donneras-tu?... demanda le jeune homme anxieux, s'il va savoir que nous avons été en cabinet particulier?

—Je lui dirai que je t'ai rencontré au moment de ton retour, et que je t'ai proposé de faire une partie fine, c'est tout simple!

—Tu es folle! Mary, il va te tuer sur place! Comment, tu lui diras la vérité?

Elle tint parole. Le baron, abasourdi, la voyant rire aux éclats, ne trouvait aucune réponse.

—Hein!... avec lui ... en cabinet ... chez Foyot?

—Oui! et qu'est-ce que cela vous fait? Avez-vous peur que je m'éprenne de lui, par hasard?

—Vous ... je pense que vous n'oseriez pas, mais

lui qui ne sait rien, lui, ce petit manant! Mary, je vous défends de sortir avec lui!

—Je ne vous trompe pas, mon cher époux, de quoi vous plaignez-vous, mon seigneur et maître?

Elle continuait à rire, faisant claquer ce rire comme un fouet.

Le baron se sentant pour toujours débordé, ayant cédé lâchement en une minute de rage amoureuse, perdait auprès de cette femme singulière tout son ascendant de personnage très au courant de la vie. Il eut alors la seule volonté bien nette de jouir de son reste avec ses rentes. Au début de l'hiver ils firent des visites et en reçurent beaucoup. Dans le bruit des conversations banales, ce mari à la mer tâchait d'oublier ses défaites d'alcôve. Il lui désignait ses anciennes conquêtes, au fond en ayant encore peur, mais la méprisant assez pour la traiter comme les filles que rien ne peut effaroucher. Il lui cita la comtesse de Liol, et lui apprit de quel talent secret cette créature, fort respectée de son monde, disposait en faveur de ses amants. Puis il lui nomma plusieurs jeunes femmes nouvellement mariées qu'il avait eues avant leur mariage. Sans être ni mieux ni plus habile qu'un autre, il possédait ses tablettes de Lauzun. Toutes les *anciennes* vinrent à l'hôtel de la rue Notre-Dame-des-Champs. Au mois de décembre ils donnèrent un bal où elles se trouvèrent toutes mêlées aux figures d'un quadrille, et Mary leur adressait ses plus sympathiques saluts, car elle se savait uniquement aimée par un amant qu'elle prendrait quand elle voudrait et qui la vengerait de ce mari éteint.

Le baron sortait souvent en garçon, il éprouvait

maintenant le besoin de renouer les relations interrompues et d'user du moyen suprême de l'indifférence. Cet orage de passion pour sa femme légitime lui semblait bête, il n'y a que les époux amoureux que l'on trompe, et quand il serait rentré en lui-même, elle lui reviendrait un soir plus abordable, plus soumise. Il fréquenta son Cercle, passa des nuits blanches, offrit un souper à des actrices, fuma, de cinq à six, son cigare sur le boulevard des Italiens.

—Ton mari se dérange! déclara M. Barbe, une fois, tandis que Tulotte larmoyait pour complaire à sa nièce, et prévoyant déjà des réconciliations arrosables de toutes les manières.

—Je ne l'aime plus! répondit Mary avec une insouciance glaciale.

Le vieux docteur frissonna.

—Tu sais, dit-il, voulant éloigner toute explication dangereuse, que ce pauvre petit Richard est malade. Je l'ai forcé hier à se mettre au lit. Le baron voulait l'envoyer à l'hôpital, moi j'ai refusé. C'est un si bon enfant!

Mary rougit subitement.

—Je vais aller le voir, mon oncle, les soirées et le théâtre me font négliger mon camarade, je suis impardonnable!

Elle jeta sa serviette sur la table, et, sans attendre son oncle qui avait l'idée de la suivre, elle monta d'un pas pressé l'escalier de service. Paul était couché dans un lit de fer, étroit, mal garni. Une tasse de tisane fumait, à côté de son chevet, pour qu'il pût la saisir sans le secours des gens de son bienfaiteur. Il était là par charité; un mot de M. de

Caumont, et on l'expulsait, il n'avait pas le droit de se plaindre. Les études s'arrêtant, il restait là sans un prétexte honnête, ce n'était pas comme l'*autre*, le mari, qui, lui, légitimement lié à une famille riche, pouvait se faire servir par leurs propres serviteurs et profiter d'un bien être que son titre de baron payait en satisfactions illusoires. Un étudiant vit *aux crochets* de ses amis, quand il n'est ni baron ni époux ... et comme il ne serait point l'amant, qu'il l'avait deviné dans ses longues insomnies de malheureux rêvant des caresses, il pleurait en se répétant qu'il faudrait la quitter pour la rue, pour le désespoir.

—Madame la baronne, dit-il, la voyant s'asseoir audacieusement sur son lit, je vais mieux, ne m'insultez pas, je m'en irai demain; je comprends que ma présence vous pèse. Écoutez! j'ai refusé ma huitième inscription. Je ne crois plus au remboursement par mon travail. Devenir médecin, c'est bon pour les gens très élégants. Vous avez entendu votre mari, il prétend que je suis un imbécile et que je me tiendrai mal dans le monde. A votre dernier bal j'ai cassé une tasse du Japon. Votre oncle a fait semblant de ne pas voir, votre mari m'a secoué le bras, furieux. Or, je ne veux plus qu'il me touche, je lui sauterais dessus. J'irai, dès que je serai solide, m'embaucher sur les quais pour décharger les bateaux; un rustre a toujours cette ressource... Il finirait par me reprocher ses bontés. Songez, Mary, que j'en mourrais, moi qui vous aime encore...

Il lui expliquait d'un ton amer ces choses et il avait, en même temps, le désir d'embrasser sa main perdue dans les plis du drap. Elle était venue, il pouvait crever à présent: sa joie de partir serait complète.

—Paul, murmura-t-elle les yeux emplis d'une chaude lueur, je suis montée pour te supplier de rester. J'ai obtenu la tranquillité à force de scènes et à force de refus. M. de Caumont éprouve le besoin de s'étourdir, il court les mauvais lieux, dit-on, et me laisse, depuis quelques semaines, libre de dormir. Mon lit est meilleur que le tien, je viens te l'offrir. Le temps des épreuves est passé, Paul...

Le jeune homme se renversa en arrière, son teint animé de fièvre se décolora, et il perdit connaissance. Mary appela son oncle.

—Il se trouve mal, vite, vos flacons, pauvre amour!

Le docteur tira des sels qu'il avait dans sa robe da chambre.

—Que lui as-tu dit? Tu l'as chassé? demanda-t-il effrayé de la pâleur du jeune homme.

Elle haussa imperceptiblement les épaules.

—Alors, il t'aime! fit Célestin, entourant le malade de soins paternels et jetant à sa nièce un regard tout courroucé.

Est-ce qu'elle allait le tuer, ce petit Paul naïf et bon comme le pain?

—Que vous importe, mon cher oncle, répondit-elle avec une expression acerbe. Son amour est plus naturel que celui d'un vieillard! Croyez-vous que les belles filles sont faites pour les hommes usés! Moi, je suis sûre du contraire.

Célestin se tut, tout tremblant.

—Mary, s'exclama l'étudiant qui reprenait ses

sens, Mary, m'avez-vous encore menti ou ai-je eu le délire... Mary ... je t'aime tant, je souffre tant...

Puis, brusquement, il se cacha la figure sous le drap en apercevant son maître penché vers lui.

—Sortez! dit la jeune femme désignant la porte au docteur.

Il sortit, docile, n'osant pas risquer une réflexion au sujet du mari qu'elle bravait.

—Je vais être leur complice, pensait-il, et nous sommes déshonorés. Bientôt, ce sera public ... je suis un très brave homme ... un homme usé, mais si utile!... Oh! quelle expiation! Hier on m'a décoré pour mon ouvrage de physiologie, aujourd'hui je protège les adultères de ma nièce. Voilà une étude qu'aucun médecin ne pourra faire! Va, mon vieux savant, obéis!

Il ricanait, point jaloux, mais navré de ne pas avoir prévu cette période nouvelle du mal.

—Mary, bégayait l'étudiant, dévorant ses doigts de caresses folles, vous avez eu pitié... C'est le ciel, c'est la vie, c'est toi... Je vais dormir à la place désirée, ma tête sur ton sein merveilleux, je vais enrouler ta chevelure toute dénouée autour de mon pauvre corps qui se pâme rien qu'en se sentant à côté du tien! Tu veux? dis!... répète-le-moi!... (il se redressa au milieu de son transport). Et ton mari? cria-t-il tout à coup désolé.

—Mon mari ne doit pas rentrer cette nuit; quant à mon oncle, il fera selon mes ordres!

—Tu es la maîtresse, je sais, mais si on nous surprend?

—J'ai des poisons!

—Bien! fit-il, rassuré, nous mourrons aux bras

l'un de l'autre; tu es l'amour, celui qui ne finit jamais!

Elle redescendit pour donner des verres de chartreuse à Tulotte et veiller à la domesticité, car elle dirigeait tout. Dans une exacte prévision de l'heure des folies, elle avait calculé la dose de ses culpabilités à l'avance, ne voulant pas donner au hasard le moindre détail de son crime. Et qui s'imaginerait qu'elle commettait un adultère pendant la première année de son mariage, sous le toit de son mari, avec l'assentiment de son oncle? Tulotte alla se coucher ivre jusqu'à ne pas trouver son chemin; le vieux docteur s'enferma dans son cabinet, prêt à la défendre si le mari s'armait d'un révolver.

Un calme de maison honnête se répandit, et la baronne Mary commença sa toilette d'alcôve.

Il arriva dès que le timbre de la pendule eut sonné onze heures, il gratta la porte comme un chien, très discrètement, avec l'horrible angoisse de ne pas la voir s'ouvrir. Des gouttes de sueur coulaient le long de son front. Il aurait souhaité le mari caché par là pour l'étrangler si elle n'ouvrait pas et il grelottait de fièvre, ressaisi de son mal à l'instant béni du plaisir.

Mary parut sur le seuil, en un peignoir de mousseline. Un grand feu éclairait la chambre sombre. Les rideaux étaient clos, le lit mystérieux les attendait. Oh! cette chambre l'épouvanta vraiment! elle était tendue d'épaisses tentures où s'enfonçait l'idée d'amour. Une peau d'ours blanc, le tapis devant le lit, éclatait au sein des splendeurs du velours violet et des brocarts antiques semblables à une grande nudité; par-ci par-là un meuble ou un tableau scintillait comme un œil farouche qui vous épiait.

—Mary ... je vais tomber! dit-il, quand elle eut refermé la porte.

—Tu as peur? Ne m'aimerais-tu pas assez? Ne t'aurais-je pas assez torturé? Faut-il te renvoyer pour t'arracher le reste de ton cœur! Est-ce que le souvenir du protecteur serait plus fort que ta passion?

Il s'affaissa devant elle, les mains jointes.

—J'ai peur de mourir avant d'être heureux, voilà tout! répliqua-t-il les dents serrées, les joues inondées de larmes.

Elle sourit triomphante. C'était bien un esclave, celui qu'elle avait lentement dépouillé de son honnêteté, son unique trésor de pauvre.

—Et après, auras-tu peur de mourir?

—Après, tous les poisons que tu voudras! soupira-t-il en extase.

Elle joua de ses admirations, retardant sa chute par un raffinement de volupté, et aussi parce qu'elle voulait se convaincre qu'elle ne l'aimait guère. Les hommes sont des brutes, elle avait le mépris des jeunes comme des vieux, des oncles comme des maris, et des amants comme des maris.

Il murmura, d'un accent plein d'humilité:

—Je suis si malade que j'espère ne pas avoir d'hémorragie. Tout mon sang est parti à vous désirer sans espoir. Vous ne vous moquerez pas de moi. Mais pourquoi es-tu si froide, ma bien-aimée? Tu disais que tu m'aimais?

—Je ne t'aime pas, je mentais!

Il hurla de douleur, renversé à ses pieds, baisant le bas de son peignoir.

—Oh! non! non! je ne puis plus!... c'est trop!... grâce!... je deviens fou ... ce n'est pas possible! Mary, que voulez-vous donc?

Elle riait en lui passant sur le visage un écran de plumes d'autruche, et les frisures légères procuraient à l'étudiant l'illusion de coupures de rasoir. Elle espérait que, malade comme il se trouvait, il ne la violenterait pas. D'ailleurs il ne l'avait jamais fait; il l'aimait d'un amour d'enfant, respectueux, délicat. Paul par un effort désespéré se leva, la prit par la taille.

—Madame, dit-il d'une voix sourde, vous ne me méritez pas, je vais vous haïr!

Un éclair de haine illumina son cerveau; peut-être vit-il enfin quelle créature il avait pour adversaire! Il la traîna jusqu'au tapis tout blanc, la renversa dans la mollesse de la fourrure.

—Paul! supplia la jeune femme déconcertée par cette sauvage attaque, je vous aime... Paul ... ce serait odieux!

Ce fut odieux! Ensuite, il la coucha dans son grand lit de reine où il ne voulait pas entrer. Elle se roulait, furieuse, échevelée, l'appelait *lâche*.

—Madame, taisez-vous, dit-il se détournant, car elle était irrésistiblement belle, votre mari est peut-être derrière la porte.

Cette menace produisit une étrange réaction. Elle s'apaisa.

—Non, répondit-elle, viens, nous n'avons rien à craindre, c'est ma faute ... je suis une coquette, tu as bien agi.

Il hésita, la partie serait gagnée pour toujours s'il avait le courage de la fuir. Elle l'aimerait en toute sincérité de corps et de cœur s'il domptait son orgueil par un affront comme il avait dompté sa personne par le viol, mais il la regarda.

—Me pardonneras-tu, chère femme? balbutia-t-il quand il fut retombé dans ses bras, tout honteux de sa brutalité d'un moment.

Elle l'attirait dans l'ombre de ce lit, mettant une étrange persistance à l'éloigner de la lumière du feu. Il la connaissait à peine pourtant, et il aurait bien voulu se repaître de sa beauté; le peignoir était écarté, elle se livrait presque nue, blanche comme la toison de la féroce bête dont le crâne aplati, les yeux de verre orangé paraissaient les guetter en rampant.

—Mary, répéta-t-il enivré, me pardonnes-tu?

Soudain elle jeta un cri:

Paul! s'écria-t-elle, va-t-en ... je te trahis, je veux ta mort, va-t-en... Par mon amour, mon véritable amour, cette fois, va-t-en!... Oh! que je t'aime!

Elle se tordait entre ses bras, sanglotant ... elle pleurait à son tour, elle qui ne pleurait jamais. Il devina que les sens lui étaient venus.

—Mary, ma passion, mon ivresse! Est-ce que tu mentirais encore?... Et ne savais-tu pas?...

Le bruit de la porte cochère battant dans la nuit silencieuse l'interrompit, un roulement de voiture monta de la cour.

—Va-t-en! priait Mary éperdue, c'est lui, c'est mon mari, je lui avais dit de venir parce que... Oh! c'est atroce ... tu vas me haïr ... et il va te tuer!...

Paul, abasourdi, ne bougeait pas. Il avait un cercle de fer autour des membres. Que signifiait ce bruit sourd qui lui étourdissait le cerveau et ces paroles sinistres en pleine volupté? Elle avait le délire. Son mari! Ah! la terrible créature! Elle le poussa hors du lit.

—Là ... là-bas ... derrière le rideau de la croisée. Vite!... il est trop tard pour sortir.

Il cherchait ses habits sans avoir conscience de ses mouvements, puis, s'entêtant, il demeura immobile, écoutant le son étouffé des pas dans le corridor. Une clef pénétra dans la serrure, la portière se releva et le baron parut. Le feu flambait à travers le garde-étincelles de cuivre ciselé, lançant des rayons au jeune homme debout dans sa pose de statue. Le baron abaissa l'arme qu'à tout hasard il avait prise.

—Le misérable! rugit-il, visant ce tas de chairs sans défense.

—Ne tirez pas, Louis! dit-elle, se traînant à genoux, c'est moi qu'il faut tuer à présent.

M. de Caumont laissa glisser le revolver, sa main eut un intraduisible geste d'effroi.

—Comment, lui?

Et il ajouta pendant que Richard, prêt à mourir, s'accroupissait passivement sur les fourrures neigeuses:

—L'amant ... c'est mon fils!!!...

Il avait eu un trouble en entrant, voulant d'abord tuer l'homme nu qu'il ne croyait pas nécessaire de connaître, puis il voyait son fils, beau comme un dieu, son fils de l'adultère! Paul foudroyé crut sentir une balle au cœur et s'évanouit.

Mary rattachait les rubans de son peignoir.

—Eh bien! oui, avoua-t-elle, je voulais me venger! Puis, il me plaisait. Vous m'aviez appelée *courti-*

sane. Je voulais mériter amplement cette injure et vous faire tuer votre fils. Pourquoi m'avez-vous livré le testament un soir que vous disiez m'adorer trop pour me vouloir cacher quelque chose? Vous y parliez d'assassinat. Je voulais vous prouver que je raisonnais mieux que vous. Le vulgaire supplice que de vous empoisonner! Le testament détruit, je savais quand même que vous aviez un fils naturel, Paul Richard, à qui vous léguiez votre fortune personnelle, moi refusant de vous donner des enfants. Mais je ne pensais pas aller si loin. Je suis capable de le défendre à présent que je possède une nouvelle science, grâce à lui. Lorsque je vous écrivais cette lettre anonyme, j'ignorais qu'un homme pût être amusant. Je l'aime, entendez-vous? Je regrette cette scène ridicule.

En parlant, Mary allait et venait de son mari suffoqué à son amant étendu comme mort.

—Madame, dit le baron d'un ton rauque, ces fameux poisons vont vous servir, je pense! Prenez le plus violent. Lui, je l'épargne, il est en puissance de démon, le malheureux. Qu'il quitte votre demeure, voilà tout. Ah! Madame! Madame!

Et Louis de Caumont, craignant que son revolver partît tout seul, se sauva dans le corridor, les mains crispées au-dessus de sa tête, ayant l'aspect de quelqu'un qui fuit au milieu d'un incendie.

10

Ce fut le docteur Barbe qui installa Paul Richard dans une maison de la rue Champollion, loin des vengeances de son père. Le jeune homme, abruti, se laissait conduire, ne voulant plus penser. Allait-elle mourir? Ou allait-il se tuer? Il vécut là trois semaines enfermé avec des études que le vieillard lui imposait pour le forcer à l'oubli. Pas un mot, entre eux, ne se dit au sujet de Mary. Pourtant Paul remarqua que son maître ne portait pas encore le deuil.

Un soir, Mary arriva, sortant d'un bal, toute couverte de fleurs et de joyaux, elle monta ses six étages, répandant des odeurs vanillées le long de cet escalier fumeux. Elle frappa deux coups comme le docteur en avait l'habitude. Richard ouvrit. Il ne s'était pas déshabillé et travaillait.

Il recula, lâchant le livre qu'il lisait.

—Oh! ce n'est pas possible! bégaya-t-il, se rappelant seulement qu'elle avait été sa maîtresse quelques heures.

—Oui, c'est moi-même; t'imaginais-tu que je ne reviendrais jamais?

—De ta tombe? demanda t-il, les yeux égarés.

—Grand fou! répondit-elle, et, comme le soir des promesses, elle s'assit sur son lit après avoir enlevé l'abat-jour de sa lampe. Il vint lui toucher les épaules, ses fourrures glissèrent, découvrant sa chair merveilleuse, aux aspects de fruit fondant.

—Mon Dieu! soupira-t-il, la femme de ... de l'homme qui est mon père! Ah! le cauchemar affreux, la cuisante douleur, ... je t'aimais bien.

—Tu m'aimes toujours?

—Non! ce serait un crime si lâche, Mary!

Elle se mit en devoir de défaire les agrafes de son corsage, ôtant des guirlandes qui la gênaient.

Lui demeurait sérieux.

—Mary, commença-t-il, plein d'une cérémonieuse dignité, j'ai cru qu'il t'avait tuée. Je le remercie de la vie qu'il te rend bien plus que de celle qu'il m'a donnée ... mais l'amour ne peut plus revenir. On nie la voix du sang; moi, j'y crois. Tu n'es plus pour le fils du baron Louis de Caumont qu'une sorte de belle-mère coquette et cruelle, un monstre. Je sais que cet homme n'a pas été aussi bon pour le pauvre mendiant, son fils, qu'il aurait pu l'être; mais aujourd'hui, ai-je le droit de me plaindre, moi qui ai violé sa femme ... Mary ... je t'ai violée, n'est-ce pas? Oh! l'horrible nuit! Nous sommes donc des maudits, nous autres, les enfants naturels? Mary, je vous aimais tant! Vous vouliez me faire tuer. Mary, je vous aime encore; d'ailleurs, pourquoi le cacherais-je? d'un amour sans espoir désormais, d'un amour qui me mangera le cœur; Mary, la femme de mon père, Mary, la chère adorée que je ne peux plus serrer dans mes bras!

Le jeune homme s'animait. Déjà, ce n'était plus le crime qui l'occupait. Elle était là, demi-couchée, railleuse, ôtant toujours ses vêtements et tout heureuse de se montrer au vainqueur.

—Paul, dit-elle, suis-je bien la même femme?

—Hélas! par pitié, ne me tente pas... Tu es aussi belle, aussi perverse, Mary ... mais je ne te peux plus souffrir. Tu m'as trompé en le trompant, ton mari.

Il disait «ton mari,» ne répétant pas «mon père».

Elle éteignit la lampe, puis l'attira près d'elle.

—La voix du sang! murmura-t-elle, c'est la voix de l'amour. Tu hais le baron de Caumont, et moi, tu m'aimes encore. Ne viens-tu pas de me l'avouer?... Allons! ce serait folie que de gaspiller notre temps; il est minuit, je rentrerai chez moi vers trois heures du matin, le coupé m'attend place de la Sorbonne. Paul Richard ... ne faites donc pas votre romantique!

Cette phrase singulière retentit à l'oreille de l'étudiant comme un éclat de rire. Peut-être avait-il rêvé, en effet, des choses fort inutiles. Après tout, il n'aimerait jamais ce père de hasard dur et hautain, l'ayant abandonné aux vagabondages des rues tant qu'il avait pensé que les preuves de sa naissance n'existaient pas.

Mary était une créature odieuse; cependant elle ne lui représentait point l'odieux inceste, elle avait vingt ans, lui en comptait vingt-deux. Un couple choisi par Dieu pour se consumer de plaisir. Et elle venait de lui baiser la nuque, lui courbant la tête avec l'autorité d'une véritable passion.

Paul s'abandonna, les idées perdues, possédé jusqu'aux moelles du désir honteux de savoir si elle éprouverait de nouveau ce frisson de joie mystérieuse qui la lui avait offerte.

—Mary, bégaya-t-il, se délivrant lâchement de ses remords, je suis sûr, à présent, que cet homme se fait illusion. Je ne peux pas être son fils, je t'aime trop, vois-tu!

Quand Mary rentra chez elle, son oncle l'arrêta au passage du corridor.

—Misérable! dit-il tout bas. Et, la saisissant par les poignets, il l'emmena dans son cabinet.

—Vous exagérez, mon cher oncle, répondit-elle avec un tranquille sourire. Je ne vous le fais pas garder, choyer comme un trésor pour votre propre distraction. Mon mari est en Russie, à la poursuite d'une actrice, moi je m'amuse pendant son absence: cela est, prétend-on, d'un joli genre. Votre morale, assez souple je pense, me permettra de me diriger à ma guise.

—Mary! gronda le vieillard exaspéré, vous ne voulez que sa mort, c'est une névrose que je devine enfin. Vous avez la monomanie des cruautés... Ah! ce pouce, ce pouce long et mince ... il est l'indice absolu ... je ne l'ai pas osé croire, ce pouce! Il lui plaçait sous les yeux ses deux doigts rosés; elle eut un clin de paupière impertinent.

—Ah! vous savez, mon cher docteur, qu'il est dangereux pour vous d'examiner les défauts de ma personne.

Célestin Barbe hocha le front.

—Mary, vous voulez le tuer! Moi, je le défendrai, cet enfant; il est naïf, il est bon. Vous voulez le tuer!

Alors Mary se dégagea, hautaine.

—Tenez, dit-elle, posant sa bourse sur une console, vous ferez monter chez lui, dès demain matin, un lit plus confortable que celui que vous lui avez donné; j'ai le dessein d'aller le voir très souvent. Vous m'instituez régisseur de votre fortune, mon oncle, et je veux doubler vos aumônes.

Elle ramassa la queue de sa robe, puis, sans qu'il eût le temps de placer le discours violent qu'il s'était juré de lui faire entendre, elle rentra dans son appartement.

Une vie d'exquises folies commença pour Paul Richard. Décidé à ne plus penser, il lui obéissait comme un enfant, passant ses jours à la désirer. Elle, qui savait que le baron de Caumont pouvait revenir de sa fugue d'un moment à l'autre, prenait le prétexte des bals et du théâtre pour s'arrêter rue Champollion.

La comtesse de Liol avait un hôtel non loin, sur le boulevard Saint-Germain, elle recevait tous les mercredis soirs. Mary partait de ce salon à l'anglaise vers l'heure du souper. A l'Opéra, elle apparaissait dix minutes dans sa loge, quelquefois elle prétextait des malaises subits quand elle rencontrait de vieux amis de son oncle, pour ne permettre aucun soupçon. Seul, son cocher se doutait; mais elle l'avait acheté si cher que nul à Paris, pas même le mari, ne devait être capable de renchérir sur le prix. Le concierge de la rue Champollion la croyait une cocotte de grande marque se souvenant de ses anciennes tendresses, et il recevait ses pièces de 20 francs les yeux fermés. Ensuite elle était toujours voilée.

Dès qu'elle arrivait, Paul lançait toutes ses bûches dans la petite cheminée et verrouillait sa porte. Il tombait en des extases devant elle, vêtue de satin ou de velours, n'osant pas la toucher, lui répétant que son indignité le faisait martyr. Elle riait.

Une fois, pendant qu'il l'adorait ainsi, le front prosterné sur ses pieds chaussés de brocart d'argent, car elle devenait d'une somptuosité de reine, il fut repris de ses hémorragies; les pieds scintillants, les pieds d'idole, se couvrirent de pourpre. Honteux, il lui demanda pardon, se mettant de l'amadou aux narines et tâchant d'essuyer les jolis souliers.

—Ce n'est rien, dit-elle, avec une farouche précipitation; au contraire, laisse donc, cela m'amuse de me sentir marcher dans ce flot rouge!

Elle lui expliqua qu'elle l'avait aimé pour cette infirmité de gamin bien portant, et que, si elle osait, elle le ferait saigner ainsi par plaisir. Paul, désormais, rechercha les occasions. Tantôt il se cognait le front, ayant l'air de ne pas le faire exprès. Tantôt il tenait la tête penchée, plus basse que le reste du corps, et quand il se relevait il guettait comme une récompense son cruel sourire de femme capricieuse. Alors elle l'enlaçait plus étroitement, s'enivrant du sang qui la barbouillait; durant ces heures, elle le comblait de ses caresses les plus perverses, de ses mots les plus délirants. Elle finit par lui avouer que si on le guérissait, elle en serait fort ennuyée. Elle aimait ce sang comme Tulotte aimait les liqueurs. Chaque nuit voyait s'augmenter leur passion et ce vertige de la chair se liquéfiant, vermeille, sous les étreintes sauvages.

—Pourquoi n'es-tu pas mon mari, toi? demandait-elle au milieu de ses bonheurs.

Et il se sentait plein d'orgueil, oubliant que le mari, celui qu'ils trompaient, était son père.

—Puisqu'il ne m'a pas tuée, c'est un lâche! disait-elle encore, le méprisant tout haut, devant l'étudiant, qui l'approuvait de ses regards fous, ne voulant pas se rappeler.

Un matin, vers la pointe de l'aube, le jeune homme s'évanouit dans ses bras parce qu'elle s'était plu à lui mettre des compresses d'eau froide sur les tempes, activant l'hémorragie; il avait inondé les draps, et la cuvette remplie exhalait l'odeur d'un égorgement.

—Pauvre ange! fit-elle, le contemplant dans sa rigidité presque effrayante.

Elle s'habilla à la hâte, descendit et alla glisser un billet au cocher qui dormait, place de la Sorbonne.

—Ramenez mademoiselle Juliette, lui dit-elle d'une voix brève. Elle revint en courant. Paul s'éveillait, faible et tout ahuri.

—Tu vas garder la chambre! déclara-t-elle, j'ai prévenu Tulotte, elle nous fera un bon déjeuner. Tu ne travailleras pas. Moi je dirai que je suis restée chez madame de Liol! D'ailleurs, mon oncle n'a rien à voir à ma conduite!

Il eut peur.

—Non! Mary! non, ce n'est pas raisonnable. Tu feras un scandale! Songe donc! Tulotte ne sait pas notre amour.

Elle lui ferma la bouche sous une caresse.

Tulotte vint une heure après, apportant un costume de ville à sa nièce et moins étonnée qu'on aurait pu le croire. Elle pinça l'épaule de l'étudiant pendant que Mary changeait sa robe de bal.

—Une vraie noce, déclara la vieille fille, je vais acheter un déjeuner solide, et quelques bouteilles d'un cachet vert que je connais... Ne vous remuez pas! Le baron? un grigou. Quant à l'oncle? un sale!... C'est moi, une honnête créature, qui vous le certifie, Monsieur Richard! Eh bien! elle les trompe ... ça prouve que les femmes ont du cœur, quoi! On l'a sacrifiée! ma pauvre petite élève, une enfant que j'ai tant choyée lorsqu'elle était au berceau. On l'a mariée à ce pantin, tout de suite, sans consulter ses inclinations ... je me comprends! Il y a des hontes dans les familles qui veulent des vengeances terribles. On devrait l'appeler Célestin le Barbon au lieu de lui donner du «Cher maître» et du «Monsieur Barbe» long comme le bras.

Mary la fit taire d'un signe impérieux.

—Suffit! Madame ma nièce, continua la vieille fille, enchantée de promener ses ivresses, perpétuelles maintenant, dans un désordre qui lui servait d'excuse, suffit! Je vais acheter un fameux vin de Mâcon qui ne sera pas un vin d'épicier. J'ai raconté à notre oncle que vous étiez chez la comtesse de Liol, trop souffrante pour rentrer. Il est capable de s'imaginer que c'est une indisposition de bon augure!

Et sur cette grossière plaisanterie, Tulotte descendit afin de commander le déjeuner.

Mary sacrifiait sa réputation. Elle aimait avec la rage de son existence à jamais gaspillée, puis elle savait au juste ce que vous enseignent les livres de médecine au sujet de la morale.

La morale est de demeurer sain; elle avait une excellente santé et son amant se portait très bien, quelle situation plus normale en ce monde? Qu'avait à faire, dans leurs jeunes élans, le nom de son mari, un viveur déjà flambé, ou celui de son oncle, un hypocrite à moitié mort? Ils déjeunèrent tous les trois près du feu, en devisant de l'avenir: si le *vieux* partait l'année prochaine, le plus tôt possible, Mary demanderait une séparation de corps qu'elle se chargerait de faire prononcer contre l'époux. Moyennant une rente qu'elle lui offrirait, elle deviendrait libre, et Paul serait le maître rue Notre-Dame-des-Champs.

—Mais, tu veux que je passe pour un entretenu! murmura l'étudiant.

—Des mots! s'exclama Mary impatientée, des mots!...

Ce matin-là, l'oncle Barbe comprit que c'était l'écroulement définitif. Tulotte, l'esclave, et l'amant, fou à lier, obéissaient sans une ombre de pudeur. On ne lui disait pas, à travers les rues: «Vous êtes leur complice;» mais l'instant viendrait où le mari, ressaisissant son revolver, tuerait pour de bon la femme qui se moquait ainsi de toutes les lois sociales. Antoine-Célestin, déjeunant seul dans leur vaste salle à manger, lisait ses revues scientifiques.

—Je suis si inutile! se disait-il, en feuilletant les pages de son dernier article sur la cristallisation de l'acide carbonique.

A midi seulement, les deux femmes descendirent du coupé, et entrèrent chez lui.

—Mon Dieu! balbutia-t-il, la voyant très pâlie derrière une voilette de tulle noir, mon Dieu, comme elle l'aime!... et cela sans son cœur, parce qu'il est jeune!

—Mon frère, expliqua Tulotte, le verbe insolent, car elle avait bu beaucoup de mâcon, nous venons du boulevard Saint-Germain. Un ressort du coupé s'est cassé, cette mignonne a dû dormir là bas!

—Vous mentez, malheureuse! répondit le vieillard, levant la main, prêt à frapper sa sœur, plus exaspéré encore de ce mensonge que de l'altitude calme de la femme adultère.

Mary sourit.

—En effet, dit-elle avec une étrange douceur, elle ment, je sors de la rue Champollion, il était malade, je l'ai soigné.

Et lui, le pauvre barbon, qui le soignerait s'il était malade? Il se retira très vite, baissant les yeux, abîmé dans une honte mortelle. Sa cervelle semblait se dissoudre, il grommelait des phrases de son article, essayant, mais en vain, de lui rappeler que c'était infâme de manquer à la foi jurée. Il s'enferma avec cette revue, prenant des notes, causant tout bas du néant de ses études. Tulotte et Mary échangèrent un signe d'intelligence.

—Je crois qu'il bave! fit la cousine, méprisante.

—Encore un an, et nous en serons délivrés! riposta Mary, mettant toujours la haine à côté de l'amour.

Elles allèrent se coucher. Il faisait une journée sombre, et les globes de gaz étaient restés allumés au plafond du corridor; les domestiques bâillaient, un lourd ennui planait sur la maison. Quelqu'un sonna à la porte du perron; c'était le savant à l'oursin, le dernier fidèle, qui demandait le professeur Barbe pour une commission urgente. La femme de chambre, un peu maussade, car elle avait attendu sa maîtresse toute la nuit, le bouscula dans l'escalier.

Est-ce que monsieur avait le temps? Il détestait les visites! Si jadis il avait eu des réunions, aujourd'hui il ne voulait plus voir personne... Il tombait en enfance, elle servait la baronne de Caumont à la condition de ne pas servir M. Barbe, un gâteux insupportable. Tout tremblant, le vieux naturaliste expliquait à la jolie fille de mauvaise humeur, qu'il fallait absolument qu'il eût un entretien avec son camarade de collège.

—Oui! Mademoiselle, ajoutait-il, s'entêtant à pénétrer jusqu'à cette lumière qu'on lui cachait depuis un an, mon camarade de collège! Les autres sont des égoïstes qui ont la célébrité pour les consoler, mais moi je n'ai que son amitié... Mademoiselle, il a classé mon oursin dans son article... Comprenez-vous? Un oriolampas!... un oursin unique! et vous croyez que je peux vivre sans le remercier! Il s'est souvenu de mon oriolampas! Je le verrai, Mademoiselle... En usez-vous?

Faisant un effort de galanterie, il lui tendait sa tabatière.

Pour le coup, la femme de chambre s'emporta. L'astronome Flammaraude était venu lui-même demander des nouvelles, et la baronne, sa nièce, avait refusé de laisser voir son oncle. Il était comme un hypocondre, leur grand savant, et on l'embêtait quand on lui posait des questions.

Madame était bien libre, sans doute, de l'affranchir de leurs empressements ridicules. On lui avait supprimé aussi son élève, l'étudiant Richard, à cause de la fatigue.

—Allons! quand je vous dis qu'il n'y est plus! cria-t-elle, tendant le poing.

L'homme à l'oriolampas s'adossa contre la porte du cabinet de travail. Il savait que le maître l'entendrait.

—Mademoiselle, recommença-t-il très humble, il faut vous dire que c'est le seul qui en ait parlé dans une revue scientifique, et il l'a décrit de souvenir, bivalve et légèrement veiné de grenat! peut-être ayant servi de terrain à des racines de Byssus ou encore...

La fille, hors d'elle, finit par le pousser le long du mur. Depuis le mariage de la nièce, on n'avait pas vu un pareil importun. Est-ce qu'elle allait subir une leçon d'oriolampas, à présent?

Soudain une explosion formidable retentit, la maison fut comme agitée d'un frisson électrique, et les deux disputants se trouvèrent renversés, la face dans le tapis du corridor. Mary, réveillée en sursaut, crut à un retour de son époux déchargeant son revolver au hasard, par fureur d'avoir tout appris. Elle mit son peignoir garni de cygne, se regarda, se coiffa, intrépide comme un général d'armée qui va livrer une bataille décisive. Enfin elle sortit de sa chambre. Une vapeur d'un goût singulier emplissait le corridor, elle ne reconnut pas la fumée de la poudre et elle se dirigea du côté du cabinet. Le cocher était en train de faire sauter la serrure pendant que l'obstiné visiteur, accroupi sur les genoux, essayait de ranimer la servante, complètement privée de sentiment.

—Madame, allez-vous-en! supplia l'homme à l'oriolampas, je crois que mon pauvre collègue a trouvé sa cristallisation[1].

Un éclair illumina la mémoire de Mary. Elle se précipita, suivie des domestiques, dans le cabinet du docteur: il était étendu, les yeux fixes, sa barbe toute hérissée, un peu d'écume aux lèvres, les débris de sa presse hydraulique jonchaient le sol. La Vénus anatomique, détachée de son piédestal, avait bondi, droite encore, mais décapitée, en travers de sa table, sur un amas de fioles brisées. Les livres épars avaient leurs pages arrachées, le squelette, le bras en l'air, contemplait la destruction de ses orbites creuses.

—Mon vénéré maître! sanglota celui qui avait voulu le voir et qui le trouvait mort.

—Une victime de la science! dit Mary, conservant son calme, tandis que les domestiques faisaient des scènes de lamentations. Quand on voulut le relever pour le porter sur un lit, elle s'y opposa, disant que puisqu'il n'y avait rien à espérer, on devait attendre les constatations. En réalité, elle pensait que si un souffle lui demeurait, il étoufferait grâce aux vapeurs de l'acide commençant à se répandre d'abord au ras du parquet. Et on le laissa là s'achever, un coussin sous sa tête chauve, enveloppée d'un rideau que l'explosion avait descendu de la fenêtre.

Le vieux naturaliste, point médecin, lui palpa la poitrine un instant; puis, se sentant des nausées, l'esprit très confus, il sortit derrière la baronne de

Caumont, larmoyant son histoire d'oriolampas pour laquelle il aurait bien voulu donner à son collègue, un maître vénéré, de plus précises explications.

—Il a été tué raide, déclara Mary à sa tante.

—Tant mieux! grogna Juliette Barbe, il ne mettra plus la discorde *chez nous.*

Peut-être le savant était-il las de servir de témoin à cette discorde et avait-il choisi le chemin le plus court pour s'enfuir!

Ceux qui constatèrent son décès s'aperçurent que, soit trouble de tous ces gens profondément affectés, soit ignorance de la part du bonhomme à l'oursin, il n'avait expiré qu'un quart d'heure après sa chute et qu'en tombant il ne s'était fait aucune blessure mortelle.

—Victime de la science! répétèrent les journaux, échos complaisants de la jeune baronne. Il y eut un enterrement magnifique. M. de Caumont, prévenu, arriva pour l'ouverture du testament. Antoine-Célestin Barbe léguait toute sa fortune à sa nièce. Le baron, attendri, ne sachant plus où s'était perdu son fils naturel, ayant lui-même bien des choses à se reprocher, fit une démarche auprès de sa femme. Tous les deux vêtus de grand deuil, revenant du cimetière dans la voiture ornée d'énormes nœuds de crêpe, entamèrent une banale conversation.

—Madame, croyez que je prends part à votre chagrin. Les larmes effacent les fautes, Mary! Ah! quel noble cœur, cet homme que le Paris scientifique regrette avec nous!...

Elle se garda de relever son voile, car il aurait vu qu'elle ne pleurait point, mais avait un singulier sourire.

—Monsieur, répliqua-t-elle digne et froide, je sais que mes torts ne sont pas de ceux qu'un mari oublie. Nous tâcherons de nous supporter mutuellement, à moins que vous ne désiriez me convaincre d'adultère devant un tribunal.

A cela, il avait souvent pensé. La phrase le plongea dans de mornes réflexions. Un scandale ne mènerait à rien de logique: il avait un fils naturel, et elle possédait une belle fortune. Entre ces faits accomplis, un avocat le ballotterait avec d'odieux commentaires. Il serait la fable de ses amis, les viveurs du cercle aristocratique, et Mary, jeune, orpheline, intéresserait autrement que lui, ex-fanfaron, sujet aux fredaines des blasés, un peu engraissé du ventre.

—Mary, murmura-t-il, on irait au bout du monde, qu'on ne vous oublierait jamais!

Il eut l'envie de lui prendre la main; il se retint pour ne pas lui paraître ridicule.

Chez eux, elle décida qu'elle lui donnerait le droit de gérer les capitaux selon ses idées.

Il la trouva généreuse. Pour un rien de tendresse, il lui aurait demandé si elle pouvait aussi effacer le passé.

Il reprit une certaine tranquillité quand il eut interrogé les domestiques et les amies mondaines. Tulotte lui semblait un porte-respect bien suffisant; le cocher avait juré tous ses dieux que madame ne sortait pas sans sa tante. La petite comtesse de Liol, l'ancienne conquête, lui avoua qu'elle n'avait aucun rapport défavorable à lui faire. Elle gardait bien ses secrets, Mary, en admettant qu'elle en eût, cette créature, un peu doctoresse avec ses compagnes du frivole faubourg Saint-Germain, et la comtesse termina en félicitant le mari qui cascadait par delà les frontières pendant que sa femme soignait un vieil oncle à héritage. Leur deuil les empêchant de recevoir et de courir les salons, ils durent se cloîtrer dans l'hôtel, très agrandi par la catastrophe. A la lueur d'une lampe intime, ils durent passer des soirées en tête-à-tête, lui ne sachant que dire, elle lisant ou brodant sans rechercher la causerie. Il lui fallut de nouveau l'admirer sous les simplicités de ses robes noires comme avant leur fatal mariage, et il constatait qu'elle était encore embellie: ses yeux, bistrés par la douleur, se rejoignaient, toujours de ce bleu inexplicable au milieu des pâleurs dorées du visage, s'estompant de leurs fins sourcils prêts à se froncer. Ses cheveux lourds, plus en deuil que sa robe, avaient des senteurs délicates de ce réséda mystérieux qu'elle portait en son être, malgré la faute, malgré le crime, fleur de jeunesse au paroxysme de la passion, fleur d'amour provocante et toujours ingénue.

Une fois, comme elle se penchait pour saisir un peloton de laine, elle le frôla du coude, demandant pardon. Alors il n'y tint plus, il l'entoura de ses bras, les larmes au bord des paupières.

—Mary, dit-il sincèrement ému, tu as voulu te venger, parce que tu m'aimes, n'est-ce pas? Il est impossible que ce soit la dépravation des sens qui t'ait entraînée, toi qui n'as pas de sens, toi la femme orgueilleuse et de glace?...

Elle lui laissa croire tout ce qu'il arrangeait pour sa propre conscience.

Le jour même, elle avait reçu, par son cocher, un

billet la suppliant de se rendre à la rue Champollion: elle voulait cette victoire sur le mari pour le mieux aveugler.

—Tu es mienne! ajouta le baron, rien ne me change ta chair, va! j'en aurai toujours faim!

Quand ils furent au lit, elle eut une patience vraiment angélique, puis, d'une façon scandaleuse, lui s'endormit, n'achevant pas sa phrase passionnée. Elle sauta à bas de la couche conjugale, alla tirer un flacon de chloroforme d'une cachette qu'elle avait ménagée derrière un tableau et elle le mit une seconde près du visage du dormeur.

En s'habillant elle le regardait, soucieuse, pensant qu'il ne se douterait guère de son audace, mais qu'elle risquait de se partager chaque nuit et que c'était ignoble pour l'amant.

Elle se glissa jusqu'aux écuries, réveilla le cocher qui l'accompagna avec des précautions de filou. Elle ne respira que dans l'escalier de Paul Richard, mécontente de son peu de courage. Paul avait mal dîné, il ne voulait plus allumer de feu, et il était assis devant un énorme registre de négociant, une tenue de livres dont il croyait tirer des sommes d'argent. Mary haussa les épaules.

—Tu sais, lui dit-elle, que mon oncle m'a légué cinq mille francs pour toi, je te les apporte!

Une rougeur envahit les joues du jeune homme.

—Je te remercie, mais je n'accepte pas ... c'est ton notaire qui doit me rendre des comptes. Voyons?... tu veux décidément me réduire à ce rôle d'homme des ruisseaux? Où est la preuve du legs?

Elle arpenta la mansarde, exaspérée. La situation devenait embarrassante.

—Voici les billets, fit-elle des dents grinçantes, et je vous ordonne de les prendre!

—Oh! murmura-t-il, joignant les mains devant elle, tu as donc quelque chose, tu me grondes et tu cherches à m'avilir davantage. Ton mari?...

Il s'arrêta, la regardant fixement.

—Sans doute, mon mari: je viens d'être sa femme! As-tu supposé que M. le baron de Caumont avait de la dignité? Il ne m'a pas tuée, le reste est arrivé par surcroît ... les hommes sont très forts!

Paul Richard faillit hurler de désespoir. C'était à présent que la honte l'empoignait, car il serait encore moins fort que l'époux.

Il accepta ces billets de banque, se réservant de les dépenser seulement pour elle, il ne s'occuperait plus de son diplôme de médecin et irait au métier qui lui fournirait tout de suite du pain.

Ils demeurèrent silencieux, le front bas, n'osant pas se toucher, craignant d'avoir envie l'un de l'autre dans le souvenir brutal de la rentrée en possession du mari.

—Oh! cria-t-il, crispant ses poings, s'il pouvait mourir comme ton oncle, je ne le pleurerais pas, tu sais!...

Elle le quitta, très sombre, emportant ce cri d'amour au fond de ses oreilles.

—Madame, lui chuchota le cocher, s'autorisant d'une position critique pour lui donner des conseils, je crois bien que ce jeu-là est dangereux, Monsieur n'est pas de la première verdeur, pourtant il finira par s'apercevoir que vous désertez... Il se réveillera ou on le réveillera et nous serons fichus.

—Taisez-vous! répondit la baronne, s'enveloppant de son manteau, avec un geste impérieux.

Le lendemain elle combla son mari de prévenances. Coquette, folle, elle l'emmena dans leur chambre nuptiale dès la nuit close.

—Louis, lui affirma-t-elle, je vous jure que vous ne dormirez plus!

En effet, il ne dormit pas, très fier de cette surexcitation qu'il attribuait au retour des coquetteries de sa femme.

Les jours suivants il eut de véritables crises, se pelotonnant à ses pieds menus avec des extases de jeune premier quelque peu grotesque.

Dans l'ordinaire fatuité des hommes, il se croyait aimé d'un amour plein de reconnaissance pour la faute pardonnée. Elle ne lui disait rien, comme un joli sphynx, mais il lisait des choses sur sa physionomie d'enfant repenti. Elle avait maintenant des raffinements discrets qui le comblaient d'enthousiasme, elle se livrait plus entière, plus humble. Ah! les maris qui n'ont qu'une femme vertueuse ne savent pas les plaisir d'avoir été cruellement trompé, puis d'avoir permis ensuite ces sortes de dénouements avec leur pointe obscène! Il se serait félicité de son ridicule de jadis s'il avait osé se l'avouer.

A la vérité, dans les longues après-midi brumeuses, il était forcé de se coucher une heure ou deux pour chercher un repos réparateur. Il éprouvait d'étranges vertiges comme un viveur qui a *le casque*, selon les expressions des noceurs. Pourtant il mangeait et buvait chez lui, sans grand appétit, des plats assez simples, un vin sans alcool. Mais dès qu'il la rencontrait par les corridors ou qu'elle venait se pencher sur lui, il était repris de cette surexcitation merveilleuse qui lui faisait accomplir des actes de héros. Leur lune de miel recommençait. Au moins, c'est ce qu'il croyait. Elle était si belle, si jeune, si originale. Un moment il s'écria, se sentant fou:

—Tiens, Mary, je te remercie de t'être vengée! Pour m'avoir trompé un jour, tu es une autre femme, mille fois plus désirable!

Mary eut le bon goût de ne pas répondre.

La petite comtesse de Liol, qui avait rassuré l'époux en jurant que son amie était impeccable, fut témoin d'une scène bizarre. Elle était venue visiter le couple, un peu intriguée au fond par les allures de madame de Caumont, une femme ne soupant jamais et sortant de chez elle avant minuit, s'isolant, ayant l'aspect d'une religieuse qui traverserait un vilain monde. Lorsqu'on l'annonça dans le salon de Notre-Dame-des-Champs, Monsieur s'échappait derrière une portière, tandis que Madame, demeurée grave, rajustait sa coiffure. La fine Parisienne posa une question embarrassante:

—Je vous dérange?

—Non, chère amie, pas du tout, au contraire!

—Ce n'est guère poli pour ce pauvre baron, ce que vous dites là, riposta la comtesse, une charmante vicieuse, cherchant la plaie dans les ménages, non à cause de la morale, mais pour en profiter à des points de vue spéciaux.

—Vous êtes une heureuse créature! soupira-t-elle. Moi, depuis que je suis veuve, j'ai eu l'idée de prendre un amant, et si je n'en ai pas pris, c'est que je doute de tous ces messieurs!

Mary ne put s'empêcher de sourire.

—Vous n'avez pas douté de mon époux, jadis, m'a-t-on raconté!

Les deux femmes étaient assises en face l'une de l'autre. Elles se dévisagèrent. Il y avait une absolue indifférence dans le sourire railleur de la baronne. Madame de Liol se rapprocha d'elle.

—Vous ne l'aimez pas, méchante! dit-elle, vexée de ce qu'il lui avait appris ses anciennes fredaines.

—Je l'aime comme on doit le faire en alliance légitime, ma chère: raisonnablement!

—Hum!... et pourquoi cette fuite précipitée?

Mary quitta le ton du marivaudage.

—Eh bien! dit-elle avec un dégoût qu'elle ne put dissimuler, il m'excède, voilà la vérité.

La comtesse était une blonde très fanée, très élégante, soignant particulièrement ses mains, dont les deux index se trouvaient rongés jusqu'au vif, ce qui donnait à penser qu'elle avait la triste habitude de les mordre, ses yeux cernés luisaient à de certains instants comme des diamants, elle recherchait la compagnie des brunes, pour ressortir, et des blondes, pour les désespérer. On la surnommait dans son monde *Chiffonnante*, parce que sa principale joie était de courir les grands magasins de nouveautés et d'y collectionner des étoffes nouvelles. Veuve, elle avait eu quelques amants, vite las. On la prétendait hystérique; ainsi, d'ailleurs, le sont toutes les femmes que les hommes ont vu rire et pleurer dans une querelle d'amour, mais rien ne prouvait les désordres de son tempérament, car elle se vantait en parlant de ses feux. Ses amants la considéraient comme une glaciale.

—Pauvre chatte! soupira la comtesse de Liol.

Elles causèrent ensuite toilette, évitant de reparler du baron.

Une semaine s'écoula. Mary semblait oublier l'étudiant et ne lui écrivait que de loin en loin. Celui-ci, à moitié fou de rage, la guettait à tous les coins des rues, ne s'occupant plus de ses études médicales, renonçant au gagne-pain présent ou futur. L'amour de cette cynique lui était nécessaire comme la lumière; quand elle partait il retombait dans un chaos et allait, tâtonnant, se briser les membres contre les murs. Il savait que ce mari l'avait reprise et il voyait, dans ses cauchemars, se dérouler des scènes horribles. Durant huit jours il résolut de manger chez des camarades pour ne pas toucher à son argent. Les invitations s'épuisèrent, il était si morne que les compagnons en eurent bien vite assez, il lui fallut jeûner. Que faisait-elle donc? Ses billets lui disaient que la prudence la retenait auprès de cet homme et qu'elle le priait d'attendre.

Alors, un dimanche, il dépensa cinq francs d'absinthe sur les billets de banque qu'il n'avait pas encore ôtés de l'endroit où elle les avait placés. Le cocher de l'hôtel Barbe vint le soir avec une fleur et un ruban. Paul sanglotait tout seul, couché tout habillé dans son lit pour avoir moins froid.

—Que voulez-vous, je pleure, je ne suis plus qu'un enfant! Joseph! elle m'oublie!

Joseph lui répondit des tas de choses inutiles sur un ton fort gourmé.

—Ces affaires-là ne me regardent pas, Monsieur

Richard, on me paye pour vous servir, mais on ne m'a pas chargé de vous consoler. Ces grandes dames sont si capricieuses!

—Et le mari? que devient-il, mon bon Joseph?

L'étudiant joignait les mains comme lorsqu'il avait dix ans et qu'il montrait des souris blanches pour quelques sous. Peu lui importait d'être rudoyé par *son* domestique: n'avait-il pas bu *son* argent le jour même?

—Ma foi, Monsieur est tout pendu à ses jupons, il a une figure cramoisie que c'est une véritable honte. Ce monde-là se la coule douce, je vous assure!

Paul rugit et se dévora les poings... Si elle allait l'aimer, maintenant qu'elle savait l'amour!...

Joseph sortit, plein de pitié.

Vers minuit on frappa légèrement. Paul était en train d'enfoncer un clou et d'arranger une corde, il avait décidé de mourir, sa lettre d'adieux était terminée. D'un bond il fut sur le seuil.

—Toi!

—Oui, moi!

—Et lui ... lui que tu tolères, à ce que me racontent tes gens? lui que tu veux aimer? N'es-tu pas la plus vile des femmes?

Elle riait en se débarrassant de ses fourrures.

—Fâchez-vous, tyran, quand je travaille à notre délivrance!

—Enfin, où est-il? T'a-t-il embrassée avant que tu montes cet escalier?

—M. Louis de Caumont est, à l'heure qu'il est, dans les bras de ma meilleure amie, la comtesse de Liol!

—Hein! ce n'est pas vrai! Joseph dit qu'il t'adore depuis ta dernière visite ici, et qu'il ne cesse de te caresser les cheveux pendant les repas.

—Oh! il caresse même le menton de ma femme de chambre; ce cher baron est en train de se faire maigrir, je crois!

Paul Richard, suffoqué, ne comprenait plus.

—Nous serons désormais aussi libres que lorsqu'il était en Russie, mon amour! ajouta-t-elle gaiement.

Il ne voulut point lui demander d'explications. Il alluma le feu avec la lettre d'adieux et lança la corde par la fenêtre. Quant au clou, il y pendit les fourrures de sa maîtresse en plongeant ses narines dans leur odeur d'ambre.

En effet, le baron était cette nuit-là chez la petite comtesse de Liol et celle-ci avait prévenu sa complice par ce billet laconique:

«Ma brune belle, le monstre restera chez moi, ce soir; on ne dansera pas au piano, mais il y aura du thé.

A vous.»

Elles s'entendaient. Un mépris commun du maître les faisait s'unir pour que l'une débarrassât l'autre des assiduités gênantes du viveur sur le retour. Peut-être bien la marquise avait-elle un plan ou soupçonnait-elle son amie de ne pas lui dire tous ses secrets d'épouse qui a besoin de demeurer chaste. Mais elle se dévouait sincèrement!

Louis de Caumont, à partir de son escapade, renoua des intrigues et se glissa en des lieux épouvantables. Un continuel besoin de volupté semblait le mener à travers les sociétés les plus interlopes. Il appelait sa femme une Mandragore. Dès qu'on respirait l'air qui l'entourait on devenait satyre et, toujours fier de ses forces renaissantes, il courtisait, à la fois, la comtesse, une fille du quartier latin, la prostituée des trottoirs, les cocottes du café Américain. Elles étaient toutes jolies, toutes savantes, toutes jeunes ... et, planant au-dessus de toutes, il revoyait l'image de Mary, l'énigmatique créature dont les baisers versaient du feu de ses reines.

«Une cure que ce vieux Barbe n'aurait jamais faite, lui qui m'a refusé des drogues aphrodisiaques!»—pensait l'ex-beau de quarante-trois ans, quand il était obligé, maigrissant, de resserrer les boucles de ses pantalons.

[1]
La cristallisation de l'acide carbonique a été découverte en 1881 par Wroblewski.

11

Affranchie de son esclavage conjugal, Mary rejoignit l'étudiant presque toutes les nuits; Joseph le cocher n'avait plus besoin de l'accompagner, elle savait le chemin, et, vêtue de robes simples, ne prenant même pas de voiture, elle allait par les rues du vieux quartier, se perdant au milieu des vendeuses d'amour. Paul, tout à fait fou, ne discutait plus ses ordres, il prenait l'argent qu'elle apportait, le dépensant pour elle et pour lui, heureux de s'avilir puisqu'elle disait que cela l'amusait. Il avait abandonné brusquement ses travaux, car il se moquait de l'avenir sans elle. Il trouverait toujours une place d'imbécile, selon ses expressions, quand elle se dégoûterait de leurs plaisirs, et il entrevoyait un final idiotisme qui serait la consolation de sa perte, le suicide maintenant était trop indépendant, trop brave, il avait encore, elle partie, le besoin de penser éternellement à ses cheveux, à ses mains, à sa bouche, et pourvu qu'il y eût un coin sous l'arche d'un pont, il rêverait après avoir vécu. N'était-il pas sa chose, son bien, ne l'achetait-elle pas et devait-il se reprendre pour la mort? Elle l'écoutait lui balbutier ces aveux, le caressant comme une proie qu'elle dévorait, morceau par morceau, le cœur un jour, l'honneur le lendemain. Quelquefois ils se rendaient au théâtre voisin, se dissimulant derrière des stores pour ne pas entendre la pièce et ne pas regarder les acteurs. Alors sa distraction était de lui chuchoter dans un moment d'effroi.

—Le voilà! mon mari ... ton père!

Il tressaillait jusqu'aux moelles, la suppliant de ne pas rire de cette situation qui les faisait si criminels. Mais elle demeurait gamine en plein vice, riait davantage le sentant frémir à ses côtés.

Peu à peu, ils se relâchèrent de leurs habitudes craintives. Mary assurait que le baron, enragé, glissait d'une débauche à une autre comme un être saisi de vertige. Elle l'avait pris sous le toit de sa propre maison essayant de violer sa femme de chambre; depuis, elle se faisait hautaine, le menaçant d'une séparation qu'on aurait prononcée contre l'époux, malgré tous les torts de l'épouse. M. de Caumont passait l'eau quand il était en bonne fortune, il ne rentrait chez lui qu'à la pointe du jour, harassé de fatigue, ayant l'aspect d'un chien battu: son domestique lui administrait une douche après laquelle il buvait un verre de vin bouillant qui le remettait à neuf d'une manière étonnante, et vers dix heures il se sauvait, on ne s'imaginait pas où, toujours chassant la jupe. Paul Richard eut des doutes au sujet de son appétit féroce, il l'avait connu très réservé dans ses noces, se vantant de rester correct durant les plus bruyantes orgies. Mary, une nuit de bal masqué, mena son amant dans un salon dont la porte s'ouvrait devant une pièce de vingt francs: là elle lui indiqua le baron vautré sur un canapé en compagnie de créatures un peu ivres, qui cependant lui résistaient tant il se montrait cynique.

—Oh! misérables que nous sommes! murmura le jeune homme, songeant que le père ainsi que le fils assouvissaient leurs passions avec l'or de sa bourse.

—Allons donc! répliqua-t-elle, cela, je le veux! Rappelle-toi que je voudrai toujours ce qui m'arrivera, je suis la maîtresse de vos destinées; et quand je ne t'aimerai plus tu regretteras mon amour comme bientôt il regrettera la vie! Vous n'êtes pas malheureux, vous, les inconscients. Vous n'avez qu'à vous laisser diriger le premier vers un lit, le second vers la tombe, et c'est moi qui ai tout le mal!

—Crois-tu qu'il se tuera?

—Je l'espère bien, Paul!

—Tais-toi, Mary, balbutia-t-il, effrayé de son regard cruel. C'est lâche d'attendre l'agonie d'un homme qui m'a fait grâce...

—Préférerais-tu que j'eusse le courage de le tuer moi-même?

Paul sortit, navré. Elle jouait avec ces idées funèbres comme avec les couteaux brillants que font tournoyer les jongleuses. Quand il lui parlait de son oncle, le professeur vénéré de jadis, elle interrompait ses doléances, lui assurant qu'il avait moins valu que celui-là, que tous ces gens usés étaient des sales, des corrompus, il n'y avait que les jeunes qui fussent drôles et encore s'ils se résignaient aux coups de griffe et aux morsures. Paul inclinait le front, ne disant plus rien. Il aurait eu grand tort de se plaindre puisqu'elle le choisissait dans la jeunesse, puisqu'elle aimait sa belle sève débordante. Certains garçons robustes mais blonds ont de ces passivités de filles dès qu'ils ont l'âme ensorcelée. Elle inventait des supplices très mignons pour éprouver à toutes les minutes sa docilité d'amoureux. Souvent elle lui promettait de venir, elle ne venait pas, sachant qu'il pleurerait de dépit et arrivait lorsqu'il n'osait plus l'attendre.

Maintenant ses hémorragies étant moins fréquentes, elle avait découvert des petits points sur sa peau, entre l'épiderme et la chair. Elle les tirait à l'aide de ses ongles formant l'amande, en laissant le sang fluer hors les trous des pores élargis; lui ne bougeait pas, mais son épaule ou son dos finissait par lui cuire tellement qu'il se fâchait, les larmes aux yeux. Elle employait ses caresses les meilleures pour le calmer, répétant qu'un homme doit être vraiment au-dessus de ces faiblesses-là; une piqûre, une perle empourprée, c'est peu de chose en comparaison du plaisir charmant qu'elle ressentait.

Docile, se moquant avec elle de ses révoltes, il lui tendait ses bras pour qu'elle s'amusât à les labourer d'une épingle à cheveux, une pointe de métal cuivrée très mauvaise, elle le tatouait de ses initiales, appuyant d'abord doucement, puis écrivant la lettre dans la chair vive, l'empêchant de fuir en lui donnant un baiser par écorchure. Cela semble si naturel aux fervents de l'amour d'expier toujours des crimes imaginaires! Ne l'avait-il pas violée lors de leur premier rendez-vous?...

Et elle était si belle quand elle bégayait ces phrases magiques:

—Tu es mon mari, toi, je te mettrai à sa place ... tu verras ... je t'épouserai. Nous n'aurons jamais d'enfant!

La voix lui manquait pour crier merci! il le lui disait des yeux, retenant ses larmes.

Un matin, Mary revenait de la rue Champollion, elle rencontra le coupé du baron, son coupé à elle, qui longeait le jardin du Luxembourg. Elle n'eut que le temps de se rejeter en arrière, mais la glace de la portière s'abaissa, une tête de femme sortit effarée. C'était la comtesse de Liol.

—Ah! quelle plaisanterie, comtesse! vous, à six heures, dans ma voiture! Où allez-vous?

—Montez!... dit la jeune veuve toute frissonnante... Avant de vous demander pourquoi je vous rencontre ici, laissez-moi vous ramener chez moi... Le baron est malade!

—Je croyais qu'il vous trompait, comtesse? dit tranquillement madame de Caumont.

—Oh! ne riez pas ... il est resté roide sur mon lit, les membres tordus: un cadavre, ma chère; je suis folle! Et elle se mit à sangloter.

Mary pinçait les lèvres.

—Vous avez donc un amant? finit par crier la comtesse, furieuse.

—Et je ne suis pas la seule, je pense, chère amie... Alors, ce pauvre baron est malade?

—Une attaque d'hystérie, moi j'ignorais que les messieurs en eussent. Ah! vous êtes une effroyable personne!

—Je ne saisis pas le motif de votre colère, fit

Mary, qui rajustait un peu sa coiffure, est-ce parce que je me promène le matin ou parce que le baron est malade, que vous me querellez?

La comtesse la serra soudain contre son sein palpitant...

—Je me moque de lui, tu sais ... je t'en veux de ne pas me dire tout ... tu aimes donc les hommes, toi?

Mary éclata. Positivement, la naïveté fabuleuse de cette petite mondaine était adorable. Elle la repoussa avec un geste ironique.

—Calmez-vous, Madame, en vérité, l'hystérie est à la mode. Que chacun garde ses névroses, moi je vous déclare que vos jeux de pensionnaire ne me suffiraient pas du tout!

La comtesse lui baisa la main, lui relevant son gant avec une feinte humilité.

—Oh! toi, dit-elle, tu es une tigresse, et c'est pour cela que je t'obéirai ... jusqu'à ce que tu m'obéisses... Je serai sage, tes secrets seront respectés.

Fronçant les sourcils, madame de Caumont se tut.

Arrivées à l'extrémité du faubourg Saint-Germain, elles descendirent devant une porte bâtarde et pénétrèrent par un escalier de service dans la demeure de la comtesse.

Sur le lit de la chambre à coucher, un lit ruisselant de vieilles guipures, le baron était assis, le visage ahuri, les mèches de ses cheveux déjà grisonnants tout en désordre; il avait mis son pantalon, il s'examinait devant une glace.

—Hein! marmotta-t-il, mes deux femmes!... Voilà

ce que je voulais voir... Si vous vous bécotiez, à présent que nous sommes de bons amis!

—Il radote, dit la comtesse indignée.

—L'accès est terminé ... répliqua la baronne, qui avait tâté le pouls de son mari avec l'expérience d'un docteur. Monsieur, vous donnez beaucoup de peine à cette excellente comtesse, il faudrait vous lever et me suivre, sinon, je plaide!

—Oh! Mary ... sois généreuse!... partons vite... C'est elle qui me racontait qu'elle voudrait t'avoir là, près de nous... J'en ai eu un fou rire et des syncopes! Je sens bien que tu vaux mieux que moi!

Il s'habilla, se peigna, puis après avoir, dans un éclair de sa galanterie chaste d'autrefois, effleuré les doigts de la comtesse, il suivit sa femme.

—Je vous jure, c'est elle qui a voulu ces bêtises! ajouta-t-il, dès qu'ils furent chez eux.

Mary écrivit une lettre charmante le soir même à madame de Liol, elle lui fixait une heure pour le surlendemain, ayant besoin de s'entendre de nouveau à propos de *leur époux*.

Le cocher Joseph déclara que la jeune femme, en lisant cette lettre, s'était pâmée de joie et lui avait jeté un louis.

La comtesse vint, superbe, décolletée, provocante, flairant une victoire, elle avait dévalisé un étalage de bouquetière et apportait de quoi faire tout une couche de lilas blanc. Mary, hermétiquement boutonnée, vêtue d'une robe de drap noir, gantée de Suède jusqu'à l'épaule, conservait son air de dédain habituel. Le baron, caché par un store, plus nerveux que jamais, attendait le résultat de la scène qu'on lui promettait très folle.

—Enfin! s'écria la comtesse, se jetant au cou de Mary.

—Puisque vous le voulez!... répondit la fille du hussard, dont le bras gauche replié derrière son dos paraissait tout agité. Le salon était clos, les velours jaunes, rebrochés de soie en médaillon Louis XV, s'égayaient d'un énorme feu crépitant, une chaise pompadour, devant l'âtre, invitait aux ébats mystiques, et les lampes, voilées d'écrans multicolores, donnaient une lueur de lune traversant des pierres précieuses.

La comtesse s'affaissa sur la chaise longue, les paupières clignotantes.

—Qu'as-tu dit pour qu'il nous débarrasse de sa présence?

—Auriez-vous peur de ses sarcasmes, ma chère enfant? demanda Mary avec un sourire froid.

—Non ... mais je t'aime pour moi seule!

—Êtes-vous si belle? mon Dieu, que vous brûliez de vous montrer à tant de gens, hommes ou femmes? murmura Mary, demeurée debout.

Pour toute réplique, la comtesse dégrafa sa robe; elle était sans corset, sa gorge de blonde, à cette lumière savante, produisait un effet de statue grecque, et la chemise transparente avait la douceur de flocons nuageux sur un marbre rose.

—Tu doutes encore? s'exclama-t-elle dépitée, voyant que Mary, fort bourgeoisement, tisonnait les braises.

—J'attends la fin! dit la baronne, dont la réserve s'accentuait.

La comtesse lâcha ses jupes, qui s'écroulèrent à ses petits pieds chaussés de satin.

Alors Mary se retourna, son bras gauche se tendit vivement et madame de Liol poussa un cri atroce, son corps se renversa sur la chaise, marqué au flanc d'une blessure fumante. Le tisonnier était rouge...

—Du secours! hurla le baron, s'élançant de sa cachette ... du secours, elle l'a tuée!... Oh! Madame, vous êtes le pire des bourreaux!

—Monsieur, scanda Mary avec une dureté sinistre, je suis chez moi et libre d'y punir comme il me convient un attentat aux mœurs... Cette femme est votre maîtresse, vous étiez présent, votre rôle sera grotesque si vous dites toute la vérité à la barre d'un tribunal...

Elle se retira, le laissant pétrifié en face de la malheureuse comtesse.

A trois semaines de là, madame de Liol, guérie, partait pour Nice. Son cercle d'intimes prétextait l'état de sa poitrine, peut-être eût-il fallu prendre la chose de moins haut.

Quant au baron, il avait, sous l'empire de ses crises assez inexplicables, recommencé les pires fredaines. Tulotte, très vertueuse, même étant grise, déclarait qu'elle quitterait l'hôtel si on ne l'envoyait pas, avec son amoureuse manie, à Charenton. Joseph, le cocher, pensait que Madame *avait eu des excuses*, et le docteur appelé, un ancien ami de Célestin Barbe, plaignait beaucoup cette jeune femme, obligée de se dévouer au monstre. Il leur conseilla le séjour de *la Caillotte*, leur propriété de Fontainebleau, où le sergent de ville était rare. Maintenant, avec le printemps, il fallait tout prévoir!

La Caillotte était une petite villa que l'humidité de la forêt avait rendue toute verte. On ne la distinguait pas dans sa pelouse et ses bosquets, elle semblait faite de mousse comme une vieille tombe. Il n'y avait point de fleurs; rien que des feuilles, myrtes, noisetiers, buis, les mille variétés des liserons, des pervenches, plantes sauvages de la ruine. Les croisées donnaient sur l'infinie perspective des routes de chasse, l'ombre de ses bois l'enveloppait d'un reflet reposant, mais bien lugubre aux heures du crépuscule. Dès le mois de mai, Mary voulut que le don Juan vînt habiter avec elle ce coin d'Éden mélancolique. Il fît une résistance opiniâtre, disant qu'on le sèvrerait là-bas de ce qui lui paraissait un besoin absolu, et capitula dans un moment de lassitude. Il se sentait très coupable, autant qu'elle; il ne pouvait plus invoquer sa dignité d'époux.

Le baron, entrant dans le jardin, faillit se trouver mal, l'air pur le grisait, son cerveau détraqué avait des élancements aigus; ses bras, remplis de fourmillements bizarres, lui refusaient leur service; il n'eut pas la force de retenir la grille à moitié rongée par la rouille, et elle lui dégringola sur les reins.

—Je vous ai averti! cria Tulotte, exaspérée par ce second gâteux, qu'on était obligé de suivre comme un garçon en bourrelet.

Le cocher ricanait.

—Joseph, dit la baronne, repoussant la grille, il faudra chercher un serrurier. Où est notre concierge?

Le concierge, un jardinier boudeur et qui ne les attendait pas si tôt, traversa la pelouse en maugréant. Tout à coup il s'arrêta stupéfait.

—Hein? Monsieur ... que désirez-vous?

—Tu es un abruti, mon vieux! dit le baron, s'appuyant aux hanches de sa femme.

—Pardonnez-moi, Monsieur le baron, je ne vous reconnaissais plus!

Impatientée, Mary entraîna son malade du côté du perron.

—Ah! c'est bête!... il a dû avoir une fluxion de poitrine depuis six mois! murmura le jardinier.

—Bah! répondit le cocher, adressant un signe d'intelligence à la servante, qui détachait leurs malles, on a du tempérament quand on possède une jolie dame.

Mary se retourna en haut des marches.

—Je pense que vous serez sage ici, dit-elle d'un ton presque doux, et nous vous guérirons.

—Je le crois! soupira-t-il très humble, se serrant près d'elle, craintif et allumé, l'œil vacillant comme une flamme qu'on éteint. Nous serons comme des tourtereaux! ajouta-t-il.

Elle passa devant lui, la lèvre ridée d'un terrible rictus.

—Louis, déclara-t-elle, quand on a mené des maîtresses sous le toit conjugal (et j'ai mes témoins), on n'a plus de femme. Mon rôle se bornera à vous soigner. Rappelez-vous les ordonnances. Du reste, je suis médecin, vous savez.

—Tu es une bonne amie! fit-il confus, mais je te supplie de ne pas me rudoyer! Je suis plus désolé que toi de mon état. Quand la raison me revient, je me logerais des balles dans la tête. C'est une honte! je lutterai ... nous lutterons... J'ai une existence trop oisive, je vais bêcher mes plates-bandes, semer des radis! Oh! je comprends que tu m'as bien aimé pour brûler la comtesse ... ma belle jalouse, j'ai oublié ta faute, va, tu es vengée à ton tour!

Ils visitèrent le logis, secouant les tentures, d'où tombaient des masses d'araignées velues.

—Cela sent le moisi! répétait le baron, s'éloignant de ces bêtes avec une horreur superstitieuse.

Sa chambre à coucher, faisant face à la forêt, était tapissée de vieux lampas brun encadré de bois sculpté, et des grisailles, douloureusement monotones, ornaient les meubles.

—Je voudrais dormir un peu; le chemin de fer m'a fatigué, dit le baron, les jambes molles.

Elle le laissa chez lui pour aller arranger un pavillon qu'elle voulait habiter, à l'autre bout de la maison.

Leur vie d'été débuta par une violente rechute du monomane, il s'était lancé à la poursuite d'une petite fille de huit ans qui avait eu la vilaine idée de lui faire une grimace. Le jardinier, indigné, la lui ôta juste à temps et accabla de grossièretés ce maître perverti.

Mary, toujours calme, prononça des phrases vagues.

—Soyez patients, il est malade!

En attendant, le baron n'avait plus d'appétit, plus de graisse et s'exténuait dans ses multiples rages d'amour. Le docteur se grattait le menton, le sentant flambé. Il avait envie de l'isoler de sa femme; seulement, elle refusait, désirant gravir ce calvaire tout entier. Une fois le baron, vis-à-vis d'elle et en présence du médecin, eut des manières de goujat.

—Vous voyez que je n'exagère pas! dit madame de Caumont, qui avait rougi.

—Séparez-vous! risqua le médecin, trouvant qu'un malade pareil n'était guère intéressant.

—Pour amuser un tribunal! répondit-elle avec amertume.

Le médecin sortit de *la Caillotte* tout ému.

La digne nièce de l'homme honorable que pleurait la science, cette Mary Barbe! Du reste, qu'elle satisfît ou non les passions de son époux, le mal augmenterait malgré ce dévouement sublime.

Le baron avait des causeries funestes que Mary ne pouvait pas enrayer. Tantôt il lui développait ses théories sur les passions contre nature, tantôt il s'ingéniait à lui découvrir des perfections dont elle ne se souciait pas. A l'ombre des frondaisons parfumées, dans les senteurs saines de cette forêt majestueuse, il débitait ces histoires malpropres, creusant les situations, répétant les mots crus. Les amours des femmes entre elles le hantaient.

Il prétendait que la pauvre comtesse avait injustement souffert. Si sa petite Mary était gentille, elle lui pardonnerait un jour; ce serait bien drôle! Tous les viveurs spirituels tolèrent ces choses; des préjugés, il n'en fallait plus. Notre siècle était le siècle des plaisirs élégants. Sans jalousie on faisait une triple noce qu'on oubliait à l'aurore, après son bain.

Pendant l'Exposition de 1878, et en Russie, il avait vu des régiments de ces jolies pécheresses, des créatures du meilleur monde, et il citait les noms, les rues, les hôtels.

Silencieuse, Mary l'écoutait, sucrant ses potions, les dents serrées, les yeux fixes, songeant aux ruts puissants et pourtant pudiques des carnassiers au fond des bois. Un loup, c'eût été beau devant l'homme de ce siècle des plaisirs élégants.

Paul Richard avait loué une chambre à l'auberge pas loin de leur villa. Dès que la nuit épaississait l'ombre des grands arbres, il se glissait comme un voleur le long du jardin. Le cocher lui donnait des renseignements et, selon l'humeur de Monsieur, Madame venait le rejoindre dans le pavillon formant une espèce de tourelle moyen âge à la maison.

Ils avaient, au dessus des serres, une pièce immense garnie de cretonne rose, avec un lit splendide en ébène massif. Des placards et des bahuts étaient là pour toutes les alertes possibles. Souvent, Paul dormait le matin, puis, lorsque Mary était allée réveiller le baron, il se réveillait aussi, s'échappait par la porte des serres, n'ayant plus de remords. Mais une nuit il eut une vision affreuse qui le désespéra. Son père, tâtonnant par les corridors, renversa un meuble et il fit irruption dans la salle où on s'aimait. Il entra titubant comme un homme ivre, la bouche tordue, les yeux tragiques. Paul se jeta par terre entre la muraille et le lit, ne respirant pas. Ou le mari savait tout une seconde fois, ou c'était un cauchemar hideux.

—Mignonne, supplia le pitoyable époux, j'ai du feu dans les veines, oh! je t'assure, je ne veux pas te faire mal, je ne te toucherai pas ... je vais m'asseoir, là, sur le tapis, et je dormirai. Mon lit est criblé de pointes d'acier, j'ai les reins meurtris! Ma petite reine, veux-tu?

Et il joignait les mains comme jadis Paul Richard le faisait quand elle le torturait de ses refus.

—Canaille! rugit la jeune femme, se dressant toute échevelée de sa couche.

Paul se boucha les oreilles.

—Mary, larmoyait-il s'agenouillant, le front abîmé sur les couvertures tièdes, tu m'aimais bien il y a trois ans!

—Voulez-vous sortir, ou je sonne! répliqua-t-elle, frémissante de dégoût.

—Et si je veux pas sortir, moi, na! dit-il, riant d'un rire idiot.

Avant que Paul eût la pensée d'intervenir, elle bondit en arrière, décrocha un fouet qui se trouvait dans une panoplie de chasseur et lui cingla le visage si brutalement qu'il prit la fuite, éperdu.

—Mon père! gronda l'étudiant, se levant affolé. Je te défends de frapper mon père!

Tous les deux ils se regardèrent un instant, la mine sombre.

—Je veux t'oublier! déclara le jeune homme, dont le sang avait reflué au cœur.

—Je crois que tu ne pourras pas, mon cher! ricana-t-elle en se recouchant sur ses magnifiques cheveux d'un noir que le rose des rideaux et des couvertures faisait plus intense.

Il éteignit la veilleuse, s'habilla, descendit l'escalier sans précaution, puis il courut le restant de la nuit parmi les bêtes de la forêt. Une semaine s'écoula; le baron, après un dîner fin qu'il avait demandé comme une suprême consolation, s'effondra, les jambes paralysées, au milieu de la pelouse où il était allé déguster un verre de cognac. Tulotte, déjà très gaie, lui posa des questions légères.

—Ma foi, baron, lui dit-elle, vous mériteriez que

votre femme vous trompât... Est-ce que vous allez embrasser l'herbe? Vous auriez fait un charmant hussard, ma parole, toujours vainqueur!

Quand elle s'aperçut qu'il râlait, elle rassembla les domestiques; on le mit au lit, et Mary lui fit des sinapismes. Joseph avait envie de le veiller à sa place, mais elle refusa.

—C'est un monstre malade... Je le soignerai jusqu'à ce que le médecin me le défende. Si j'aime un autre homme, il faut que j'expie cet amour.

Madame de Caumont, quand la nuit fut close, chargea le cocher d'un billet pour Jean Richard, s'il était resté à son auberge. Tulotte, impressionnée par la catastrophe et le cognac, se coucha de bonne heure; la femme de chambre visitait Fontainebleau avec un cousin militaire. Mary était seule.

—M'oublier? se disait-elle accoudée à l'appui de la fenêtre, serait-il capable de m'oublier?... Cela dure trop!

A cette heure, absolument douce, faite des tendresses de toute la création, elle aima son amant comme elle ne l'avait jamais aimé. Puis, écartant les rideaux du chevet, elle examina son malade.

Le baron avait l'œil brillant, les narines dilatées, il agitait, d'un mouvement sénile, ses mains devenues osseuses.

—Je t'aime bien ce soir, mignonne! marmottait-il, et sans ces diables de jarrets qui me manquent, je te prendrais de force!

N'ayant plus que son désir abominable fixé sous son crâne, il ne savait plus ni où il était ni où il irait, heureux que la femelle de ce beau printemps fût là, sa femme, sa Mary mignonne, brune comme la splendide nuit, avec ses beaux yeux d'un clair d'acier, une double étoile d'amour, et il se tuait en d'ignobles extases.

—Je souffre bien! bégaya-t-il, essayant de toucher au moins sa robe, mais elle se dégagea, laissa retomber le rideau. Elle prit une tasse de lait, la sucra en y ajoutant quelques gouttes d'un flacon d'or et une poudre. A ce moment même, Paul pénétrait dans leur chambre rose; il en fit le tour d'un regard rapide et, n'apercevant point sa maîtresse, il alla droit à l'appartement de son père. Il ouvrit la porte avec précaution. Mary, distraite de l'œuvre qu'elle accomplissait, se redressa: elle fut effrayée par les prunelles de braise du jeune homme; il tremblait de tous ses membres, et pourtant une résolution solennelle se lisait sur sa figure bouleversée.

—Mary, dit-il à voix basse, donnez-moi ce lait, je meurs de soif et mon père n'en a pas besoin!

Elle tressaillit: il finissait donc par comprendre.

—Tu es fou! ton père ne dort pas! Et elle mit impérieusement son index sur sa bouche.

—Ce lait! accentua plus fort l'étudiant, je le veux!

—Pauvre ami! pas de drame, je n'ai guère le temps de t'écouter.

Elle s'avança sur le seuil. Le baron entendit du bruit.

—Mignonne! chevrota-t-il, ne t'éloigne pas, je me meurs sans toi!

—Tout de suite, Louis, c'est le médecin qui arrive, tu es beaucoup mieux! répondit-elle.

Paul Richard s'empara de la tasse et voulut la

porter à ses lèvres. Alors, elle la lui arracha et la lança par la croisée ouverte.

—Je m'en doutais! dit l'étudiant qui, chancelant, se retenait à un fauteuil pour ne pas tomber.

—Va dans notre nid, fit-elle avec un sourire charmeur, je t'expliquerai. Ce poison, ce n'était que de la cantharide... Depuis six mois je lui en donne tous les soirs un peu ... mais ... tu n'en as pas besoin, toi, mon cher amour! Je t'assure qu'il a bien la mort qu'il mérite!

Paul rampa sur les genoux jusqu'au lit de l'agonisant, là, il baisa sa main exsangue qui pendait.

—Pardonnez-moi, râla-t-il ... mon père ... je m'en vais ... pour toujours...

—Mignonne! répétait encore le baron, car il ne trouvait plus d'autre mot.

Paul s'élança vers le seuil, ne voulant pas l'achever par sa présence.

—Où vas-tu? interrogea Mary palpitante, où vas-tu?

—Je te méprise! laisse-moi!

—Mais je t'aime! reprit-elle, s'accrochant à son bras, je t'aime. Oh! cœur de lâche qui ne comprend rien; lui mort, et mort sans qu'on puisse deviner la cause de son trépas, lui mort, nous serons unis, cher enfant que je veux tout entier, nous serons heureux librement. Ne t'en va pas! va m'attendre *chez nous*, mon bien chéri!

Il la repoussa par un effort surhumain en lui tordant ses jolies mains félines derrière le dos, parce qu'il sentait qu'elle le vaincrait encore si elle le prenait au cou.

Alors, elle eut une muette fureur; elle se jeta, la

bouche en avant, le mordant à la hanche, et il dut lui laisser de sa peau pour pouvoir s'enfuir.

Le baron mourut le lendemain matin dans des spasmes joyeux.

—Un cas de satyriasis bien étrange! dit le docteur pensif, en constatant le décès.

12

Et l'année lugubre de son double veuvage écoulée, sa vie s'épanouit en des exagérations à travers ce que les philosophes du siècle appellent la *décadence*, la fin de tout. Avec amis, parasites ou amants, elle courut dans les lieux mal famés qu'on lui vantait comme endroits recélant de fortes horreurs, capables, en ébranlant ses nerfs, d'étancher sa soif de meurtre. Après la *Gazette des Tribunaux*, les comptes rendus des journalistes mouchards; la Morgue; les romans naturalistes; les musées de cire du boulevard; les exploits des empoisonneurs spirituels, il restait encore les brasseries de femmes dans lesquelles, par bonheur, une fois, on pouvait être témoin d'une sanglante scène de jalousie, les maisons capitonnées, bien closes, où l'on fustige des vieillards décorés; les cabarets de lettres où de jeunes garçons, presque des enfants, causent de la possibilité de tuer leur mère dès qu'ils l'auront violée; où des gens, un peu ridicules, décrivent sur leurs bocks de bière frelatée ce qu'ils oseraient sans la préfecture de police; les bals musettes où le souteneur, désormais reconnu comme *espèce* par la société, ayant une raison presque légale de vivre, explique aux curieux devant lesquels il pose, les doigts aux entournures du gilet, le *trois-ponts* en arrière, sa manière d'*estourbir* une *marmite* récalcitrante et vous invite même à contempler sa belle, râlante des derniers horions reçus.

La *Boule noire*, l'*Élysée-Montmartre* lui fournirent des distractions, piètres d'ailleurs, mais elle allait toujours, espérant trouver dans un coin inexploré et moins voulu que les autres la vision de la Rome terrible se disputant les sexes sous des voiles de sang. Durant des nuits, elle voyageait suivie de ses fidèles, de bouges en bals de barrières, très lasse de la triste monotonie des querelles. Ceux qui sortaient leur couteau étaient toujours des individus étrangers aux mœurs nouvelles, des Italiens, des ouvriers de la province, quelques anciens soldats déserteurs. Au demeurant, le crime arrivait à ressortir moins sale que l'attitude des victimes, les femmes n'avaient aucune idée de se défendre et les hommes criaient au secours avant même d'être frappés.

Une période de lâcheté universelle. Elle ne prenait pas plus le parti de celle-ci que de celui-là. Ces batteries canailles sentaient le musc comme, en crachant, les gueules des petits chats furieux; une afféterie regrettable se mêlait à ces drames, leur donnant tout de suite des airs de vaudeville. Le matin, elle revenait chez elle, plus fatiguée qu'étonnée, ne sachant même pas si elle avait pu risquer sa peau dans sa tournée des bas-fonds.

A côté de sa demeure, une fois, elle rencontra un incendie, les pompiers n'étaient pas là, elle s'exaspéra et voulut forcer ses compagnons à grimper aux fenêtres pour éteindre. Ils éclatèrent de rire, prétextant la fatigue de leurs équipées: elle était de plus en plus folle. Est-ce qu'on gagne quelque chose à éteindre le feu de son voisin? C'est vieux, le monsieur qui saute dans la chambre de la demoiselle par une fumée intense et se suspend avec elle à un drap de lit. Alors, elle les traita d'imbéciles, leur tournant le dos, sans leur serrer la main. L'émulation du courage aussi était morte devant le bouton de la sonnette d'alarme.

Ça regardait la municipalité, n'est-ce pas? Non! non! plus rien de fougueux! Le sang fuyait des veines françaises et Paris, ce cœur de la terre, ne battait plus le rappel des guerres lointaines.

Elle entassait pêle-mêle ses réflexions de détraquée, trop puissante pour devenir veule, en s'endormant dans son grand lit solitaire.

Où était le mâle effroyable qu'il lui fallait, à elle, femelle de la race des lionnes?... Il était ou fini ou pas commencé.

Du reste, quel plaisir l'assouvirait, maintenant que les hommes avaient peur de ses morsures? Ah! ils la faisaient rire avec leur *décadence*, elle était de la décadence de Rome et non point de celle d'aujourd'hui, elle admettait les joutes des histrions dans le cirque, mais ayant, assis près d'elle, sur la pourpre de leurs blessures, le patricien, son semblable, applaudissant avec des doigts solides, riant avec des dents claires et vraies.

Elle aurait bien volontiers offert sa couche au voleur des grands chemins tel qu'on le représente, massacrant les gendarmes ou arrêtant à lui tout seul une diligence du gouvernement; mais les vols manquaient aujourd'hui de sauvagerie; que faire d'un voyou pâle qui a tiré sur un unique sergent de ville et s'est ensuite cavalé à toutes jambes? Où étaient les colères tonnantes des assassins contre la société pourrie: Lacenaire, Papavoine, madame Lafarge? Crime pour crime, c'était plus grandiose que les mièvreries d'Alphonse, le vitriol des petites couturières, et les habitudes des mondains toujours hystériques avant de frapper, évoquant des idées de folie pour soustraire leurs misérables têtes à la guillotine. Une puanteur, cette série de femmes coupées en morceaux! L'innovateur était peut-être excusable en son génie malsain, mais que penser de ces imbéciles, suivant à la file avec leurs quartiers de chair et, forcément, il en transpirait des racontars d'égout salissant leurs tristes gloires. On devinait que le dépeçage leur était suggéré par leur peur atroce d'être découverts. Ils ne faisaient pas cela pour l'amour de l'art...

Mary se réveillait au soir, se demandant ce qu'on inventerait de neuf pour se distraire, et elle s'habillait avec le soin minutieux d'une jeune épousée.

Elle gagnait la trentaine, mais elle gardait sa beauté de créature qui a de la santé à revendre. Le blanc de son œil conservait la teinte nacrée qu'ont les regards de vierges, et cet œil, sans s'agrandir, devenait long, ressemblant au rictus railleur d'une bouche mi-fermée. Ses cheveux luisaient d'un éclat de pure sève, lourds, très rebelles, se détordant sans cesse, noirs à la revêtir d'une nuit sinistre. Sa pâleur dorée, accentuée par les veilles multiples, rendait tout le sang de ses joues au sang de son cœur, toujours froid pourtant, mais régulier comme une machine que rien ne doit enrayer.

Folle, elle l'était pour les passants qui la voyaient une heure; mais l'épouvantable résultat des études que les intimes avaient faites sur son organisation affirmait le calme de tout son corps; elle avait aimé, elle n'aimait plus, elle prenait des amants une semaine, puis les chassait.

Elle rôdait la nuit et dormait profondément le jour, ainsi que les bêtes de carnage les mieux portantes; elle mangeait modérément, buvait de même, adorait les bains glacés qui détendent les muscles et garantissent des humeurs. Son être d'une chair incorruptible passait au milieu des hystéries de son temps comme la salamandre au milieu des flammes; elle vivait des nerfs des autres plus encore que des siens propres, suçant les cerveaux de tous avec la volupté d'un cerveau qui sait analyser à une fibre près la valeur de leurs infamies, et avoue sincèrement qu'il regrette ses cruautés parce que beaucoup de ses mets sont d'un goût douteux. Elle se serait trouvée sur un trône qu'elle aurait fait de bonnes choses, mais rouler en atome parmi tous les atomes de ce pays gangréné ne lui paraissait pas une mission... Elle se contentait de jouir du spectacle, cherchant la satisfaction de ses désirs de femme féroce sans s'inquiéter de la fin. La fin, elle s'en moquait, cela durerait toujours autant que M. Grévy, pour descendre à une plaisanterie banale, signe des temps de leur fameuse *décadence*. Homme, elle aurait rêvé de politique; femme, elle était trop habile et trop distinguée pour jouer un rôle absurde. Les petites guerres enrubannées que l'on danse après souper chez certaine grande républicaine, dont le but est de faire gagner un sou à celle qui tourne l'orgue de Barbarie, lui répugnaient, et les bourgeois tenant pour un roi l'égayaient. Quant aux créatures espionnantes, cadeau de la Prusse, contrefaçon française des duchesses allemandes, elle ne comprenait pas leurs déploiements de duplicité pour aboutir à des diamants ou à des maisons de tolérance.

Au fond, elle sentait que l'honnêteté et la sanité sont des merveilles, elle aurait voulu un pays comme la France des jours héroïques, alors que ni la Bourse ni la Morgue n'étaient le rendez-vous de toutes les classes, mais, ne visant point à la dignité de chargée d'affaires du Créateur, elle laissait, avec un ennui mélangé de dédain, couler la Seine dont le flot est épaissi par la décomposition des batailleurs qui ont lutté jusqu'au suicide.

Et la nuit ramenait ses dévergondages de curiosités bestiales, ses courses dans les ruelles empestées d'odeurs vicieuses, sous le domino, en carnaval, ou dans la jupe d'une grisette, aux saisons moins compliquées, s'appuyant à la hanche du dernier vainqueur, qui était bien plus un vaincu, et qu'elle choisissait à la fraîcheur du teint sans lui demander son avis, sans lui permettre de la questionner; elle allait, infatigable, se grisant de ce mauvais vin qu'on appelle l'émotion forte et qui n'atteignait, en elle, que la moitié de sa raison. Parfois, une plaie nouvelle sortait hideuse des brumes, et elle la touchait de son index rageur, la fouillant avec un plaisir éclatant en traits d'ironie.

Une nuit, elle voulut quand même se faire inscrire au registre d'un hôtel garni dont la réputation était horrible. De leur chambre, ils entendirent bientôt des pleurs de femme qu'on criblait de coups. Elle se leva, les narines ouvertes, flairant une scène drôle où elle briserait quelqu'un légalement, elle enferma son amant, un petit de dix-neuf ans, peu rassuré, ne comprenant rien à ses caprices fabuleux, et elle bondit dans la bagarre. Deux souteneurs,—toujours eux!—s'arrachaient une fille déshabillée; elle leur parla, le front haut, la lèvre impérieuse, tenant son revolver tout prêt, mais ils lâchèrent la dispute, la fille se mit à rire niaisement, en dissimulant ses bleus, puis on s'arrangea, la dame était bonne, par exemple, on avait trop peur des sergots pour s'assassiner! Et l'échauffourée n'eut pas d'autre suite qu'un compliment à l'adresse de la dame, une jolie personne, une égarée du boulevard, pour sûr!

Le lendemain, Mary, par hasard, lut un journal donnant les détails d'un crime commis dans l'hôtel borgne en question; elle se rendit à la préfecture de police, outrée de ce que ces gens-là n'avaient pas eu le courage de la tuer devant elle. Et comme le chef de la sûreté l'interrogeait sur la cause de son séjour nocturne chez des misérables, elle répondit!

—Monsieur, j'allais voir un crime, mais je suis partie trop tôt!

Pensant qu'elle cachait une intrigue amoureuse, le prudent fonctionnaire n'insista pas, car elle lui avait fait passer sa carte, fleurie d'un tortil authentique, et les souteneurs, casquette basse, vantaient son courage à défendre la pauvre tuée.

Enfin, elle eut la bonne fortune de plonger dans

un dernier gouffre, plus nauséabond et plus puant le crime que tous les autres, et ce gouffre était à sa porte, il conservait un aspect de gaieté légère qui avait trompé son flair de sadique. Une nuit de carnaval, elle revenait de l'Opéra avec des journalistes quelconques, lorsqu'elle eut la tenace volonté de descendre prosaïquement à Bullier, malgré les réflexions maussades de ces messieurs. Il fallut s'entendre huer par certains étudiants, êtres d'une désespérante banalité, se servant des scies les plus grossières et perdant, en chaque soirée de bocks, leurs allures de frondeurs spirituels des temps de Murger; il fallut écouter les menaces des grues, moins bien grimées que *de l'autre côté de l'eau* et tout aussi mangeuses d'argent. Les journalistes grommelaient des phrases équivoques; Mary, drapée de son domino de velours sombre, le loup collé à la face, les suppliait de prendre patience, ils souperaient à l'aurore, voilà tout, et ils pensaient bien que les gens de la baronne de Caumont savaient se servir des réchauds. D'abord, elle fut saluée par de véritables hurlements; le domino à Bullier, c'était une aristocratie intolérable. Elle eut de la peine à se caser dans les galeries, ayant autour d'elle ses invités frémissant de dégoût.

Cette femme, exquise à table et généreuse de bourse, leur paraissait maintenant tout à fait ignoble avec ses débauches crapuleuses... Si cela continuait, elle les exposerait à des gifles pour leur plus grande gêne, car on ne se battrait pas en son honneur. L'honneur de la baronne de Caumont! une histoire ancienne!... Et ils se poussaient du coude, la regardant se pencher sur la balustrade, ses mains gantées de gants paille jointes dans une attitude méditative, ses yeux étincelants derrière le masque, la longue traîne de son domino loutre tournée autour d'elle comme la queue monstrueuse d'une hydre. Les dentelles ne cachaient pas la bouche fine et rose, d'une étroitesse de blessure qu'on ne pourrait jamais cicatriser; par instant les dents saillaient, lividement blanches. Elle attendait quelque chose qui ne voulait plus venir. Elle souffrait, n'étant pas encore blasée et voulant des émotions comme l'ivrogne veut de l'eau-de-vie. Ah! bien oui, l'honneur de la baronne de Caumont! l'honneur des dames de la névrose parisienne quoique titrées, menant un train d'enfer! Bon rapport de scandale pour les journaux à la mode... Autrefois, on les aurait défendues peut-être contre les lanceurs d'ordures, mais aujourd'hui, merci-Dieu, tout était changé, une femme n'était plus une femme: prostituée, grande dame et princesse, tout roulait pêle-mêle dans une cohue pareille à ces foules de Bullier salies du reflet vulgaire de ces globes multicolores. Eux-mêmes donnaient l'exemple, mangeant leur souper et bavant ensuite sur leurs jupes. La joyeuse débandade, hein? que les célébrités femelles leur déroulaient chaque nuit à travers la fumée de leurs cigares. Plus de mères, plus d'épouses, plus de jeunes filles ... rien que de la copie pour le *Gil Blas*.

Tout d'un coup, la baronne de Caumont se dressa étonnée. Elle avait aperçu le profil d'une tête charmante, un profil grec. Elle désigna la créature à Lucien Laurent, qui se trouvait à sa gauche.

—Tenez! lui dit-elle, Lucien, vous me raillez quand je vous raconte mes répugnances pour les passions entre femmes et vous ne me croyez pas de mon siècle. Eh bien! en voilà une que j'aimerai, si elle est à vendre.

—Ça, murmura Lucien, retenant un éclat de rire ... c'est un homme déguisé.

Tous se groupèrent pour le suivre des yeux. En effet c'était un éphèbe, à tant l'heure, merveilleux de coquetterie intuitive, vêtu en pierrelle de satin crème, aux décolletages fourmillant de dentelles, il avait la peau fraîche, les gestes candides d'une ouvrière qu'on a trop endimanchée.

Pétrifiée, Mary de Caumont le dévorait de ses prunelles claires qui se fonçaient. Un homme? Elle n'avait jamais vu ceux-là de près. Elle prit le bras de Lucien et rentra dans le bal. Il ne restait que quelques enragés noceurs avec des filles non levées, les plus laides.

Une société bizarre remplaçait à présent les étudiants désertant la salle, les quadrilles accentuaient leurs pas scabreux et des brutalités soudaines secouaient les danseuses. Des habits noirs, le gilet très ouvert, se promenaient gravement avec des perles à la chemise, des gants immaculés.

Bullier était devenu méconnaissable. Du large escalier descendaient des travestissements plus fantastiques, on eût dit que les acteurs de la joyeuse comédie cédaient leur place à des traîtres de mélodrame.

—L'heure des tapettes! dit laconiquement Lucien Laurent qui avait déjà constaté la chose autre part.

Ils surgissaient en bandes serrées de huit ou dix, mieux habillés que les femmes, de nuances plus éclatantes, d'étoffes plus coûteuses. Il y en avait en dames du monde se traitant de *ma chère* et de *ma mignonne*, portant des sorties de bal garnies de cygne sur leurs bras nus cerclés d'or; quelques-uns en paysannes Watteau, criblés de fleurs des pieds à la gorge et corsetés solidement comme des tailles de poupées, plusieurs en peplum attique serti de camées; beaucoup en mère Gigogne, très sveltes dans des crinolines du temps de l'empire. Ce monde nouveau se remuait avec des grâces de perverties, jouait de l'éventail, réclamait des bouquets perdus, et saluait de loin les habits noirs mélancoliques.

—Est-ce qu'ils ne vont pas être chassés? fit la baronne Mary, frissonnant en dépit de ses hardiesses coutumières.

—Allons donc! nous sommes en carnaval! répliqua Lucien.

A la faveur de ces spéciales nuits d'orgies, le cloaque débordait tranquillement dans cette salle naguère pleine des fils des meilleures familles, et ils injuriaient les prostituées de l'autre sexe réclamant leur morceau de chair qu'elles essayaient de leur disputer. Ils avaient une espèce de cynisme, très différent d'ailleurs, ne provoquant pas les hommes qui les regardaient, mais laissant agir les curiosités honteuses, sûrs d'en emporter *un* sur le nombre. Ces mêmes spectateurs, venant des bals plus élégants pour les trouver, approuvaient la chasse qu'on avait faite aux souteneurs ... ils n'auraient point chassé ces nouvelles *créatures* qui les amusaient en leur permettant une seconde de vice, par le regard. Mary reconnut autour de la pierrette au profil de camée grec le fils d'un médecin qu'elle avait déjà reçu du temps de l'oncle Barbe. Celui-là, fardé discrètement comme une femme du monde qui imite une fille publique, laissant deviner des bracelets sous sa manchette masculine, s'affichait dans la compagnie de ces traînées de barrière, riant de leur rire soumis, grasseyant de leurs accents ridicules, marchant de leur démarche alanguie de chien dont on vient de casser les reins. Tout fier d'une beauté qui lui donnait le droit d'être lâche, il ne se défendait pas des injures voisines, ne relevait jamais une allusion, intéressant par sa recherche même de l'ignominie. Du reste, un jeune homme bien véritable ayant fait ses preuves de mâle, puis retournant aux bêtises du collège, comme s'il ne voulait plus de ses vingt ans.

Mary s'arrêta.

—Hein? fit-elle le désignant à Lucien Laurent.

—Parbleu, on le dit; seulement plus on le dit et plus il est heureux, c'est pour cela que je ne le crois pas.

—Votre avis?

—Mon avis est que si on le disait de moi, je vous répondrais: *je vous jure que non*. Mais je ne réponds plus que de moi.

—Et encore! murmura la baronne à la fois dédaigneuse et gaie.

Mary était gaie parce qu'elle se sentait un but. Quand ses terribles désirs de meurtre la reprendraient, sa conscience ne lui reprocherait rien, si le choisi se trouvait un de ceux-là!

Elle ouvrait larges les narines derrière le velours du masque. Ce serait une idéale volupté que lui fournirait l'agonie d'un de ces hommes peu capable de se défendre d'une femme. Elle jetterait son mouchoir, par une nuit de printemps, dans ce tas d'animaux à vendre et elle l'amènerait chez elle, le couvrirait de ses bijoux, l'entortillerait de ses dentelles, le griserait de ses meilleurs vins, et, sans lui demander en échange autre chose que sa vie répugnante, elle le tuerait, avec des épingles rougies au feu, l'ayant d'abord attaché avec des rubans de satin sur son lit antique.

Un fin projet ... qu'elle ne mettrait pas à exécution, peut-être, mais qui lui aurait illuminé la pensée durant bien des jours sombres.

—Messieurs, dit-elle rappelant sa cour, allons souper ... je vous tiens quittes!

Comme un tourbillon, ils s'engouffrèrent dans sa voiture, se chuchotant des remarques littéraires à propos de ces travestis.

Le lendemain, vers dix heures, Mary se leva maussade. Pour tuer n'importe qui il faut compter avec la justice, si peu qu'il y en ait dans un pays... Elle traversa la salle où le souper avait eu lieu et heurta le corps de Tulotte abandonné le long de la table.

—Parbleu! grondait la jeune femme en secouant la vieille toute jaunie, les yeux fixes, on m'accusera de vilaines mœurs et je ne voudrais pas qu'on commît de ces erreurs sur mon compte. Aimant le sang, je choisis, pour le faire couler, celui qui est le moins utile, voilà tout. Je ne tiens pas à ce qu'on raconte que moi, la vraie femelle de l'époque des premières chaleurs du globe, j'ai pu réellement aimer l'un de ces insexués.

Elle continuait son raisonnement sur ce qu'elle

avait découvert la veille et ne s'apercevait pas que Tulotte, les bras raides, avait cessé de souffler.

—Quelle triste gardienne tu me fais, ma pauvre Tulotte! lui dit-elle en lui vidant une carafe sur la figure.

Alors, elle la laissa choir, sa tête rendit un son mat, très lugubre au milieu de la débâcle des verres brisés, des bouteilles dorées près du goulot et des corbeilles de fruits en filigrane scintillant.

—Elle est donc morte? cria-t-elle, comprenant enfin.

Aussitôt, elle sonna; les domestiques accoururent, s'affolant. Il fallut demander un médecin, la mettre sur un canapé, essayer de la saigner. Rien ne pouvait la rappeler désormais à ses devoirs de fidèle institutrice, elle était bien morte d'une congestion, la face déjà tuméfiée, les jambes roides comme celles d'une statue de bois.

MARY NE VOULUT PAS RESTER avec ce cadavre toute la matinée. Agacée des cérémonies stupides qu'on préparait, elle fit atteler le coupé bas et, prise d'un de ses caprices coutumiers en dépit de la circonstance navrante, elle se rendit à la Villette; là, on lui avait indiqué un débit de sang, espèce de cabaret des abattoirs où des garçons bouchers, mêlant le vin à la rouge liqueur humaine, buvaient, se disant des mots brutaux. Toute pâlie, dans ses fourrures de martre, moitié la petite fille qui veut du fruit défendu, moitié la lionne qui cède à l'instinct, elle se glissa parmi ces gens, tendit son gobelet comme eux, but avec une jouissance délicate qu'elle dissimula sous des aspects de poitrinaire.

Les garçons bouchers éteignirent leur pipe, jetèrent leur cigarette, la plaignant, car ils la trouvaient belle...

Un brouillard froid tombait du ciel qu'on ne voyait pas; le coupé, revenant, la roulait au travers d'une vapeur étrange sortie des porches béants. La file interminable des bêtes condamnées serpentait avec, de temps en temps, les râles sourds. Les senteurs vivifiantes de ces chairs qu'on abattait lui montaient au cerveau, l'enivrant d'une volupté encore mystique. Et elle songeait à la joie prochaine du meurtre, fait devant tous, si l'envie la prenait trop forte, du meurtre d'un de ces mâles déchus qu'elle accomplirait le cœur tranquille, haut le poignard!

Copyright © 2024 par Alicia Editions

Couverture : Canva.com

ISBN Ebook 9782384552283

ISBN Livre broché 9782384552290

Tous droits réservés

www.ingramcontent.com/pod-product-compliance
Lightning Source LLC
LaVergne TN
LVHW032004070526
838202LV00058B/6282